시골에서
도서관 ╱ 하는
즐거움

책사랑과
삶사랑을
기록한

열두 해
도서관일기

시골에서
도서관
／하는
즐거움

최종규 글, 사진
사름벼리 그림

스토리닷

"책만 읽는 집" 아닌
"숲을 함께 읽는 터"

2007년 4월 5일부터 인천 배다리에서 '사진책도서관 함께살기'라는 이름을 내걸면서 '서재도서관'을 꾸립니다. 저는 고등학교 2학년인 1992년 8월 28일 한여름에 처음으로 책에 눈을 떴습니다. 이때까지는 그냥 '책은 책이거니' 하는 읽을거리로 여겼으나, 바로 이날, 헌책집 한 곳으로 참고서 하나 사러 갔다가, 참고서 값을 치르고 돌아나오려다가 문득 뒤를 살피니, 저를 부르는 어마어마한 '책'이 빙그레 웃음짓더군요.

2004년에 《모든 책은 헌책이다》라는 이야기책을 하나 썼습니다. 어린이 국어사전 편집장·자료조사부장 일을 그만두고서 이오덕 어른 글 책을 갈무리하던 무렵인데요, 사전짓기를 하느라 또 이오덕 어른 책 가운데 판이 끊어진 책을 찾느라 바지런히 헌책집을 다닌 이야기를 책으로 묶었어요. 참말 모든 책은 헌책이면서 새책이기에 이이름을 썼어요. 어떠한 책이든 갓 태어나 새책집에 깔린다 하더라도 '오래된 이야기'를 담아요. 곧, 새책도 헌책이요, 헌책도 새책이면서 모두 책입니다. 왜냐하면, 헌책집에서 찾아내어 읽는 묵은 책도 제가 오늘 처음 만나 펼치면 새로운 이야기이기에 새책이거든요.

1992년부터 2006년 겨울까지는 '책을 좋아하는 여느 사람'으로 지냈습니다. 2006년 12월에서 이듬해 1월로 넘어가는 사이, 저로서는 고향이자 저한테 책눈을 뜨도록 북돋운 인천 배다리 헌책방거리 〈아벨서점〉 아주머니가 '배다리 산업도로 막는 일을 도와주면 좋겠다'고 말씀하셨어요. 2007년으로 넘어가는 이즈음 저는 이오덕 선생님 남은 글과 책을 갈무리하려고 충청북도 충주 무너미마을에서 이오덕 선생님 책과 함께 지냈다가, 마침 이오덕 선생님 글과 책을 다 갈무리했기에, 앞으로 무엇을 하며 살아갈까 하고 생각했어요. 2006년 한 해는, 1월부터 12월까지는, 버스나 전철조차 안 타기로 다짐하면서 눈바람이나 태풍이 몰아치더라도 자전거로만 달렸습니다. 눈비바람 흠씬 맞으면서 생각했어요. 제 앞길을 생각했지요.

이러다가 헌책집 아주머니 말씀이 마음에 확 박혔습니다. 이때가 2006년 12월입니다. 자전거마실 열두 달 만에 비로소 길을 작게나마 보았어요. 이러면서 속으로 생각했어요. '그래, 헌책집 아주머니 곁에서 '골목마을 사람들 삶터를 함께 지키는 일꾼'으로 지내는 일도 무척 보람이 있겠다'고 여겼어요. 그런데, 그냥 고향으로 돌아갈 수는 없는 노릇이라 어떻게 할까 생각하니, 저절로 떠오른 한 가지는 '도서관'이었습니다. 이제껏 '책 좋아하는 여느 사람'으로 지낸 발자국을 톺아보면서, 제가 아끼고 사랑하며 좋아한 책을 반가운 이웃하고 나누는 '서재도서관'을 열면 참 좋으리라 생각했어요.

관공서에서 짓는 도서관은 책을 골고루 못 갖춘다고 느낍니다. 기적의도서관은 어린이책을 잘 갖추어 주니, 어린이책도서관은 더는 없어도 되리라 느꼈어요. 누구보다 어른한테 도서관이 있어야 하겠고, 어른한테 가장 도움이 될 책은 사진책이리라 느꼈어요. 가장 푸대접받는 책이 사진책이고, 가장 안 팔리며 안 읽히는 책 또한 사진책이로구나 싶었거든요. 그러니, 제가 여태 그러모은 사진책을 바탕으로, 사진길을 걷는 사람이 살펴 읽으며 건사할 '아름다운 숱한 책', 이를테면 그림책과 만화책과 인문책과 시집과 산문책과 교육책과 청소년책과 국어사전 들을 골고루 한 자리에 모아서 널리 나누면 이 나라 책밭과 책삶에도 작게나마 이바지할 수 있으리라 생각했습니다.

2006년 12월 꽁꽁 얼어붙는 멧골자락 작은 집에서 두 손 얼어붙으면서 책짐을 꾸립니다. 영하 이십 도이건 십 도이건, 바지런히 책짐을 꾸렸어요. 불도 전기도 없는 곳에서 손이 얼어붙으며 책짐을 신나게 꾸렸고요, 다 꾸린 책짐은 2007년 4월 15일에 인천으로 옮겼어요. 바로 이날부터 '사진책도서관 함께살기' 첫걸음을 떼지요.

책꽂이를 들이고, 자리를 잡고, 묶은 책을 하나하나 풀어서 꽂느라 첫 석 달을 어떻게 지냈는지조차 모릅니다. 도서관을 여는 첫날부터 도서관일기를 쓰고 싶었는데, 2007년 6월 29일이 되어서야 겨우 첫 도서관일기를 썼어요. 도서관 모습을 보여주는 사진도 이즈음부터 느긋하게 찍었습니다. 그런데 이마저도 사이에 뚝 끊어지지요. 큰아이가 태어나기 앞서, 곁님을 돌보고 새살림을 배우느라 아홉 달 즈음 도서관일기를 안 썼어요.

그나저나 2008년 여름에 큰아이가 태어나 세 살이 될 때까지 인천에서 도서관을 지키며 골목마을 삶을 북돋우는 일을 하다가, 아무래도 식구들 몸을 헤아릴 때에 보금자리를 시골로 옮겨야겠다 싶었습니다. 그래서 다시 책짐을 꾸려 충청북도 멧골자락에 깃든 '이오덕자

유학교' 언저리에 있는 농기계 창고를 고쳐 도서관을 옮겨요. 이곳에서는 꼭 한 해를 살아낸 뒤에 다시 다른 시골로 옮깁니다. 2011년 11월에 책짐을 커다란 짐차 여러 대에 나누어 싣고 전라남도 고흥으로 왔어요. 이무렵 도서관을 옮길 수 있도록 여러 이웃님이 도움손을 베풀었어요.

전남 고흥에 새로 터전을 마련하면서 책꽂이도 새로 장만해서 들이고, 끈으로 묶거나 상자에 담은 책을 차곡차곡 풀어서 다시금 자리를 잡습니다. 이제 더는 책살림을 옮기고 싶지 않아, 나무책꽂이를 나무바닥에 못을 쳐서 단단히 박습니다. 전라남도 고흥군 도화면 신호리에 있는 옛 초등학교(폐교인 흥양초등학교) 건물 넉 칸에 책꽂이를 붙이고 책을 꽂아요. 얼추 여덟 달 즈음 걸려서 책을 모두 끌렀어요. 폐교에 쌓인 곰팡이하고 먼지도 이동안 날마다 숱하게 닦고 치우고 했습니다.

어느 모로 본다면 2011년 5월에 작은아이가 태어나면서 두 아이를 돌보고 집살림을 도맡느라, 책을 풀어서 다시 꽂는 데에 퍽 오래 걸렸다고 할 테지만, 마냥 보람으로 즐겁게 책먼지를 마셨어요.

저희는 도서관을 하지만, 도서관법으로 '서재도서관(개인이 여는 도서관)'은 '도서관'이란 이름을 쓰지 못하도록 하는 법이 있더군요. 개인이 도서관을 열려면 '작은도서관'이란 이름을 써야 한다는데, '작은'을 붙이지 않는 도서관으로, '사진책도서관'이나 '사전도서관'으로 이름을 쓰도록 해 달라고 바랐습니다만, 여태 아직 뜻을 못 이루었습니다. 나라에서 도서관법을 고치지 않더라도 지자체에서 조례를 마련하면 이런 일을 얼마든지 할 수 있을 텐데요.

저는 글하고 책을 써서 얻는 돈을 모아서 도서관을 꾸리며 살림돈을 보탭니다. 우리 도서관을 아끼고 좋아해 주는 분들이 있기에, 이분들이 다달이 보태 주시는 돈을 얹어서 하루하루 즐겁게 책삶을 일구었습니다.

처음에는 '사진책도서관'이요, 이제는 '사전 짓는 책숲집 + 숲집놀이터' 구실을 함께 맡기로 한 우리 도서관 '숲노래'는 사진책을 비롯해서 그림책과 만화책과 인문책과 문학책과 어린이책과 청소년책이 골고루 많이 있습니다. 모두 저 스스로 장만해서 읽은 책입니다. 저 스스로 제 삶을 북돋우려고 하나둘 사서 읽은 책이에요. 그동안 읽고 갈무리한 책이 여러 만 권 됩니다. 똑똑히 몇 권이나 되는지 몰라요. 5톤 짐차로 치자면 이제 여덟 대에 실어도 빠듯할 테니까, 참말 많기는 많다고 여길 뿐입니다.

'사전 짓는 책숲집, 숲노래'에는 국어학 책과 국어사전이 퍽 많습니다. 왜냐하면, 제가 가장 마음을 기울여 하는 일은 '한국말사전 새로 쓰기'예요. 한국말을 슬기롭고 사랑스레 쓰도록 돕는 일을 합니다. 2001년부터 2003년까지 《보리 초등국어사전》을 기획해서 편집하는 일을 맡아서 했고, 이오덕 어르신 '우리 글 바로쓰기' 4~6권을 갈무리했고, 국립국어원 한글문화학교 강사를 했고, 한글학회 공공언어순화지원단 단장을 하면서 전국 지자체하고 공공기관 누리집에 오른 모든 말을 손질해 주는 일을 했고, 서울시하고 경기도 공문서를 쉽고 바르게 다듬어 주는 일을 하기도 했어요. 한국말을 슬기롭게 잘 쓰는 길을 나누고 싶어서 쓴 책도 여럿이지요.

언뜻 생각한다면, 사진길을 북돋우는 책하고 한국말사전을 이야기하는 책은 좀 동떨어질는지 몰라요. 그런데, 한국말사전은 '말을 바탕으로 삶을 읽는 책'이에요. 우리 삶자락에서 피어나는 숱한 말과 글을 책 하나로 아로새기지요. 한국말사전을 찬찬히 살피는 눈썰미가 되면, 사진길을 걷는 분들도 '사진으로 읽는 삶'과 '사진으로 들려주는 말'을 한결 깊이 살필 수 있어요. 말은 바로 삶이요, 사진도 바로 삶이거든요. 거꾸로, 사진으로 삶을 읽고, 말로 삶을 읽습니다.

우리 책숲집이 품은 그림책도 이와 같아요. 그림책은 아이들 눈높이에서 삶을 읽고 헤아리도록 돕습니다. 그러니까, 사진길을 걷는 분들이 그림책을 함께 읽으면서 '어떤 사람 어떤 자리 어떤 마을 어떤 나라 어떤 문화' 눈높이로 바라볼 적에 '사진 하나에 담는 눈길'이 그윽할 수 있을까 하고 깨닫도록 도와줄 수 있어요.

만화책은 어떨까요? 만화책은 만화로 삶을 이야기하지요. 그런데, 만화책 얼거리를 보면, 만화를 그리는 분마다 그림 짜임새가 다 달라요. 같은 줄거리라 하더라도 만화쟁이마다 그림결이랑 그림빛이 모두 달라요. 그래요. 사진을 하는 분들도 다 다른 삶 다 다른 빛과 결을 사진 하나에 담지요. 만화를 읽으면서 사진을 새롭게 읽거나 느낄 수 있습니다.

시집을 읽을 때에도 사진을 읽는 눈매를 북돋웁니다. 사진 한 장은 시 한 자락과 같아요. 시 한 자락은 사진 한 장과 같아요. 찬찬히 노래하는 산문책은 '이야기 담는 사진꾸러미'를 살피려는 분들한테 좋은 길동무가 됩니다. 어린이책과 청소년책도 이런 흐름이라 할 수 있어요. 사진을 하는 사람이니 사진책만 볼 수 없어요. 삶터를 읽고 살림을 살피며 발자취를 짚을 수 있을 적에 사진 한 장을 슬기롭게 찍어요. 곧, 사진길을 걷는 이들은 인문책도 알뜰살뜰 살필 수 있어야 합니다.

거꾸로 말하자면, 그림을 그리는 분이건 만화를 그리는 분이건 문학을 하는 분이건 인문사회과학 학문을 하는 분이건, 다른 갈래 책을 골고루 살피고 읽으며 즐길 적에 비로소 한 우물을 즐거이 팝니다. 스스로 마음을 두는 학문 갈래 하나에만 매달리면, 정작 이 학문 갈래 하나조차 외곬로만 바라보고 말아요. 깊거나 넓은 눈길을 보살피지 못하지요.

삶을 읽는 책이기에, 삶을 보여주는 책숲집이라고 생각합니다. 삶을 담은 책을 건사하는 책숲집이기에, 삶을 일구는 아름다운 사랑을 보여주는 책숲집이라고 생각합니다. '사전 짓는 책숲집, 숲노래'를 즐겁게 열어서 힘차게 꾸리는 까닭은 바로 이 한 가지입니다. 저부터 제 삶을 스스로 사랑하면서, 이웃과 동무 모두 이녁 삶을 스스로 사랑하는 이야기 실타래를 엮어서 나누고 싶어요.

아름다운 삶은 아름다운 마음에서 비롯하고, 아름다운 마음은 아름다운 말에서 비롯해요. 아름다운 말은 아름다운 숲에서 비롯합니다. 아름다운 숲은 바로 아름다운 사랑에서 비롯하겠지요. 시골자락에서 지키는 이 책숲집은 그야말로 시골에 깃들었기에 더없이 아름답게 책터를 돌볼 수 있으리라 생각합니다. 큰도시에 있어야 할 책숲집은 아니라고 생각해요. 큰도시에 책숲집을 세우려 한다면, 큰도시 책숲집 둘레에 책숲집 건물보다 훨씬 넓게 숲을 일구어야 한다고 느껴요. 숲 한복판에 책숲집이 깃들 때에, 사람들이 책숲집으로 찾아와서 책을 찾는 마음을 푸른 숨결로 북돋우리라 생각해요.

앞으로 씩씩하게 우리 책숲집을 건사하면서, 이곳이 날마다 아름답게 다시 태어날 수 있기를 꿈꿉니다. 차츰차츰 숲하고 책하고 삶을 읽는 눈길이 늘어나고, 우리 책숲집 둘레로 푸른 들과 숲과 멧골이 아름답게 퍼질 수 있는 힘을, 고운 책벗이 나타나 살가이 어깨동무할 수 있으리라 믿습니다.

도서관일기를 내놓습니다. 도서관일기는 앞으로도 씩씩하게 쓸 생각입니다. 우리 책숲집에서, 그러니까 우리 '숲책마을'에서 숲을 헤아리고 책을 돌아보며 사람을 사랑하는 길을 살필 생각입니다. 제 도서관일기에서 책사랑과 삶사랑 함께 누리실 수 있기를 빌어요.

전라남도 고흥군 도화면 동백마을
'사전 짓는 책숲집, 숲노래'에서
ㅊㅈㄱ

ㄱ 글쓴이는 '도서관'이라는 이름을 '책숲집'으로 고쳐서 씁니다. 널리 살펴 주셔요.

ㄴ 이 도서관일기는 요즈막 글부터 담습니다. 날로 치면 거꾸로 읽는 셈입니다. 읽다 보시면 왜 이렇게 짰는지 헤아리시리라 느껴요. 글쓴이는 사전 짓는 일을 하는데, 도서관일기를 가만히 읽다보면, 뒤로 갈수록, 그러니까 2007년치 일기로 가면 갈수록 2018년 말씨하고 다르다고 느끼실 수 있습니다. 예전에는 멋모르고 쓰던 말씨를 2018년으로 오는 길에 숱하게 고치거나 다듬었어요. 한국말사전을 쓰는 이도 늘 새로 배웁니다. 처음부터 빈틈없는 채 사전을 쓰지 않아요. 미처 몰랐던 대목을 제대로 배우려고 날마다 새로 살핍니다.

ㄷ 일기에는 차마 못 적었습니다만, 인천에서 도서관을 꾸리면서 빌린 임대보증금은 달삯을 치르느라 0원이 되고 빚까지 졌습니다. 도서관을 고흥으로 옮기고서 2012년 가을부터 2016년 봄까지 저

14

희 통장은 30만 원에서 5000원 사이를 오락가락했습니다. 빈털터리로 다섯 해를 살던 셈인데, 이때에 형이 틈틈이 목돈을 선뜻 내어주어서 임대삯이나 여러 살림돈을 대었습니다. 철수와영희 출판사는 '아직 팔리지 않은 책'을 놓고 글삯을 먼저 주시기도 했습니다. 그런데 먼저 내주신 글삯은 책이 고맙게 꾸준히 팔리면서 시나브로 다 메꿀 수 있더군요. 이 땅에는 아름다운 이웃님이 곳곳에 상냥하게 많으시구나 하고 깨달은 나날이었습니다.

ㄹ 어찌 보면 '도서관 운영 일기'가 아닌 '도서관 생존 투쟁기'라고도 할 수 있습니다. 그러나 저희는 '투쟁'이 아닌 '꿈그림'으로 살았다고 생각합니다. 길다면 길고 짧다면 짧습니다만, 아무런 수익이 없는 도서관을 꾸리면서도 열 몇 해를 살아남은 투쟁기가 아닌, 어떠한 수익도 바라지 않고서 곁님이랑 아이들하고 도서관을 천천히 가꾸면서 새롭게 길을 열고 싶은 꿈을 그리면서 오늘까지 즐거이 살아왔다고 생각해요. 저희는 '도서관'을 꾸리면서 수익이 아닌 꿈을 바라보면서 살아가면, 이 길이 한동안 가시밭길일 수 있으나, 언젠가 무지개를 탈 수 있으리라 느꼈어요. 좀 뜬금없는 소리가 될는지 모르겠는데요, 팔아서 남기는 책장사가 아니라, 팔 수 없고 남길 수 없는 도서관을 고이 가꾸는 길은, 저희가 손수 짓는 살림으로 스스로 살아가는 길을 찾아서 이웃님하고 새롭게 슬기로운 마음을 나누는 하루가 되리라 생각했습니다.

ㅁ 저는 '도서관 투쟁기'나 '도서관 분투기'나 '도서관 생존기' 같은 이름을 쓸 마음이 없습니다. 그러나 이 도서관일기를 읽으시다 보면 아무래도 투쟁, 분투, 생존 같은 말이 떠오를 수 있겠구나 싶어요. 그때그때 닥치거나 맞이하는 일을 되도록 그대로 적으려

하다 보니 그렇게 되겠네 싶어요. 그래도 제 마음은, 꿈으로 가는 길을 그대로 적고 싶었어요. 꿈으로 가면서 가시밭길을 얼마든지 지나가야 할 수 있거든요. 가시밭길을 걷되 울지 말자고 생각했어요. 가시밭길을 노래하면서 춤추는 몸짓으로 걷자고 생각했지요. 큰아이를 낳고 돌보던 첫무렵, 하루 30분조차 잠을 못 자고 천기저귀를 새로 빨고 널어 말리고, 안 말라서 다림질하고, 끝없이 미역국을 끓여 곁님을 먹이고, 이런 살림을 지내면서 '얼굴은 졸려 죽겠는데' 마음만은 무척 고요했어요. 때로는 두 아이를 한꺼번에 안거나 업으면서 걸어야 할 적에도 '어쩜 이렇게 나한테 이 엄청난 일을 겪도록 해 줄까?' 하면서 하늘에 대고 고맙다고 절을 했어요. 참말로 군말인데, 이 도서관일기는 말 그대로 일기입니다. 게다가 '즐겁게 노래한' 일기예요.

ㅂ '즐겁게 노래한 일기'라는 대목에 더 군말을 붙여야겠습니다. 저는 잘 웃지만 잘 웁니다. 아름다운 영화나 만화를 보면서도 잘 웃고 잘 울어요. 즐겁게 웃고 즐겁게 웁니다. 그래서 이 도서관일기는 더할 나위 없이 '즐겁게 노래한 일기'입니다. 때로는 웃음일기요, 때로는 눈물일기입니다.

ㅅ '사전 짓는 책숲집, 숲노래'는 '책숲집 지음이(도서관 후원자)'를 즐거이 모십니다. 누구나 얼마든지 책숲집 지음이가 될 수 있습니다. 다달이 1만 원을 내실 수 있고, 해마다 10만 원을 내실 수 있어요. 때로는 다달이 10만 원이나 100만 원을 내셔도 되어요. 때로는 한꺼번에 1억 원이나 10억 원을 내셔도 됩니다. 아직 이렇게 하신 분은 없습니다만. 그래도 한꺼번에 5000만 원을 지음돈(후원비)으로 주신 분이 있어서, 도시를 떠나 전남 고흥이란 시

골로 씩씩하게 길을 나설 수 있었어요. 1억 지음이나 100억 지음
이를 얼마든지 모십니다. 기쁘게 찾아와 주셔요.

1평 지음이가 되려면 :

다달이 1만 원씩 돕거나, 해마다 10만 원씩 돕습니다

2평 지음이가 되려면 :

다달이 2만 원씩 돕거나, 해마다 20만 원씩 돕습니다

평생 지음이가 되려면 ㄱ :

한꺼번에 200만 원을 돕거나, 더 넉넉히 돕습니다

평생 지음이가 되려면 ㄴ :

1평 지음이로 20년, 2평 지음이로 10년을 지내면 됩니다

평생 지음이가 되려면 ㄷ :

도서관학교로 삼는 '흥양초등학교(폐교)' 5000평을 장만합니다

평생 지음이가 되려면 ㄹ :

도서관학교에서 책지기 일을 맡아 주면서 숲집을 함께 가꿉니다

돕는 돈은 어디로 : 우체국 500413-01-012342 최종규

숲노래
부르며
일본마실

2018년
5월 15일~1월 1일

2018.5.15 수첩꾸러미

저는 수첩을 여러 가지 씁니다. 먼저 살림 이야기를 쓰는 수첩이 하나입니다. 살림수첩에는 '집살림'하고 '글살림'하고 '책살림'하고 '사진살림' 이야기를 적습니다. 다음으로 낱말을 모으는 수첩입니다. 제나름대로 새롭게 지어서 쓰거나 살려서 쓰는 말도 모으고, 이웃님이 즐거이 살려서 쓰는 말도 모읍니다. 그리고 노래를 적는 수첩입니다. 이른바 '동시'를 써서 모으는 수첩이에요. 이 수첩 세 가지는 늘 들고 다녀요. 언제 어떤 생각이 흐르면서 마음을 적실는지 모르거든요. 수첩에 적고 나서 곧바로 쓸 때도 있으나 몇 해를 묵히고서 쓰기도 합니다. 차근차근 적어서 갈무리하는 동안 차츰차츰 자란다고 느껴요. 우리 책숲집이란 터전도 처음부터 엄청난 책이 하늘에서 뚝 떨어지지 않았어요. 늘 한 걸음씩 내딛으면서 읽고 모은 책이 어느덧 넉넉히 모였습니다. 넋, 책, 여기에 숲, 살림, 그리고 사람하고 사랑이 고이 어우러질 적에 도서관이라고 느낍니다.

2018.5.11 사람들

5월 10일하고 11일에 읍내에 가서 고흥 군수 후보 두 사람을 만났습니다. 5월 10일에는 민주당 공영민 후보를, 11월에는 민주평화당 송귀근 후보를 만났어요. 11일에는 큰아이를 이끌고 함께 가서 11살 어린이 눈에는 '군 행정을 맡겠다고 나선 어른이 어떻게 보이고, 어떤 말을 들려주는가'를 몸소 느껴 보도록 했습니다. 두 후보를 사십 분 남짓 마주했고, 이틀에 걸쳐 이야기를 듣는데 힘이 제법 듭니다. 두 후보는 앞으로 고흥이라는 고장에서 어떤 마음결로 교육을 비롯한 문화와 살림과 시골살이를 바라보려고 할까요? 군수 후보이든 군수이든 군민 앞에서 늘 마음을 열고 힘껏 일하면서 새롭게 배우고 이야기할 줄 알아야지 싶습니다. 교사이든 교육행정가이든 가르치거나 일을 맡기만 할 뿐 아니라, 어린이·푸름이·여느 어버이한테서 늘 새롭게 배우며 이야기할 줄 알아야지 싶습니다. 배우려 하지 못한다면 고인물이 된다고 느껴요. 배우려 하기에 맑게 흐르는 샘물이 된다고 느껴요. 누구한테서 배워야 하느냐는 따질 일이 없어요. 누구한테서나 다 배우니까요. 이웃한테서도 배우고, 아이한테서도 배우지만, 숲하고 바람하고 별한테서도 배웁니다. 큰아이랑 택시를 타고 집으로 돌아오니 기운이 없습니다. 힘든 몸을 누이며 생각합니다. 삶길이란 배움길이요, 배움길이란 살림길인데, 살림길이란 사랑길이 된다고.

2018.5.10. 곧 나올 책

2007년에 인천에서 사진책도서관을 열고서 바지런히 사진 이야기랑 사진책 이야기를 썼어요. 2007년이었나 2008년에 눈빛 출판사에 '사진을 말하는 이야기'를 책으로 낼 만한지 여쭈었어요. 그무렵에는 제 글이 아직 어수룩해서 책으로 내기 어렵지만, 제가 걷는 길을 북돋우고 싶다는 말씀을 들었습니다. 올 2018년에 얼추 열 해 만에 모든 글을 새롭게 써서 눈빛 출판사에 글꾸러미를 보냈어요. 눈빛 출판사 대표님은 글꾸러미를 받고서 며칠 만에 글월을 보내 주십니다. 다가오는 6월에 《내가 사랑한 사진책》을 내시겠다고요. 한 달 뒤입니다. 한 달 뒤라. 사진책도서관이라는 이름에 걸맞을 책을 곧 이웃님한테 선보일 수 있어서 기쁩니다.

2018.5.6 책집 이름쪽
'책을 말하는 책'을 갈무리한 칸을 차근차근 추스르다가 2001~2004년 사이에 전국 여러 헌책집을 다니면서 모은 이름쪽을 찾아냅니다. 이 이름쪽 꾸러미가 여기에 있었구나 하고 새삼스레 놀랍니다. 오랫동안 잊고 살았는데, 오랫동안 잊은 헌책집 이름쪽이 반갑습니다. 이제 문을 닫은 곳이 많습니다. 이 이름쪽하고 제가 찍은 사진으로만 남은 곳을 아련히 떠올립니다. 그때 헌책집 일꾼한테서 받은 영수증에 적힌 손글씨를 바라봅니다. 이 이름쪽하고 영수증은 어떤 발자취가 될까요? 2001~2004년에는 더 일찍 이름쪽하고 영수증을 못 모았다고 아쉽게 여겼는데, 오늘 돌아보노라니 그때부터 이렇게 모았으니, 늦거나 아쉬운 일은 아니로구나 싶습니다.

2018.5.3 낱말 하나
6월에 《읽는 우리말 사전 3》이 나옵니다. 출판사에서 보낸 피디에프 파일을 엽니다. 편집틀에 얹은 글을 살피며 자르거나 고칠 대목을 가다듬습니다. 새로 나올 책을 손질할 적에 종이를 안 쓰고 셈틀로 한지 예닐곱 해쯤 되었구나 싶어요. 고작 열 해쯤만 해도 손질종이를 썼어요. 글손질을 하다가 빨래를 하고, 다시 글손질을 하다가 작은아이하고 마당에서 놀고, 새로 글손질을 하다가 밥을 짓고, 또 글손질을 하다가 ……. 낱말을 하나하나 들여다보면서 내 넋하고 삶을 담아서 이웃님하고 나누려고 하는 생각이란 무엇인가를 되새깁니다.

2018.5.1 아장아장

'숨은책시렁'이라는 이름으로 200가지 책을 놓고서 단출하게 이야기를 꾸밉니다. 우리 책숲집에 깃든 책을 어떻게 이야기하면 좋을까 하고 열 몇 해 헤아린 끝에 비로소 실마리를 얻었어요. 원고종이 두어 쪽 길이로 책하고 얽힌 삶을 풀어내 보는데, 200꼭지째에 어떤 책을 다룰까 하고 돌아보다가 《昭和十四年度 改正 學籍簿 指針》(1941)을 마지막으로 고릅니다. 이런 책을 장만해 둔 줄 오래도록 잊었는데, 불쑥 나타났어요. 일제강점기에 제국주의 틀에 맞추어 아이들을 닦달하던 이야기가 흐르는 자료 가운데 하나입니다. 이 묵은 책 곁에 《아름다운 서재 2018》을 놓아 봅니다. '인사회'에서 묶은 살뜰한 이 꾸러미에 어떤 책이 모였나 하고 들여다봅니다. 저마다 아장아장 걸음을 내디디면서 온누리를 밝히려는 이야기꽃일 테지요.

2018.4.27 저물면서

오늘 이곳에서 해가 저물면서 지구 맞은쪽에서는 해가 떠요. 오늘 이곳에서 지는 풀이 있으면서 새로 싹을 틔우려는 씨앗이 있어요. 한쪽에서는 꽃이 지고, 한쪽에서는 다른 꽃이 핍니다. 묵은 책이 들려주는 오래된 슬기가 있고, 새로운 책이 베푸는 싱그러운 꿈이 있습니다. 개구리가 마음껏 노래할 수 있는 터전이라면, 아이들이 맨발로 뛰어놀면서 어른도 풀밭에서 실컷 드러누워 낮잠으로 몸을 쉴 만합니다.

2018.4.24 붉은이름

이오덕 어른을 바라보는 글을 여섯 달에 걸쳐 조금씩 새로 써서 마무리를 지었습니다. 더 쓰고픈 마음이 있기도 했지만, 살며시 멈추었습니다. 꼭 이만큼으로 가벼우면서 넉넉하게 엮으면 되리라 생각했습니다. 글을 먼저 출판사로 보내고, 사진을 묶어서 새로 보냅니다. 사진마다 풀이글을 붙이느라 밤 열두 시부터 네 시까지 꼬박 품을 들입니다. 슬슬 개구리 노랫소리가 잦아들 깊은 밤, 또는 새벽에 일을 마치니 비로소 졸립니다. 이오덕 어른은 책마다 빠짐없이 '붉은이름'을 붙이려 했습니다. 예전에는 책에 으레 이렇게 붉은이름을 붙였고, 1990년대로 접어들 즈음에는 팔림새를 속이거나 글삯을 안 주는 출판사 때문에 마지막까지 붉은이름을 붙이셨어요. 아스라한 붉은이름을 쓰다듬어 봅니다. 밤을 새워 붉은이름을 창호종이에 꾹꾹 눌러 찍던 모습을 그려 봅니다.

2018.4.22 수월하게

예전에 읽었나 가물거리던 손바닥책 《조선견문기》하고 《한자의 운명》을 문득 꺼내어 펼칩니다. 아무래도 안 읽은 듯하다고 여기다가 몇 쪽 넘길 무렵 '예전에 읽고 남긴 자국'을 봅니다. 어라, 예전에 틀림없이 읽은 책인데 어째 줄거리가 하나도 안 떠오릅니다. 가만히 서서 줄줄이 끝까지 읽어냅니다. 뜻밖인지 아닌지 매우 수월하게 빨리 읽습니다. 왜 이렇게 수월히 빨리 읽어낼 수 있나 하고 생각하니, 조선 역사하고 얽힌 이야기라든지 한자를 둘러싼 중국·일본 발자취를 그동안 제법 살핀 터라, 이 책을 수월하면서도 빠르게 읽을 만했구나 싶습니다. 애써 쥔 책에 나오는 말이 모르는 낱말투성이라면 한 쪽조차 읽기 어렵습니다. 낱말은 다 알아도, 낱말로 엮은 글월이 들려주는 줄거리를 못 헤아리면, 읽어도 읽었다고 하기 어렵습니다. 곁님이 들려준 말이 떠오릅니다. 우리가 사전을 다 외웠다고 해도 '낱말을 엮은 글을 읽는 일'은 다르다고 말이지요. 낱말을 더 많이 알아야 말이나 글을 헤아리지 않습니다.

2018.4.16 책이란

책을 얼마나 갖추면 알찬 책숲집일까 하고 헤아려 보면, 더 많이 갖추어야 하지 않습니다. 알맞게 갖추면 되고, 배울 만큼 갖추면 되어요. 오늘 배울 이야기를 돌아보도록 책을 놓으면 되고, 앞으로 배우고 싶은 이야기를 다루는 책을 한켠에 모으면 되겠지요. 이 얼거리를 잘 살피자고 아침부터 생각에 잠깁니다. 우리 집 풀밭을 거닐면서 생각하고, 밥을 차리면서 생각합니다. 곁님한테서 이런저런 이야기를 들으면서 생각하고, 저녁에 몸을 뉘여 하루를 돌아보면서 생각합니다. 책이란, 배움길에 동무가 되는 숲입니다.

2018.4.13 대구 제비

대구에서 이야기꽃을 펴려고 마실을 왔습니다. 저녁 여덟 시부터 이야기꽃을 펴기에 저녁 여섯 시 반 무렵 밥을 먼저 먹고서 불로어울림도서관으로 돌아가는데, 저잣거리를 걷다가 제비 두 마리를 봅니다. 대구라는 큰도시에 아직 제비가 나는구나 싶어 놀라면서 반갑습니다. 부산에서는 제비를 볼 수 있을까요? 서울이나 인천서는 제비를 어림조차 할 수 없습니다. 대전이나 광주는 어떠할는지 모르겠습니다. 이 봄 사월에 제비가 바람을 가르면서 날아다니니, 대구는 아직 사랑받는 아름다운 곳이지 싶습니다.

2018.4.7 보내다

일본마실을 마치고 한국으로 돌아온 뒤에 두 가지 책을 받았습니다. 하나는 스토리닷 출판사에서 낸《책쓰기 어떻게 시작할까》요, 다른 하나는《책방 풀무질》입니다.《책쓰기》에는 글을 쓰는 사람으로서 제가 짤막히 들려주는 얘기가 붙고,《풀무질》에는 제가 찍은 사진이 틈틈이 깃듭니다. 두 가지 책을 일본에 부치려 했는데,《풀무질》은 며칠 늦어서《책쓰기》만 부칩니다. 일본 도쿄 진보초 '책거리' 지기님이 이오덕 님 책을 좋아하신다고 해서, 제가 2003~2007년 사이에 엮은 투박한 책도 한 권씩 부쳤습니다. 투박한 책도 이제 저한테는 더 없네요. '책거리'에 책이 잘 닿았습니다. 우표값이 35000원쯤 들었습니다.

2018.4.1 건네

하치오지에 다녀온 날은 일부러 도쿄역에서 내려 진보초까지 걸었습니다. 이동안 어린이옷을 파는 가게를 볼 수 있겠거니 여겼습니다. 그러나 아니더군요. 높은 건물만 있어 매우 재미없었습니다. 그래도 작은아이가 좋아할 만한 여러 가지 버스를 구경할 수 있었어요. 4월 1일 일요일은 진보초에서 신주쿠까지 걸었습니다. 걸을 만하겠거니 여겼고, 걸을 만한 길입니다. 두 곳 사이에 있는 너른 공원이 둘 있으니, 두 곳에서 다리를 쉬어도 좋으리라 봅니다. 그런데 막상 걷고 보니

도시 한복판을 걷는 일은 숲길을 걸을 때하고 매우 다르군요. 신주쿠
에서 진보초로 돌아오는 길에는 전철을 탑니다. 전철로는 참 가깝습
니다. 길손집에서 씻고 다리를 쉰 뒤에 저녁 느즈막하게 진보초 책골
목을 마지막으로 걸었습니다. 마을이나 골목에 책집이 있다면, 또는
도서관이 있다면, 이곳은 바람이 매우 달리 불 만하지 싶습니다. 흙
길, 숲, 냇물이 있으면서 자그맣게 책집도 있는, 포근하며 넉넉한 마
을이나 골목이 이어가기를 바랍니다.

2018.3.31 진보초 이웃

한국이 아닌 일본에 강의를 하러 간다고 할 적에 둘레에서 대단히 놀
라시더군요. 저는 이런 모습을 보이는 '한국 이웃'한테 더 놀랐습니
다. "왜요? 이야기를 듣고 싶어하는 분이 있으면 일본이 아니라 미국
에도 에스파냐에도 부탄에도 날아갈 텐데요?" 하고 대꾸했습니다. 저
는 일본 하치오지에 있는 blu room에 꼭 가 보고 싶은 마음이 있었는
데 도쿄 진보초 '책거리'하고 끈이 이어지면서 두 곳에 함께 가는 날
을 잡을 수 있었고, 기쁘게 일본마실을 했습니다. 일본에서 강의를 하
더라도 비행기삯이나 길손집삯은 제가 다 냅니다. 그래서 이 대목에
서도 다시 놀라며 묻는 '한국 이웃'이 많아요. 저는 웃으며 대꾸합니
다. "걱정할 일이 있을까요? 아름다운 이웃을 만나서 이야기를 펴면
제가 그동안 지은 사전하고 책은 한결 신나게 사랑받으면서 그만 한
마실삯은 얼마든지 들어오리라 생각해요. 제가 강의여행을 더러 다
니는 까닭은 아름다운 이웃님을 만나려는 뜻도 있지만, 저 스스로 제
보금자리에서 아름다운 살림을 짓는 슬기를 새롭게 생각하려는 뜻이
훨씬 커요. 남한테 이야기를 들려주러 가는 강의가 아니라, 제 삶을

되돌아보면서 우리 곁님하고 아이들이랑 여태 어떤 삶을 지었나 하고 되새기면서 앞으로 새길을 걷자는 다짐으로 가는 강의예요. 저는 강의를 하면서 늘 스스로 새로 배워요." 도쿄 진보초 '책거리'에서 이야기를 펴는 동안에도 즐겁게 새로 배웠습니다. 참으로 기쁘고 고마웠습니다. 이 즐거운 배움을 '일본 이웃'하고 나누어서 좋았고, 한국으로 돌아가면 우리 집 사랑스러운 세 사람하고도 도란도란 나누려합니다.

2018.3.28 짐꾸러미

일본 도쿄 책거리로 가져갈 짐을 꾸립니다. 철수와영희 출판사에 말씀을 여쭈어 그림엽서를 잔뜩 얻었습니다. 여행짐에 그림엽서 꾸러미를 얹으니 매우 묵직합니다. 가는 길은 빈손이니 이 빈손에 그림엽서를 일본 이웃님한테 선물로 드리려고 생각합니다. 잘 짊어져야지요. 사뿐히 노래하는 걸음으로 파란숨을 마시면서 고요히 눈을 감고 쉬면서 오늘 이곳 우리 책숲집에서 일굴 새로운 길을 그려 봅니다.

2018.3.26 친다

우리 집 마당은 그리 안 넓어도, 책숲집 마당은 널찍합니다. 우리 집 마당은 시멘트 바닥이지만, 책숲집 마당은 풀밭입니다. 따사롭게 내리쬐는 봄볕이랑, 살랑살랑 이는 봄바람을 누리며 작은아이하고 배드민턴을 합니다. 깃털공을 가볍게 날리면서 땀을 뺍니다. 너른마당이란 즐거운 곳이지 싶습니다. 뛰고 구르고 달리다가 넘어져도 좋은 너른마당을 집집마다 누린다면 매우 아름다운 마을이 될 만하지 싶습니다.

2018.3.24 책봄

우리가 스스로 지기가 된다면, 우리 보금자리하고 마을을 스스로 지킬 줄 안다면, 우리 하루는 언제나 즐겁고 넉넉하리라 생각합니다. '민주'란 "백성이 주인"이라고 풀이하는데, 이런 말풀이는 좀처럼 와닿지 않아요. 어쩌면 우리는 뼛속이나 마음 깊이 스며들기 어려운 말에 길들어 가장 쉽고 즐거운 길을 놓치거나 잊을는지 모릅니다. "민주"를 "백성이 주인 되는"으로, 이를 다시 "우리 스스로 지기가 되기"로, "손수 삶을 가꾸는"으로 바꾸어 봅니다. 책숲집이 짓는 사전은 우리가 스스로 삶을 수수하게 살피면서 사랑하는 살림을 북돋우는 길을 살짝 비추는 길벗책이 되기를 바랍니다. 경북 구미를 가로지르는 냇가에 깃든 상냥한 책집 〈책봄〉을 누리고서, 말을 새삼스레 헤아립니다. 봄에 보고, 보기에 봄인, 3월이 깊습니다.

2018.3.14 책숲

네 해 만에 부산마실을 합니다. 이웃님이 새로운 책숲을 짓는 길에 살짝 도움벗이 되려는 마음입니다. 다만 누가 도와준다고 해서 더 잘할 수 있지 않습니다. 우리가 저마다 스스로 뜻을 세워서 씩씩하게 나아가면 넉넉하리라 생각합니다. 그러니까 저부터 늘 스스로 씩씩하게 사랑뜻을 키우면서 하루를 새로 지어야 할 테지요. 즐겁게 바깥마실을 마치고 우리 책숲집으로 돌아오려고 합니다.

2018.3.12 조선총독부

조선총독부 교과서 두 가지를 나란히 바라봅니다. 하나는 어느덧 이웃님 손을 제법 타면서 겉종이 글씨가 많이 닳았고, 다른 하나는 아직 이웃님 손을 얼마 타지 않았습니다. 짧지 않은 나날을 살아온 묵은 교과서에는 지난날 이곳에서 살아온 사람들 이야기가 흐릅니다. 오늘 우리는 어떤 길을 얼마나 즐겁게 걸어가면서 보내는가 돌아봅니다. 바람도 볕도 좋아 책숲집 뒷마당에서 즐겁게 놀 수 있습니다. 겨우내 시든 풀을 슬슬 밟아서 놀이터를 넓혀야겠습니다.

2018.3.9 나뭇가지

누가 나뭇가지를 쳐서 책숲집 옆마당에 부려 놓았습니다. 누가 이렇게 했는지 알 길은 없습니다. 반가울 수는 없지만, 나뭇가지가 이곳에서 흙으로 돌아갈 수 있다면 그나마 나은 노릇으로 여깁니다. 하늘, 땅, 바람, 숲, 돌이 모두 사이좋게 있는 시골마을이 되기를 바랍니다.

2018.3.8 왜 전주?

3월 7일 낮에 불쑥 전주마실을 꾀합니다. 참말로 불쑥 전주로 달려갔습니다. 삼례에 있는 이웃님이 책숲집으로 찾아와서 함께 이야기를 하다가 전주로 가 보자는 생각이 불현듯이 들었어요. 전주에서 하룻밤을 묵고 이튿날 아침이 되니 제가 왜 전주마실을 해야겠다고 여겼는지 알았습니다. 지난 3월 4일에 이웃님 누리사랑방에 올라온 글 때문이더군요. 전주 서학동으로 옮긴 〈책방 같이:가치〉 지기님이 '그림책공작소' 출판사 대표님이 크게 다친 일을 글로 올리셨고, 그림책공작소가 기운을 차려 튼튼하게 일어서도록 돕자는 뜻을 그곳 그림책을 사서 읽는 길로 돕자고 얘기했어요. 저는 처음에 누리책집에서 그림책공작소 책을 장만할까 하고 생각했으나 곧 접었습니다. 되도록 마을책집으로 마실을 가서 사야겠다고 여겼지요. 이러던 터에 사흘

만에 삼례 이웃님이 고흥마실을 했고, 이분이 삼례로 돌아가는 길에 전주를 지나니 차를 얻어타자고 생각했으며, 길손집에서 묵는 돈까지 치르며 전주 마을책집 〈책방 같이:가치〉에서 그림책공작소 그림책을 비롯해서 여러 그림책을 12만 2천 원어치 장만했습니다. 고운 이웃님하고 어깨동무하고 싶다는 마음으로 살그마니 이어졌습니다. 고맙습니다. 함께 기운내요. 우리는 늘 튼튼하고 씩씩합니다.

2018.3.5 비하고
봄이기에 따뜻하기도 하지만, 봄비가 오면서 한결 따숩습니다. 비내음은 흙으로 스미고, 빗물을 머금은 나무는 겨우내 꿈꾼 대로 싹을 틔웁니다. 책숲집 앞마당 종려나무 곁에서 함께 사는 수선화도 노란 꽃을 터뜨리려고 줄기를 올립니다. 비하고 어우러지는 맑은 봄날입니다.

2018.2.28 아침독서 추천목록
아침에 이웃님 누리집에서 이웃님 책이 '행복한 아침독서 추천목록'에 들었다는 글을 읽습니다. 잘되었구나 하고 여기면서 함께 기뻐하다가 문득 생각합니다. 그렇다면 내 책은? 이웃님이 남긴 누리집길을 따라 들어가니, 제가 2017년에 쓴 책 가운데 두 가지가 아침도서 추천목록에 오른 듯합니다.《새로 쓰는 겹말 꾸러미 사전》하고《마을에서 살려낸 우리말》두 가지입니다. 고맙습니다. 사랑합니다.

2018.2.26 조용해
En시인이라는 사람을 놓고 불거진 "나도!(me too)" 바람이 드셉니다.

'저도' 이 바람에 힘을 보태려고 '이승철·홍일선·이재무 58년 개띠 시인'을 둘러싼 지난 끔찍한 일을 적어서 오마이뉴스에 실었습니다. 이러고 나서 작가회의에 이들 세 시인을 신고했으나 조용합니다. 이들 세 시인 가운데 어느 누구한테서도 사과라든지 미안하다는 말을 못 들었습니다(가해자 가운데 하나는 제 손전화 번호를 안다고 반론으로 밝히더니, 따로 전화를 하지도 않고 이녁 누리집에 사과글을 올리지도 않습니다). 예술계에서 성추행·성폭력을 일삼은 이들을 고소·고발한다는 데가 있다며, 그곳에서 피해 제보를 받는다든데, 막상 그 기관 연락처를 알 수 없습니다. 문화체육관광부에서 예술 갈래마다 피해 제보를 받아서 수사를 한다는데 정작 문체부 누리집에는 알림글도 게시판도 없습니다. 작가회의에서 성명글을 내기는 했으나 작가회의 스스로 사과글을 내지는 않습니다. 몇몇 이름난 이들이 그동안 조용히(?) 저지른 일이 여러 매체에 툭툭 튀어나오기는 하지만, 이를 한데 모아서 뭐가 어떻게 얄궂은 얼거리인가를 낱낱이 따지고 바로잡을 만한 판은 없구나 싶습니다. 여성단체도 조용하지만 진보단체도 조용합니다. 문학단체도 가만히 보면 무척 조용합니다. 그리고 성추행·성폭력은 여성 피해자만 있지 않은데(남성 피해자도 있습니다만), 이 대목을 짚는 목소리는 거의 찾아볼 수 없습니다. En시인을 둘러싸고서 En시인 책을 펴낸 출판사 일꾼이나 대표는 그동안 훤히 알던 이야기였을 텐데, En시인 책을 낸 출판사도 아무 몸짓이 없습니다. 이른바 문학 출판사는 하나같이 입을 꾹 다물 뿐이요, 문학평론가마저 입을 열 낌새가 안 보입니다. 뭔가 겉도는, 얼핏 보기에는 너울이 치는 듯하지만, 물속은 대단히 고요하구나 싶습니다.

2018.2.22 시인

이웃님을 만날 적에 으레 쪽글을 써서 드리곤 합니다. 그 이웃님이 살아온 날하고 살아갈 날을 제 나름대로 헤아리면서 낱말 하나로 짧게 이야기를 엮어요. 이태 앞서 전북교육감 김승환 님한테 책 하나를 부치면서 '곳'이라는 글을 지어서 그림엽서에 적어서 함께 띄웠습니다. 이러고 나서 까맣게 잊었는데, 전라북도에서 새로 교사임명장을 받는 분들한테 전북교육감 김승환 님이 제가 예전에 적어서 드린 글 '곳'을 읽어 주었다고 합니다. 깜짝 놀랐어요. 저는 '사전 지음이'에서 어느새 '시인'이 되었습니다.

곳

곧
꽃이 피어나는
곳이 됩니다.

이곳저곳 골골살살
그곳에도 골고루
곧
곱게 꿈꾸는
곳이 되어요.

곧게 서고
고이 웃고

34

고슬고슬 고소한
고마운 살림꽃씨를
곳곳에 심지요.

2018.2.1 큰책상
책숲집 광에 있던 묵은 책상을 아이들하고 들어냅니다. 이런 멋진 책상이 먼지를 먹기만 했군요. 저 혼자 들어서 나를 수 있으나, 일부러 두 아이더러 책상 끝을 함께 들어 나르자고 부릅니다. 두 아이는 몇 걸음 못 걷고 "멈춰!" 하면서 "손 아파." 하고 말합니다. 몇 걸음을 나르다 멈추고, 또 몇 걸음을 나르다 멈추면서 책숲집 한쪽으로 옮깁니다. 이 겨울에 찬물로 걸레를 빨아 구석구석 닦습니다. 너른 책상을 한쪽에 놓으니 이 자리에 앉아서 느긋하게 책을 누릴 수 있습니다. 묵은 큰책상이 둘 더 있기에 다음에 더 날라서 닦아 주려 합니다.

2018.1.18 삶말 33
집에서는 봉투에 주소를 적고, 읍내로 나와서 〈삶말 33〉을 복사한 뒤에, 읍내 언덕받이 놀이터에서 작은아이가 노는 동안 책숲집 이야기종이를 접어서 넣습니다. 바람이 차지만 작은아이는 씩씩하게 놀고, 저도 씩씩하게 이야기종이를 꾸밉니다. 널방아를 함께 뛰고 싶은 작은아이하고 널방이를 논 뒤에 우체국으로 갑니다. 겨울에는 겨울바람이 깃들어 훨훨 날아가겠지요.

2018.1.15 손길
《숲에서 살려낸 우리말》하고《마을에서 살려낸 우리말》을 새로 찍으면 그림엽서가 나옵니다. 겉그림을 찍을 적에 남는 종이에 엽서 틀을 앉히기에, 이웃님한테 선물할 그림엽서를 덤으로 얻어요. 《마을에서 살려낸 우리말》을 2017년 12월에 새로 찍으며 얻은 그림엽서를 8장씩 묶는 일을 큰아이가 거듭니다. 비닐에 안 넣고 종이띠로 여밉니다. 작은아이는 살짝 거들다가 꿈나라로, 큰아이는 많이 거들다가 꿈나라로 갑니다. 밤 한 시 무렵에 이르러 이 일을 마치는데, 심부름하는 아이 손길을 탄 고운 그림엽서에 이웃님들 이야기가 새록새록 깃들면 좋겠습니다.

2018.1.14 저물녘

저물녘에 저물녘 하늘을 바라보면서 천천히 걸어갑니다. 겨울이 깊을수록 봄이 가깝구나 싶고, 겨울이 추울수록 봄이 따스하겠구나 싶습니다. 우리 하루는 가만가만 흐르면서 빛납니다. 말을 한 마디씩 또박또박 하고, 마음을 제대로 드러내는 몸짓을 가다듬습니다. 오늘은 연필 열 자루를 깎았습니다.

2018.1.12 보낸다

구미 삼일문고에서 즐겁게 펼칠 '사진책 전시+강연'을 헤아리며 재미난 사진책 열 가지를 추립니다. 더 드물거나 놀라운 사진책을 추릴 수 있지만, 2018년이라는 해를 그려 보기도 하고, 우리가 쉽게 놓치거나 잊기도 하는 대목을 살펴서 열 권을 뽑습니다. 사진책이란 무엇이고, 사진으로 담아내어 나누는 이야기가 무엇인가를 이웃님이 한결 새로우면서 즐겁고 넉넉히 품는 길을 살며시 열기를 비는 마음입니다. 이 열 가지 사진책을 놓고 글을 써서 먼저 보내고, 책도 구미로 보냅니다.

2018.1.11 눈자국

책숲집 앞쪽으로는 겨울에 그늘이 져서 눈이 오래도록 덜 녹습니다. 이 앞을 지나다니는 새가 있다면 발자국을 남깁니다. 아마 꿩 발자국이 아닐까 싶습니다. 우리 책숲집에서 여러 마리가 함께 살아가니까요. 눈자국을 먼저 본 작은아이가 "여기 새가 사나 봐!" 하고 외치고, 큰아이가 "아마 꿩인가 봐? 우리가 여름에 봤잖아." 하고 덧붙입니다. 눈놀이를 하려고 새 눈자국은 아랑곳하지 않고 손으로 슥슥 눈을 그러모읍니다. 아주 살짝 덮은 눈이어도 고마운 겨울선물입니다.

2018.1.3 풀무질 사진

서울 성균관대 앞 인문사회과학책방 '풀무질' 책방지기님한테서 전화를 받습니다. 올해 4월에 새로운 책이 나온다고 합니다. 책에 넣을 사진을 얻을 수 있느냐고 물으셔서 얼마든지 드린다고 했습니다. 서울에 살 적에는 곧잘 들렀으나 인천으로 옮기며 뜸하게 들렀고, 고흥으로 옮기고서는 몇 차례 마실하지 못했습니다. 예전 사진은 필름으로 찍었기에 새 스캐너로 긁으면 좋겠구나 싶은데 필름을 찾아낼 수 있나 모르겠네요. 200장 남짓 사진을 추려서 출판사로 보내면서 아득한 나날을 되새깁니다. 지난 걸음이 오늘 걸음이 되며 모레 걸음이 되는 이쁜 책방이 서울 한켠에 튼튼하며 사랑스레 이어가기를 바라는 마음입니다.

2018.1.2 함께 읽어

책숲집을 다녀올 적에 꼭 인형을 챙기는 두 아이는, 인형한테도 책을 펼쳐 주면서 "자, 너희들도 읽어 봐. 재미있는 책이야." 하고 속삭입니다. 펼친 그림책 앞에 선 인형은 참말로 책을 즐겁게 읽는 몸짓입니다. 너희도 궁금했구나. 상냥한 아이들하고 책나라에서 놀다가, 꿈나라에서도 어깨동무하겠지.

2018.1.1 살포시

마실을 가면서 인형을 살포시 데려갑니다. 우리 집에서 즐겁게 노는 벗님이니 다른 곳에서도 새로운 바람을 쐬어 주고 싶습니다. 우리 발길이 닿는 곳에 우리 노래가 흐르도록, 우리 손길이 이르는 곳에 우리 꿈이 자라도록, 아이들은 날마다 무럭무럭 자라면서 벗님을 보살핍니다. 저는 이런 아이들 곁에서 집살림하고 책살림하고 넋살림을 어떻게 지을 적에 슬기롭고 사랑스러울 만한가를 하나하나 배우고요. 언제나 모두 살포시 이룹니다.

'책숲집'이랑 '숲놀이터'를 생각하다

2017년
12월 29일~1월 1일

2017.12.29 잘 어울리다

《새로 쓰는 비슷한말 꾸러미 사전》을 여섯째로 찍었습니다. 여섯째로 찍을 적에도 여러모로 글손질을 했는데 무엇보다 "잘 어울리다"로 적은 대목을 모두 바로잡습니다. '어울리다'라는 낱말이 "잘 맞다"를 뜻하니, "잘 어울리다"라 하면 겹말이에요. 이 대목을 얼마 앞서까지 저 스스로도 못 느낀 채 살다가 고개를 갸웃거리며 어딘가 안 맞는 듯하다고 여기면서도 그냥 쓰다가, 그렇지만 자꾸 들여다보고 생각하다가, 뒤늦게 깨달았습니다. 부끄러운 노릇이면서 즐겁게 배우자고 생각합니다. 앞으로도 새롭게 배울 생각이니, 또 손질할 곳을 찾아낼 수 있겠지요. 사전짓기 길을 걸으면서 이웃나라에서 사전을 어떻게 짓는가를 살피면서 노상 배우는데, 어느 나라 사전이든 늘 꾸준히 손질하고 보탠다고 하는 얘기에 쓰린 마음을 이럭저럭 달랩니다. 멀리서 찾아온 책손님을 맞이하고, 아이들은 파랗게 눈부신 하늘을 온몸으로 이면서 마음껏 놉니다. 우리 집 학교는 우리 보금자리요 우리 책숲집

41

입니다. 억새가 춤추는 이 땅을, 여러 새하고 숲짐승도 살몃살몃 깃드는 이곳을 고이 바라볼 적에 고이 건사하겠지 하고 생각합니다.

2017.12.27 이름쪽

2017년이 저물 즈음 드디어 책숲집 이름쪽을 찍습니다. 서울·순천으로 이야기꽃 마실을 가는 길에 챙기고 싶었으나, 이름쪽을 찍는 곳에서 오래 걸린다 해서 서울·순천을 다녀오고서야 받습니다. 이제 책숲집 문간에 이름쪽을 놓습니다. 고흥살림 일곱 해 만에 이름쪽을 찍어요. 하얗게 하지 않은 종이에 투박하게 글씨만 넣습니다. 이 이름쪽을 놓고서 시골이웃은 '글씨가 작다' 하고, 서울이웃은 '글씨가 크다' 합니다. 여기에서도 저기에서도 못마땅하게 여기는 이름쪽이 되는구나 싶지만, 저는 이쁘기만 합니다. 이 이름쪽을 다 쓰고 새로 찍어야 할 적에 글씨를 살짝 키우고 굵게 하자고 생각합니다.

2017.12.25 양주동

새로 나온《문주반생기》를 읽으면서 제가 예전에 읽은 양주동 님 책을 떠올립니다. 어떤 책을 우리 책숲집에 두었나 하고 여러 날 살핀 끝에《상주 국문학고전독본》을 찾아냅니다. 이 책은 1994년에 인천 배다리에서 찾아서 읽었다고 나옵니다. 고등학교를 마치고 한창 통·번역 배움길을 걸으면서 챙겨 읽은 책이로군요. 오랫동안 잊고 지낸 옛일을 새삼스레 떠올립니다. 아직 살짝 큰 새 신을 굳이 신어 보는 큰아이는 발이 더 자라면 신겠노라 합니다. 아무렴. 그렇지만 실을 엮어 손으로 지은 신을 발에 꿰니 사뭇 다르지? 우리가 억새밭을 가로지르니 꿩이 놀라서 꿔르르륵 하며 날아갑니다.

2017.12.24 새밥

풀개구리 한 마리가 나뭇가지에 꽂힌 모습을 뒤늦게 알아챕니다. 언제 이렇게 해 놓았을까 궁금합니다. 우리 책숲집에 온갖 크고작은 새가 홀가분하게 드나드니, 이곳에 느긋하게 사는 풀개구리를 곧잘 먹이로 삼겠지요. 새가 개구리나 뱀을 잡은 뒤에 다 먹지 않고 나중에 먹잇감으로 삼으려고 나뭇가지에 박는 얘기는 익히 들었으나, 이 모습을 처음으로 구경합니다. 다만 찬바람 부는 겨울에도 그대로 매달린 풀개구리 주검은 바싹 말랐을 텐데, 사람이 마른오징이를 즐기듯 설마 새도 마른개구리를 즐기려나요. 고흥 망주에서 마실오신 두 분이 갓 딴 치자를 선물해 주셨습니다. 새봄이 오면 빈 유리병을 챙겨서 염소젖을 장만하러 망주로 마실을 가려고 생각합니다.

2017.12.21 책방심다 +

서울로 이야기꽃 마실을 가는 아침입니다. 지난밤 한 시에 일어나서 짐을 꾸리고 글을 여밉니다. 이러구러 어느덧 날이 밝습니다. 여덟 시 사십오 분에 마을 앞을 지나가는 군내버스를 타려 합니다. 오늘은 서울 〈대륙서점〉에서 이야기꽃을, 이튿날에는 전남 순천 〈책방 심다〉에서 이야기꽃을 폅니다. 함께 꽃말을 나누며 꽃넋을 지피고픈 이웃님이 사뿐사뿐 꽃걸음을 해 보신다면 참으로 멋지리라 생각합니다. 우리는 서로 꽃님이요 꽃이웃입니다.

2017.12.18 대륙서점 +

오늘은 어쩐지 할 일이 많은 아침입니다. 이틀을 쟁인 빨래를 하고, 큰아이한테 감깎기를 맡기고, 작은아이한테 밥짓기를 맡깁니다. 책

43

숲집 이름쪽을 일곱 해 만에 맡깁니다. 책숲집을 꾸리면서도 제 이름 쪽 하나 마련하지 않고 살았으나, 이제서야 찍습니다. 한동안 살림돈 없다는 평계로 흰종이에 손글씨로 이름을 적는 이름쪽을 돌리곤 했는데, 어느덧 책숲집 통장에 150만 원쯤 모였는데, 이름쪽 하나 새로 못 찍으랴 싶어서 일감을 맡기고 돈을 보냈습니다. 한창 아침을 짓는데 큰아이가 "고양이밥 다 됐어." 하고 말합니다. 우리 집에서 겨울나기를 하는 마을고양이한테 줄 밥을 마련해야겠군요. 저녁에는 고흥읍에서 있는 촛불모임에 나가려고 생각합니다. 고흥군은 깨끗한 고흥하고 동떨어진 '경비행기 시험장'을 억지로 밀어붙이려고 합니다. 이를 막으려는 고흥사람 몸짓으로 군청 앞에서 날마다 나홀로시위가 있으며, 오늘은 촛불모임까지 잡혔습니다. 12월 21일에 서울 성대골 〈대륙서점〉에서 이야기꽃을 마련합니다. 오늘 알림글이 나왔다면서 보내 주셨어요. 이쁜 알림글을 보고서 서울 이웃님이 두루 이 자리에 오시면 좋겠다고 생각합니다. 이튿날인 12월 22일에는 순천 〈책방 심다〉에서 이야기꽃이 있으니, 순천 둘레에 계신 분이라면 사뿐사뿐 마실할 수 있겠지요. 오늘은 고흥에도 모처럼 얼음이 업니다.

2017.12.15 발바닥

보성, 서울, 전주, 이렇게 세 곳에서 이야기꽃을 펴고서 고흥으로 돌아온 이튿날 작은아이하고 우체국을 다녀오기로 합니다. 마침 금요일이기에 오늘 다녀오지 않으면 월요일에 잊거나 퍽 늦을 수 있겠다고 여깁니다. 마을 앞을 지나가는 군내버스는 여느 때보다 갑자기 빨리 들어옵니다. 으레 15분쯤 늦게 오던 버스가 딱 5분만 늦게 오는 바람에 놓칩니다. 우리는 오늘도 늦으려니 생각하면서 느긋하게 움직였거든요. 한 시간을 책숲집에서 기다린 뒤에 이웃 봉서마을로 걸어가서 군내버스를 타려는데 뒤꿈치가 아픕니다. 여러 날 여러 고장을 돌아다니며 발바닥이 힘들었구나 싶어요. 책숲집에서 책을 갈무리하다가 읽다가 겨울풀빛을 바라볼 적에는 발바닥이 힘든 줄 몰랐어요. 들길을 걷다가, 읍내 우체국을 찾아가다가, 읍내서 저잣마실까지 보면서 발바닥이 참 아프다고 느낍니다. 저녁에 돌아올 버스때를 맞추기도 어려웠으나 발바닥이 아파서 택시를 불러서 돌아옵니다. 며칠쯤 집에서 조용히 발바닥을 쉬어야겠어요.

2017.12.3 청주로

'사전과 말 이야기꽃'을 나누려고 청주로 가는 날입니다. 오늘(12.3) 15시 30분에 청주 마을책방인 '앨리스의 별별책방'에 가고, 이튿날(12.4) 11시에 경기 광주 '서재도서관 베짱이'에 가며, 다음날(12.5) 18시에 전라도 광주 '무등공부방'에 갑니다. 사흘에 걸쳐 놀고 과일물하고 사탕수수하고 된장죽염, 이 네 가지로 잘 지내 보자고 생각합니다. 새로 낸 책을 챙기기도 하니 가방은 묵직하지만, 몸하고 마음은 늘 가볍게 바람을 타듯이 다녀오려고요.

2017.11.28 으슬으슬

밤을 새워서 한 가지 일을 마무리합니다. 경기도의회 공문서 손질은 끝냈으나, 이를 갈래에 맞추어 나누는 몫까지 마저 합니다. 몸살이 나면서 끙끙거리는 몸으로 밤을 지새니 몸이 후들후들합니다만, 곧 군내버스를 타고 시외버스로 갈아타서 푹 자려고 생각해요. 시외버스에서 두어 시간 자고 나면 개운하게 깨어날 수 있겠지요. 오늘 2017

년 11월 28일 화요일 저녁 19시에, '인천 배다리 요일가게'에서 [사전과 말 이야기꽃]을 합니다. 둘째 이야기예요. 오늘은 제가 짐가방에 책을 잔뜩 짊어지고 갑니다. 이 자리에 오시는 분들이 즐거이 책도 장만하고 이야기도 나누면서 생각을 새롭게 지피는 한마당을 누리시면 좋겠습니다.

2017.11.23 베짱이

〈책읽는 베짱이〉에서 도서관 넉 돌을 기리는 작은 그림책을 냈습니다. 앙증맞은 그림책을 보면서 '도서관은 늘 마을 쉼터'라고 하는 대목을 떠올립니다. 마음껏 드나들 수 있어서 쉼터이고, 마음껏 드나들며 조잘조잘 떠들며 놀다가 책 하나를 앞에 두고 생각을 새롭게 갈무리할 수 있어서 도서관입니다. 작은 도서관 책지기가 찬찬히 빚은 그림책을 읽고서 바지를 기웁니다. 두 아이는 저마다 마음에 드는 그림책이나 만화책을 책상맡에 펼쳐서 읽습니다. 우리 책숲집에 조용히 부는 바람을 그리면서 저녁을 맞이합니다.

2017.11.18 풀짚길

지난해에는 바닥이 시멘트인 자리는 등나무 덩굴을 모두 걷어냈는데, 올해에는 그대로 두어 볼까 싶습니다. 시멘트 자리가 드러나지 않으면 이곳이 '정글' 같다고 하는 분이 있으나, 정글 같은 길이 나쁠 까닭이 없다고 느낍니다. 살살 낫으로 줄기 한쪽을 끊어 주어 풀짚길로 꾸며 볼 수 있습니다. 바닥이 시멘트인 데라 하더라도 풀짚이 깔린 자리를 거닐면 잘 마른 잎이 바삭바삭하는 소리를 들을 수 있어요. 우리는 서울에서뿐 아니라 시골에서마저 흙길을 밟을 일이 대단히 드문 터전이 되고 말았기에, 더더욱 풀짚길이 몇 군데쯤이라도 있을 만하지 싶습니다. 아이들하고 신나게 풀짚길을 밟습니다. 갓 벤 자리는 한동안 평퍼짐하지만, 밟고 디디고 지나다니다 보면 어느새 반반하니 오가기 수월한 풀짚길로 바뀌리라 생각합니다.

2017.11.15 읽는 사전 2

경기도 광주에 있는 〈서재도서관 책읽는 베짱이〉에서 사진잔치를 열기로 했습니다. 11월 20일부터 12월 8일까지입니다. 그곳에서 조촐히 펼칠 사진책을 우체국으로 가서 부칩니다. 사진잔치에서 쓸 엽서는 곧 인쇄를 맡겨 '책읽는 베짱이'로 바로 보내려고 생각합니다. 우체국에 들르고 나서 집으로 돌아올는지 작은아이하고 읍내 놀이터에 갈는지 다른 마실을 더 할는지 생각하다가 순천에 다녀옵니다. 순천 마실을 마치고 집으로 돌아올 즈음 자연과생태 대표님이 누리글월을 보내셨어요. 오늘 《읽는 우리말 사전(말 잘하고 글 잘 쓰게 돕는 읽는 우리말 사전)》 둘째 권이 나왔다고 해요. 오늘 바로 고흥에 책을 부쳐 주신다니, 이튿날 따끈따끈한 책을 받을 수 있습니다. 7월, 9월, 10월에 이은 11월 새책입니다. 이제 12월 새책까지 내면 올해 제 일은 거의 마무리입니다. 늦가을에 걸맞는 귤빛 또는 유자빛 겉그림을 가만히 바라봅니다. 귤빛 또는 유자빛을 우리 이웃님이 즐거이 맞아들여서 기쁜 배움길을 누리시면 좋겠어요. 저도 새롭게 배움길을 가다듬어 새해에는 더욱 새로운 '읽는 사전'을 쓰려고 합니다.

2017.11.12 책낯

책마다 낯이 있습니다. 책을 짓는 일을 하는 분들은 책낯을 곱게 매

만지려고 애쓰기 마련입니다. 책을 쓰는 사람은 책낯이 어떻게 태어
나는지 조마조마 기다리고요. 낯이 더 곱다고 줄거리가 더 곱지는 않
으나, 낯이 한결 고우면 사람들 눈을 끌기 마련입니다. 줄거리하고 꼭
들어맞는 멋진 낯도 있고요. 책마다 같은 낯이 없다고 새삼스레 생각
하다가, 사람마다 같은 낯도 없잖니, 하고 혼잣말을 합니다. 같은 사
람이 없고, 같이 살아가는 사람이 없어요. 같은 일을 하더라도 사람마
다 결이 달라요. 비슷한 갈래이고 비슷한 줄거리를 다루더라도 책꼴
이며 책낯이며 모두 다릅니다. 책낯이 드러나도록 책꽂이를 갈무리
하며 땀을 송알송알 흘립니다.

2017.11.11 바위

책숲집 앞마당에 바위를 쌓은 분이 있습니다. 그분은 고흥교육청장
한테 전화해서 허락을 받았다고 하면서 공사업체 사람더러 이곳에
바위를 부리도록 일을 맡겼다고 합니다. 공사업체 일꾼은 바위를 이
튿날부터 바로 치운다고 다짐했으나 그저 말만 그러했을 뿐 막상 치
우지 않습니다. 고흥이라는 군 행정이 이와 같은가 하고 새삼스레 생
각하고, 교육자라는 자리를 지낸 이들은 마을살림을 이만큼만 바라
보는가 하고 가만히 헤아립니다. 큰아이도 작은아이도 바위를 바라
보면서 누가 더 잘 타며 노는가 하고 한두 시간 땀을 뻘뻘 흘립니다.
온몸이 바윗가루로 범벅이 되면서도 참 잘 놉니다. 그래서 저는 아이
들을 바라보기로 합니다. 노는 아이들을 바라보고, 어느 자리 어느 때
에도 웃음꽃을 지피는 아이들 눈망울을 바라보기로 합니다. 아이들
은 우리 책숲집을 더 곱게 꾸미겠노라 하면서 풀잎을 뜯어서 이 책시
렁 저 책꽂이를 구석구석 꾸며 놓습니다.

2017.11.8 육아일기

다가오는 12월에 태어날 새로운 책《시골에서 살림 짓는 즐거움》을 놓고서 즐거이 글손질을 합니다. 올들어 하려고 마음먹은 일을 차근차근 마무리짓는 길이기에 홀가분하게 글손질을 하지요. 두 아이하고 보낸 지난 열 해 살림짓기를 책 하나로 갈무리합니다. 이른바 '육아일기'이자 '사내가 쓴 페미니즘 이야기'일 수 있으나, 이런 이름 저런 말 모두 내키지 않아서 '살림노래'라는 이름을 붙여서 책을 여밉니다. 이 책에는 큰아이 그림이 곳곳에 들어갑니다. 저한테도 큰아이한테도, 책숲집으로서도, 무척 뜻깊으면서 알뜰한 책을 곧 이웃님한테 선보일 수 있으리라 생각합니다. 저는 제 나름대로 육아일기라는 말을 안 쓰기로 했습니다만, 육아일기란 아이를 돌보며 쓰는 글이 아닌, 아이하고 함께 살림을 지으면서 어버이로서 새롭게 배운 이야기를 쓰는 글이라고 느낍니다.

2017.11.7 늦토끼풀

낮에 책숲집에 가는데, 11월이 차츰 무르익다 보니, 이제는 낮도 낮 아닌 마치 저녁 같다는 생각이 듭니다. 그래요. 얼마 뒤에는 겨울이라는 12월입니다. 들마다 나락을 모두 베었고, 기계 움직이는 소리나 농약 뿌리는 냄새는 더 없습니다. 매우 고즈넉한 시골입니다. 풀도 더는 크게 자라지 못할 뿐 아니라, 추위에 시들어 죽는 철이지요. 그런데 이런 11월에 토끼풀이 새삼스레 돋는군요. 너희는 철을 모르니? 철없는 토끼풀이니? 어쩌면 철없는 토끼풀이 아닌 늦토끼풀일 수 있습니다. 요즈막에 봄까지꽃이 이곳저곳에 돋기도 해요. 찬바람하고 낮볕이 함께 있다 보니, 겨울 끝난 봄인 줄 알고, 이 11월에 잘못 깨어난

풀입니다. 눈이 드문 고흥입니다만, 눈이라도 내린다면 늦토끼풀은 눈을 맞고 깜짝 놀랄 테지요? 어쩌면 늦토끼풀은 눈을 구경해 보고 싶어서 씩씩하게 돋았을 수 있습니다.

2017.10.29 따뜻해

해 떨어지고 바람 찬 저녁에 큰아이하고 책숲집에 갑니다. 책숲집 문간에서 큰아이가 한마디 합니다. 열쇠가 안 보인다는군요. 어디에서 떨어뜨렸나 봅니다. 아이들은 열쇠뿐 아니라 다른 어느 것도 주머니나 가방에 넣기보다는 손에 쥐기를 좋아해요. 어쩌면 손으로 느끼고 싶을 수 있고, 아이가 맡은 몫을 제 손으로 꼬옥 쥐면서 지키고 싶을 수 있어요. 돌이키면 저도 어릴 적에 주머니나 가방에 안 넣고 손에 꼬옥 쥐다가 얼결에 떨어뜨려서 곧잘 잃었지 싶어요. 풀밭이든 길바닥이든 어디에 떨어뜨려서 잃은 열쇠는 하는 수 없다고 생각합니다. 집으로 돌아가서 새로 열쇠를 가져와서 문을 땁니다. 열쇠를 하나 잃었으니 자물쇠를 바꾸기로 합니다. "우리가 열쇠를 하나 잃었지?" "응." "그러면 잃은 열쇠는 그만 잊고 자물쇠를 새로 하면 돼." 바람이 찬 저녁에 책숲집에 들어오니 큰아이가 새삼스레 한마디 합니다. "와, 우리 도서관에 들어오니까 따뜻하다." 한데에 있다가 들어와서 따뜻할 수도 있지만, 가만 보면, 폐교에 깃든 우리 책숲집은 그동안 겨울에 난방을 딱히 안 했어도 퍽 따뜻했습니다. 어떤 기운이 있어서 따뜻할까요. 어쩌면 벽을 빙 둘러 책꽂이를 들이고 책을 빼곡하게 꽂았기에 어느 만큼 따순 기운이 감도는지 모릅니다.

2017.10.28 책값

책숲집을 보고 싶다면서 찾아온 분들이 책을 한 권씩 장만해 줍니다. 우리 책숲집은 지음이 이웃님 도움돈에다가, 제 책을 신나게 팔아서 얻는 글삯으로 꾸립니다. 다만 새로운 책을 사들이는 돈은 모두 제 책을 팔아서 얻는 글삯으로만 합니다. 책숲집을 가꾸면서 날마다 꾸준히 이야기가 피어나서 책을 쓸 수 있고, 이렇게 써서 태어나는 책을 이웃님이 기쁘게 장만해서 읽어 줍니다. 서로 돌고 돕니다. 함께 어깨동무를 하는 사이입니다. 더욱이 책을 짓는 출판사도, 출판사한테서 일감을 얻는 여러 곳도, 저마다 거미줄로 끈끈하게 얽혀요. 이 가을에 새파란 하늘빛을 담은 싱그러운 파란 거미줄로 알뜰살뜰 이어지면서 즐거운 숨결을 나누면 좋겠다고 생각합니다. 책숲집 손님을 배웅하고서 집으로 돌아와 저녁을 차립니다. 바야흐로 등허리가 결려 좀 쉬어야겠다고 생각하다가, 누리책집 알라딘 국내도서 첫자리에 《새로 쓰는 겹말 꾸러미 사전》이 당차게 오른 모습을 봅니다. 깜짝 놀랐어요. 얼른 손전화로 사진을 찍어 출판사 대표님한테 쪽글에 붙여서 보냅니다. 책숲집 숲노래에서 짓는 사전도, 이 책숲집도, 책숲집을 아끼는 모든 이웃님도, 다 함께 날갯짓을 하는 가을입니다.

2017.10.13 눈이 있다

눈이 있기에 알아봅니다. 가만히 눈을 떠서 알아보기도 하고, 가만히 눈을 감아도 마음으로 알아봅니다. 책 하나를 알아보는 이웃님은 글쓴이나 출판사 이름 때문에 알아보기도 하지만, 글쓴이도 출판사도 낯설다 하더라도 마음으로 마주하거나 바라보면서 알아보곤 합니다. 책이 되어 준 숲을 헤아리는 따사로운 마음결로 바라보기에 책 하나에 깃든 줄거리를 읽을 수 있어요. 책으로 거듭난 나무를 살피는 너그러운 마음씨로 마주하기에 책마다 서린 이야기를 어깨동무할 수 있고요.

2017.10.3 꽃을

흰꽃을 보는 아이는 흰꽃을 꺾습니다. 그리고 이 꽃을 아버지한테 내밉니다. "이 꽃으로 도서관을 예쁘게 꾸며요." 꽃 한 송이를 한쪽에 살짝 꽂습니다. 숱한 책 틈에서 작은 꽃송이는 얼마나 눈에 뜨일까요. 책만 본다면 꽃이 안 보일 테지만, 꽃을 본다면 책이 없어도 될까요. 우리 곁에 놓을 만한 책이라면 꽃다운 책이면 넉넉하지 않을까요. 마음에 새기려고 읽는 책이요, 마음을 가꾸려고 쓰는 책입니다. 마음에 새기면서 글 한 줄이 남다르고, 마음을 새로 가꾸면서 이야기가 꽃처럼 피어납니다.

2017.9.14 풀벗

풀벗은 곳곳에 있습니다. 앞뒷마당 풀을 베노라면 낫날을 타고 오른다거나 어깨로 폴짝 날아앉는다거나 이리저리 날아다니는 풀벗이 있어요. 책숲집 문을 따고 드나들 적에 유리문에 앉아서 우리를 바라보는 풀벗이 있고요. 한참 책숲집에서 놀고 읽다가 집으로 돌아가는 길에 작은아이가 유리문을 보더니 묻습니다. "풀개구리 어디 갔어? 아까 여기 있었는데?" "풀개구리도 여기에만 붙어서 지낼 수 없지. 먹이를 찾거나 다른 동무를 찾아서 나들이를 갔겠지."

2017.9.7 530만 원

책숲집으로 삼으려고 빌려서 쓰는 폐교인 흥양초등학교를 한 해 동안 더 빌리는 길에, 고흥교육청에서는 감정평가를 새로 해서, 그 값으로 임대삯을 셈한다고 했습니다. 언제 나오는가 기다리니 드디어 나오는데, 건물하고 땅을 빌리는 삯으로 530만 원을 내야 한다고 말합니다. 지난해까지 교육청에서 내라고 한 임대삯은 200만 원 즈음이니 곱이 넘게 올랐어요. 새로 감정평가를 한대서 아무래도 임대삯을 올려 받으려 하겠구나 싶었지만, 좀 세게 나가는구나 싶습니다. 250만 원쯤은 받으려 하겠지 생각했는데, 이 시골에서 곱으로 값을 올리니 살짝 엄두가 안 납니다. 감정평가로 시세를 따진다고 했으나, 막상 이 폐교는 물도 못 쓰고 뒷간도 없는, 관사는 모두 천장이 허물어졌고, 책을 두는 본관도 비 새는 곳이 예닐곱 군데가 있는 낡은 건물이에요. 임대삯으로 내려고 돈을 모아 놓기는 했으나 다음주 월요일까지 곱이 넘는 돈을 모아야 하니 아찔한 판입니다. 그렇다고 한숨을 쉬고 싶지는 않아서, 책숲집 책꽂이를 새로 옮겨서 사진책하고 그림책을 더 보기 좋도록 꾸미는 일을 땀바가지를 쏟으면서 합니다. 이동안 큰아이랑 작은아이는 저희 눈에 새로 뜨이는 그림책을 집어서 보느라 바쁩니다. '너희가 더 어릴 적에 재미나게 본 책들인데 생각나니? 이제 보니 또 새롭지? 앞으로는 더 느긋하게 볼 수 있어.' 다섯 시 군내버스를 타고 읍내 우체국으로 가려고 생각하는데, 진주에 있는 이웃님이 문득 전화를 겁니다. 아무한테도 도서관 임대삯 얘기를 안 했는데, 진주 이웃님이 어떻게 아셨는지 오늘 전화를 하시면서 제가 치러야 하는 임대삯 가운데 절반을 빌려 주시겠다고 합니다. 이럴 적에 '하늘에서 벼락 같은 고운 마음이 내려온다'고 말할 수 있을까요?

언제나 기운을 내어 즐겁게 노래하자고 새삼스레 생각합니다.

2017.9.2 읽는 사전 1

2017년 9월 2일, 드디어 '읽는 우리말 사전' 첫째 권이 태어납니다. 첫째 권은 첫 걸음입니다. 앞으로 디딜 숱한 걸음 가운데 하나이면서, 이제부터 나아갈 길을 씩씩하게 가꾸겠다는 다짐입니다. 책을 금요일에 받으면 곧장 우체국으로 달려가서 여러 이웃님이며 음성에 계신 아버지한테 선물로 띄우려고 생각했으나, 하루 늦은 토요일에 닿았어요. 이쁘면서 단단하게 나온 책을 손에 쥐면서 기뻐하다가 아이들한테 물어봅니다. "벼리야, 보라야, 오늘 순천마실 갈 사람?" 큰아이는 곰곰이 생각하더니 집에서 만화책을 보고 피아노를 치면서 놀겠다고 합니다. 작은아이는 대뜸 "난 버스 타고 가면 좋아." 하고 대꾸합니다. 아침에 딴 무화과를 도시락으로 챙깁니다. 물병을 둘 가방에 담습니다. 《말 잘하고 글 잘 쓰게 돕는 읽는 우리말 사전 1 돌림풀이와 겹말풀이 다듬기》라는 책은 네 권 꾸립니다. 누구를 만날는지 모르나, 순천마실을 가서 〈책방 심다〉나 〈그냥과보통〉에 들를 수 있다면 한 권씩 드리려 합니다. 우리 책숲집에도 몇 권 꽂아 놓습니다. 이 책시렁에도 놓고 저 책시렁에도 놓습니다. 새로 태어나는 책을 볼 적마다 이 아름다운 책을 '내가 썼네' 하고 새삼스레 돌아보고, 이 아리따운 책을 엮어서 펴낸 책지기님이 더할 나위 없이 고맙다고 생각합니다. 온누리 이웃님한테도 기쁨과 보람과 재미를 북돋우는 길동무책이 되기를 빕니다.

2017.8.28 놀이짓

저는 어릴 적에 '짓'이라는 말을 썩 못마땅하게 여겼습니다. 어른들은 으레 아이들이 하는 '일'을 그냥 '짓'이라고 싹둑 잘랐어요. 이러다 보니 저는 '짓'이라는 말이 들어가는 낱말이 그리 내키지 않았고, 이 '짓'을 스스럼없이 받아들이는 마음이 옅었습니다. 이러다가 '손짓·눈짓' 같은 낱말을 새롭게 헤아렸습니다. 발짓이나 글짓이나 말짓이나 춤짓 같은 말이 어느새 떠올랐어요. 몸짓이며 손가락짓에 발가락짓까지 다시 바라보았습니다. 저한테는 어린 나날이 끝났으나 우리 아이들한테는 오늘이 바로 어린 나날인 터라, 우리 아이들한테 '짓'이란 새로운 길을 가려는 일을 하려는 움직임을 나타낸다는 뜻을 제대로 짚어 주고 싶습니다. 아이들은 때때로 놀고, 때때로 놀이짓을 합니다. 우리 어른도 때때로 일하고, 때때로 일짓을 할 테지요. 이 '짓'은 '짓다'라는 낱말하고도 이어져요. 지음이·지은이 같은 낱말을 떠올립니다. '짓님'이나 '짓벗' 같은 말을 문득 혀에 얹습니다. 함께 짓는 길에서 함께 노래하고 싶습니다.

2017.8.25 삶말 31

책숲집 소식지 〈삶말〉 31호를 냅니다. 읍내에 가서 120부를 복사합니다. 읍내 우체국에서 더위를 식히면서 먼저 열다섯 분한테 띄웁니다. 다음주 월요일에 마저 주소를 적어서 보려고 합니다. 읍내마실을 다니면서 작은아이가 지치지 않도록 틈틈이 안아 주며 걷습니다. 두 아이와 함께 다닐 적에는 한 아이씩 갈마들며 안아 주는데, 한 아이하고만 다니며 안아 줄 적에는 힘이 매우 적게 드는구나 싶습니다. 오롯이 한 아이한테 마음을 쏟을 수 있기도 하고요. 스토리닷 출판사에서 9월 12일에 서울 방배동 '메종인디아 트래블앤북스'라는 곳에서 이야기마당을 마련했다고 알려줍니다. 《시골에서 책 읽는 즐거움》을 놓고서 도란도란 이야기꽃을 피울 수 있을 테지요.

2017.8.21 도장

어제 여덟 시간쯤 들여서 부엌을 치우고 나니 등허리가 몹시 결려서 서거나 앉거나 누워도 끙끙 소리가 납니다. 아이들은 바다에 가자느니 골짜기에 가자느니 하고 노래를 합니다. 하하, 어디로든 다 가고 싶구나, 그렇지만 너희 아버지 살짝 쉬고서 생각해 보아도 될까, 하고 이야기합니다. 등허리를 쉬며 밥을 짓고 빨래를 한 뒤에, 9월에 낼 두 가지 사전을 놓고서 글손질을 한창 하는데 마을 이장님 전화가 옵니다. 바로 옆마을 체력단련실로 오라고 하십니다. 그 일이로구나 하고 생각하면서 가방을 챙기니 두 아이가 "아버지 어디 가?" 하면서 같이 가겠노라 합니다. 아이들은 책숲집으로 보내고, 혼자 옆마을 체력단련실로 갑니다. 다섯 마을 이장님이 둥그렇게 앉으셨습니다. 종이 한 장을 바닥에 펼쳐 놓고 도장을 찍으라 하십니다. 닷새 앞서 고흥교육지원청에서 왔을 적에 내밀던 그 종이입니다. 닷새 앞서는 다섯 마을 이장님이 도장을 안 찍어 주셨는데, 오늘 갑작스레 도장을 다 찍어 주셨습니다. 이 도장은 저희 '사전 짓는 책숲집'이 폐교 흥양초등학교에서 한 해 더 임대를 할 수 있다는 확인서 도장입니다. 다만 한 해 동안 임대는 더 해 주되, 한 해가 지나면 매각을 하겠다는 확인서예요. 도장을 찍고서 자리를 물러납니다. 아이들이 있는 책숲집으로 돌아옵니다. 풀을 좀 베고 책꽂이를 갈무리하며 생각합니다. 이제 한 해 임대연장은 곧 됩니다. 읍내 고흥교육지원청에 가서 서류를 쓰고 임대료를 내면 되지요. 그러나 이곳은 이제 한 해만 더 지낼 수 있는 터이니, 앞으로 새롭게 살아갈 터전을 찾아야 해요. 저희 집 옆으로 붙은 밭자락을 사들여서 새 건물을 지을 수도 있을 테고, 다른 고장 폐교를 알아보아서 '사들이는' 길로 갈 수도 있을 테지요. 오늘로서는 저희가 이곳에서 낼 새로운 사전 글손질에 마음을 기울이기로 하고, 다가오는 9월에 새로운 사전 두 권이 나오면, 이 사전을 들고 전국 여러 마을과 마을책방을 찾아다니려고 해요. 이런저런 생각을 마치고 집으로 돌아가려니, 작은아이가 살짝 낯을 찡그립니다. "아이스크림 사러 읍내에 버스 타고 가면 안 돼? 읍내 아니면 면소재지에는?" 얘야, 오늘은 아버지가 버스도 타기 힘들단다, 적어도 하루 있다가 가자꾸나.

2017.8.17 전라도닷컴 기사

2017년 8월치 〈전라도닷컴〉에 책숲집 기사가 나왔습니다. 웃음을 지으며 첫 줄을 읽다가 눈물을 지으며 끝 줄을 마저 읽습니다.

[전라도닷컴 2017년 8월호 기사]

우리 말과 글을 짓고, 고운 삶터를 짓고

– 고흥 동백마을 '사전 짓는 책숲집'지기 최종규

"제비 안녕? 오랜만이야."

"아까도 봐놓고 무슨 오랜만이야?"

"그래도 오랜만이야, 흐흐."

마당 위 하늘을 나는 제비를 보며 아버지와 어린 딸 사이에 그런 정다운 이야기가 깃드는 집, 처마 아래 제비집이 세 채나 있는 집. 오래 비어있던 집이 수많은 생명들을 품고 수런거린다. 네 식구의 숨결이 깃들고 제비가 살고 앞마당 뒷마당에 나무와 풀꽃들이 자란다.

"후박나무 키가 저만큼 커지고 무화과도 씩씩하게 자랐고요. 가지가 앙상했던 나무들도 이젠 든든한 울타리가 되었네요."

7년의 세월은 누군가에겐 그렇게도 말해진다. 온갖 살림으로 단련한 생활형 근육이 튼실한 남자가 나물처럼 순하게 이야기하는데 그 반전이 썩 어울린다. 실제로도 유채잎 갈퀴덩굴 봄까지꽃 코딱지나물 별꽃나물 꽃마리 돌나물 정구지 쑥 고들빼기잎 등등 나물이라면 다 좋아해서 마당에서 들녘에서 '나물 캐는 남자'이기도 하고 봄에 찔레순 돋을 때면 찔레순나물을 해서 마을회관에 들고 가 동네 할매들과 나눠먹기도 한다. 전라도닷컴에 '숲에서 짓는 글살림'을 연재하고 있는 최종규 씨.

지난 2011년 고흥 도화면 신호리 동백마을로 5톤 트럭 다섯 대 분량의 책을 데불고 이사왔다. 그는 이곳에서 곁님(아내를 그는 꼭 그렇게 부른다)과 딸 사름벼리, 아들 산들보라와 더불어 시골살림을 꾸리고, 마을 앞길 건너 폐교에 사진책도서관이자 한국말사전 배움터이자 숲놀이터인 '도서관학교 숲노래'를 일구고 날마다 읽고 쓰며 살고 있다.

평생 모은 책으로 '도서관학교 숲노래' 일구고

"그동안 책이랑 책꽂이도 더 늘어났네요. 아마 이제 또 어디론가 이사를 가야 한다면 5톤 트럭 열 대 분량?"

그가 쓰고 있는 교실 네 칸이 온통 책이다. 무려 5만여 권. 하여 교실 네 칸이 온통 '책숲'이다. 집을 소유하지도 않고 차를 소유하지도 않고, 살면서 모으고 쌓은 것은 오로지 책. 갈래를 따지지 않고 일 년 동안에 읽어 내는 책이 1000여 권에 이르는 지극한 독서가인 그는 읽은 만치, 책도 많이 냈다.

우리말 지킴이로 스물 몇 해를 살아오는 동안《보리 국어사전》을 편집했고 이오덕 선생의 유고와 일기를 정리했으며《새로 쓰는 비슷한말 꾸러미 사전》(2016년에 '서울 서점인이 뽑은 올해의 인문책'으로 뽑히기도 했다)을 비롯《10대와 통하는 새롭게 살려낸 우리말》《숲에서 살려 낸 우리말》《사자성어 한국말로 번역하기》《10대와 통하는 우리말 바로쓰기》《뿌리깊은 글쓰기》《생각하는 글쓰기》등을 냈다.

'돈-이름-힘'으로만 쏠려가는 세상살이 속에서 돈 안 되는 말과 글을 붙들고 "우리 말과 글을 살리는 일이 바로 우리 생각과 마음, 우리 넋과 삶을 살리는 일"이라는 믿음으로 인적 드문 길을 애써 걷고 있다. 그에게 사전이란 말만 담는 그릇이 아니다. "사전은 사람이 이루는 모든 살림을 말이라는 씨앗으로 담는 그릇"이며 "사전을 쓰거나 엮으려면 사람이 이루는 모든 살림을 두루 살피고 알아야 한다"는 게 그의 생각이다.

다른 책으로는《어른이 되고 싶습니다》《책 홀림길에서》《자전거와 함께 살기》《책빛숲》《책빛마실》《헌책방에서 보낸 1년》《모든 책은 헌책이다》《사진책과 함께 살기》《골목빛, 골목동네에 피어난 꽃》《시골 자전거 삶노래》등등이 있다. 이력처럼, 그가 살아온 삶과 그가 마음 바쳐 헤매다닌 '곳'과 '것'들이 책들의 연대기에 그대로 드러나 있다. '이렇게나 많이!'라는 반응은 섣부르다.

"제법 책을 냈지만 저는 늘 앞으로 낼 책이 더 많다고 생각해요. 낼 책이 많은 사람이지 낸 책이 많은 사람은 아니고 싶어요."

"책을 내면 낼수록 더 넓어질 테니까요"라는 말도 덧붙인다. 이건 뭔 뜻인가.

"책은 말로 빚어요. 말은 삶으로 빚어요. 삶은 생각으로 빚지요."

그에게 책을 내는 일이란 말과 삶과 생각이 한데 깊어가고 넓혀지는 일인 것이다.

"쓸 겨를이 없어서 못 쓴 적은 있어도 지쳐서 못 쓴 적은 없습니다. 몇 번쯤은 손목이 아파서 못 쓴 적은 있어도요, 하하."

간서치(看書痴)마냥 책을 읽고 글을 쓰는 일이라면, 지치지도 질리지도 않는 열정과 끈기를 갖고 있다. 시시때때로 공책을 꺼내 그때그때 떠오르는 생각과 느낌들을 기록하는 것은 오랜 습관.

"안 적어 놓고 머리에 담을 수도 있지만 저는 적어 놓고 잊어버리지 않는 쪽으로 가려고요. 공책을 쓴 지 스무 해가 넘어요. 볼펜도 쓰지만 아이들하고 무얼 쓸 땐 거의 연필을 쓰고 어딘가 누구한테 쓰는 글도 연필로 쓰지요."

사람을 만날 때도 종이쪽지에 연필로 시를 써서 건네곤 한다. 이메일 편지도 귀찮고 겨우 문자메시지나 카톡으로 생각을 주고 받는 요즘 세상에 퍽 희귀한 '연필로 쓴 시'라는 선물. 일순 당황, 아니면 감동은 받는 이의 몫이다. 세끼 밥을 먹듯 읽기와 쓰기는 생활 속에 늘 스며 있어 "태어나서 죽는 날까지 배우는 게 우리 삶이듯, 태어나서 죽는 날까지 내 말마디와 글줄을 꾸준하게 돌아보고 보듬고 살피고 다듬고 손질하고 매만지면서 삶과 글을 함께 꾸리고 싶다"는 꿈을 날마다 실천 중이다.

7월 들어 《마을에서 살려낸 우리말》이란 신간을 냈건만 한글날을 앞두고 《국어사전 바로잡기》《새롭게 살려낸 글쓰기사전, 겹말 바로 쓰기》《어린이를 사랑하는 아름다운 우리말 사전》등 세 권의 책을 더 낼 계획이다.

우리 말을 보듬고 살피고 다듬고 매만지면서

태생이 인천 골목동네 사람인 그는 고흥살이로 접어들기 전엔 인천 배다리에서 사진책도서관 '함께살기'를 운영했다. 2011년 아무 연고 없는 전라도 고흥으로 이사올 때 무엇보다 마음을 움직였던 것은 동네 폐교에 책을 들일 수 있다는 점이었다.

"당시 고흥군수와 마을이장님이 제 뜻을 이해하고 반겨 주셔서 폐교에 책을 들일 수 있었죠."

1992년 폐교된 이래 적절한 쓸모를 찾지 못하고 있던 흥양초등학교가 그를 만나 책들을 품고 '도서관학교'가 된 것이다.

"사진책 그림책 만화책, 사전과 이오덕 송건호 리영희 김남주 그런 분들의 책, 생태 환경 책, 문학책과 동화책. 크게 그렇게 나누어 교실 칸칸에 책을 정리해 놨습니다."

온전히 한 사람의 바지런한 발품과 곰곰이 헤아리는 눈썰미가 이뤄낸 책의 숲이자 시간의 숲이다. 바닥에서 올라오는 습기로부터 책을 지키기 위해 낡은 의자들을 다리 삼아 올려둔 몇몇 책꽂이나 비닐로 일일이 싸서 간수하는 몇몇 책들에 이르기까지 한 권 한 권의 책들에 지성스레 바쳐진 손길과 숨결과 고투가 한꺼번에 느껴진다.

"내 머릿속에 다 있는 책들을 물건으로 소유하지 않고" 이 책들을 귀하게 알아볼 이들을 위해 열어둔 공간. 크게 떠들어 오라는 공간도 아니지만, 그가 낸 책이나 그의 블로그를 통해 그가 하는 일이나 이 공간의 존재를 아는 이들이 이 시골마을까지 찾아든다.

특히, 귀한 사진책들이 많다. 사진책만으로도 또 하나의 도서관을 만들 수 있을 정도다. 어느 사진집을 펼치든 조곤조곤 나직하고도 열정적인 목소리로 이야기의 실타래를 한없이 풀어낸다.

"읽은 책이라 해서 다 사진 않았어요. 20~30대에는 산 책보다 안 사고 읽은 책이 훨씬 많아요. 한 번 읽고서 안 볼 책은 군이 사지 않아요. 사고 나서는 '아니었네'라고 그렇게 배우는 책도 있지만 어쨌든 사는 마음은 그렇습니다. 여러 번 읽어볼 만한 책, 오래 남겨놓을 만한 책을 산다는 마음이지요. 나중에 우리 아이들뿐 아니라 다른 아이들이 어른이 되어서 그런 책을 보고 싶을 때 보게 해주는 게 우리 도서관의 역할이라고 생각해요."

그에게 모든 책은 나무가 자라는 숲에서 왔기에 '숲책'이다.

"그냥 흔한 책과 많은 책으로 채워진 도서관이 아니라, 건물로 짓는 도서관이 아니라, 조용하고 나무가 우거진 숲에서 차분하게 그 책을 배우며 누릴 수 있고, 책이 되어 준 아름다운 나무를 느낄 수 있는 도서관이 되기를 바라는 마음입니다."

이 모든 책들에 독서의 길잡이가 될 만한 글, 왜 볼 만한 값어치가 있고 무슨 뜻이 있는지를 일일이 써 붙이는 것도 그가 하고픈 일 중의 하나. 하지만 일단 사전 작업에 집중해야겠다는 생각이다.

"뜻풀이와 보기글을 다 지어서 쓰고, 새로운 판이 나올 때마다 보완하고, 그런 사전을 집필하는 사람이 한국에는, 제 입으로 말해야 하는데, 저밖에 없더라고요. 언제쯤 끝이 날 수가 없는 일이에요. 책이 나오자마자 완벽이 깨지고 말 수밖에 없는 일이고, 새로운 뜻풀이가 계속 보태져야 하는 일이지요. 사서 봐주시는 분들이 있어야 새로 찍을 때마다 더 보태서 더 나은 판이 나올 수 있는 일이기도 하고요."

사전을 쓰고 짓는 일은 한두 해나 서너 해로 그치지 않고 평생 해야 할 일, 평생 가는 일. 영화로도 만들어진 일본 소설《배를 엮다》(영화명은 '행복한 사전')의 주인공 이름이 '마지메'('성실'이란 뜻)인 것처럼 말에 대한 집념과 끈기, 열중할 수 있는 재능과 성실함이 없다면 할 수 없는 일이다.

"인내심 강하고, 꼼꼼한 작업을 두려워하지 않고, 넓은 시야도 함께 가진 젊은이가 요즘 시대에 과연 있을까요?"《배를 엮다》 중에서)

'마지메' 말고도 그가 있다!

도서관학교 운명이 위태로워진 상황

그에게 이곳은 도서관일 뿐 아니라 사전이 태어나는 터전이기도 하다. 도서관과 사전은 운명공동체 같아서 그는 "도서관을 지키는 바탕으로 사전 쓰는 일을 하고 있지요. 그 글삯으로 도서관 살림을 이어왔습니다"라고 말한다. 그 길에 꼭 홀로이지만은 않아서, 사전 쓰는 일을 응원하는 이들 몇몇이 후원의 손길을 다달이 보태주고 있다. 그에게는 큰 힘이다.

앞으로 펴낼 사전 목록으로는 토씨 '-의' 바로쓰기 사전, 일본 말씨에 물들어 퍼지는 '-적(的)' 바로쓰기 사전, 외마디 한자말 바로쓰기 사전, 한국말 죽이는 말버릇 같은 것도 있다.

그 모든 사전들의 산실이 될 이 도서관학교의 운명이 최근 위태로워진 상황이다. 고흥교육청의 학교 매각계획이 전해지면서부터다.

"일곱 해를 고흥에 살며 이 도서관학교를 꾸려 왔지만, 여섯 해 동안은 여러 실랑이에 시달렸고 작년 9월에야 교육청과 1년 기한의 임대계약을 해서 이 공간에 대한 나름의 권리를 갖고 이러저러한 시도를 해 볼 수 있었습니다. 이 도서관 안팎을 마음놓고 가꾸거나 알릴 수 있는 시간이 너무 부족했지요. 교육청 관계자나 문화행정을 하는 이들이 이 도서관학교가 지닌 의미를 눈밝게 헤아려 더 지켜봐 주었으면 합니다."

폐교를 잘 살리는 공적인 방향이라면 모를까, 사적인 이익과 무분별한 개발의 대상이 되지는 않을까 하는 걱정이 지금 그를 붙들고 있다.

"시골에 들어와서 살며 느낀 것은 젊은 사람들이 없고 나이든 분들만 있는 작고 외진 시골마을은 대형시설이나 유해시설이 들어올 여지가 많다는 것입니다. 그런 시설들을 행정이 들여오고 싶어하고 또 쉽게 들어올 수 있고. 그간 지역의 여러 개발행정을 반대하고 그런 문제들을 씩씩하게 알려왔더니 '시커먼 이름(블랙리스트)'에도 올라갔어요."

그에게 도서관학교란 '고운 삶터'를 짓는 일

그의 책을 보면 "먼 옛날부터 흘러온 이야기는 옛이야기나 옛날이야기, 앞으로 살아갈 나날을 꿈꾸며 나누는 이야기라면 앞이야기나 앞날이야기, 꿈이야기"라고 풀이돼 있다. 그에게 듣는 도서관학교의 앞날이야기, 꿈이야기는 이러하다.

"밖에서 보면 허름한데 안으로 들어오면 온통 책들에 둘러싸여 책을 마음껏 누릴 수 있는 곳, 학교 건물을 둘러싼 둘레는 아이들한테 재밌는 놀이터로 만들고 싶어요. 운동장 한쪽은 아이들이 뛰어놀 수 있게 호미와 삽과 낫으로 판판하게 만들 겁니다. 울창한 숲으로 가꾸기 위해 나무도 많이 심을 거고요. 근데 나무는 새가 훨씬 잘 심더라고요.

64

사람 힘보다 새가 더 힘이 있지만, 저도 부지런히 심으려고요."

포크레인이 아니라 호미와 삽이 등장하는 꿈, 새가 함께 도와주는 꿈이라니.

"우리 아이들부터 제대로 누릴 수 있는 곳이 되면 이웃 아이들도 올 수 있는 곳이 되리라는 믿음이 있어요."

도서관 안에 들어가자마자 '책순이' '책돌이'가 되어 책에 몰두했던 아이들은 도서관 밖으로 나서자마자 '놀이순이' '놀이돌이' '꽃순이' '풀돌이'가 된다. 마을 앞 샘터에서 찰박찰박 놀다가 후두두 물기를 털고 나온 아이들이 팔랑팔랑 집으로 뛰어간다. 그가 이곳에 오지 않았더라면 이 고샅에 없었을 풍경과 활기다.

사름벼리와 산들보라는 학교를 다니지 않는다. 그는 "다녀야만 학교인가"라고 반문한다. 대신, 2015년 큰아이 사름벼리가 여덟 살이 되었을 때 '우리 집 학교'를 열었다.

"우리한테는 우리를 둘러싼 마을과 숲과 들과 하늘이 교과서고 책이며 학교이지요. 겨울을 나고 새봄에 씩씩하게 돋는 잎사귀가 교과서고, 나물을 훑는 손길이 책입니다. 꽃내음을 알아차리고, 흙을 두발로 밟으면서 두 손으로 어루만지는 하루가 온통 학교입니다."

그래서 학교도 유치원도 다니지 않는 보기 드문 아이들이다.

"보기 드문보다 '볼 수 없는'이라고 해야 맞다고 느껴요. 스스로 배우는 길을 가기 때문에. 가장 어렵지만 제대로 배우는 길이 그거라고 저는 생각해요. 우리 아이들은 스스로 배울 뿐 아니라 두 어버이를 가르쳐주기도 하죠. 아이들한테 스스로 뭘 할지를 제대로 보여주고 몸으로 살아내라는 걸 가르치죠. 우리는 어버이로서 살아내야 하고요, 즐겁게 그것을 배우지요."

오늘 하루도 아이들하고 '우추고' 살면서 사랑스러운 꿈을 꿀 만한가 생각하는 그. '멋'을 하면서 일하거나 놀고, '멋'을 가슴에 담으면서 하하하 웃을까 헤아리는 그.

"아이들에게 더 많은 돈이나 더 넓은 땅을 물려줄 까닭은 없어요. 어버이로서 시골에서 고운 삶터를 지을 수 있으면 이 삶터를 아이들에게 물려줄 만하겠지요."

그에게 도서관학교란 '고운 삶터'를 짓는 일이다. 도서관학교에서 한 걸음 더 나아가 '사전 짓는 책숲집'으로 새로 가꾸어 보려는 꿈도 갖고 있다.

'새롭게 살리는 숲말' '슬기롭게 사랑할 살림말' '서로 사이좋게 속삭임' '수수하며 싱그러운 삶말' '사전을 살뜰히 생각하는 숨결'…. '사전 짓는 책숲집'에 담으려는 그의 지향이 모두 'ㅅ'이란 한글 닿소리로 시작된다.

'ㅅ'. 읽다가 잠시 책을 엎어둔 것 같은 모양새이기도 하다. 숲, 살림, 사람, 사랑, 숨결, 사전, 사진, 시…. 그리고 보니 그가 좋아하는 많은 말들이 'ㅅ'으로 시작한다. 한국말 가운데 'ㅅ' 항목만 1000~1500개 낱말로 추려 '슬기로운 ㅅ사전'을 펴낼 생각도 하고 있다.

'사전 짓는 책숲집'을 둘러싸고 하고 싶은 일이 무수히 많은 그. '드디어'와 '마침내'를 잇는 도정 속에서 쉬이 꺾이지도 무너지지도 않을 것이다.

('마침내'는 어떤 일을 맺거나 마치는 자리에 씁니다. '드디어'는 어떤 일을 처음 열거나 어떤 일이 비롯한다는 자리에 씁니다. 이러한 느낌

을 헤아린다면, "마침내 이 책을 다 읽었어"일 적에는 책읽기를 마친다는 뜻이고, "드디어 이 책을 다 읽었어"일 적에는 책읽기를 마치면서 다른 일로 나아가거나 어느 책 하나를 마쳤으니 다른 책으로 넘어간다는 뜻이에요.〕_《새로 쓰는 비슷한말 꾸러미 사전》(철수와영희) 중에서

— 글 남신희 기자 · 사진 최성욱 〈다큐감독〉

2017.8.11 기다려

한 쪽짜리로 작게 여미는 소식종이는 작은봉투를 마련해서 띄우자고 생각하면서도 정작 여러 해 동안 이렇게 안 했습니다. 이제서야 작은 봉투를 주문하는데, 인쇄를 맡겨서 받기까지 여러 날 걸립니다. 오히려 작은봉투 1000부 주문은 더디 걸리는지 모릅니다. 주소만 찍어서 보내 달라고 하는데에도 시안을 살펴야 한다면서 이틀을 잡아먹습니다. 작은 일 하나도 꼼꼼히 해야 하기는 한데, 멋진 봉투가 아닌 수수하게 쓸 봉투이니 좀 그냥 주소를 그대로 찍어서 보내 주면 좋을 텐데요. 때로는 기다리다가 지칩니다.

2017.6.29 얹다

새로 나온 책 한 권을 그동안 나온 책 곁에 놓아 봅니다. 살그마니 얹는 새책입니다. 이제껏 쓴 책은 이제껏 쓴 대로 사랑스럽고, 새로 나온 책은 새롭게 쓴 대로 곱다고 생각합니다. 오늘까지 한 걸음씩 내딛은 하루가 모여서 책 하나로 태어납니다. 오늘부터 걸어갈 하루가 모이면 새삼스레 책 하나가 더 태어날 테지요. 마을마다 부는 바람에 숲내음이며 바다내음이며 웃음내음이 가득 묻어날 수 있으면 좋겠습

니다. 이웃이 서로 어깨동무를 하면서 환하게 짓는 살림살이가 새로운 말 한 마디에 스밀 수 있으면 좋겠어요.

2017.6.25 풀싸맴

날이 가물어 논바닥이 쩍쩍 갈라지기도 하지만, 이렇게 가문 날에도 풀은 무럭무럭 올라옵니다. 날이 가물어 논이나 못이 마른다면 풀도 못 자라야 옳다고 볼 만하지만, 풀은 가문 날씨를 아랑곳하지 않아요. 이런 날씨에도 싹을 틔우고 줄기를 올려요. 가문 날 올라오는 풀을 보기 싫다고 뽑으면 땅은 힘을 잃지 싶습니다. 이렇게 가문 날에는 풀포기를 알맞게 베어 흙바닥을 덮어 줍니다. 풀포기를 덮은 흙바닥은 햇볕이 바로 닿지 않으면서 겹이 생겨요. 풀포기가 천천히 마르면서 풀물이 흙으로 스밉니다. 풀뿌리가 흙을 붙잡아 주면서 흙이 푸석해지지 않도록 합니다. 새벽에 이슬을 머금으며 풀뿌리는 기운을 내어 새 줄기를 올리고, 새 줄기가 어느 만큼 오르면 또 낫으로 베어 흙바닥을 덮어 주어요. 이렇게 흙을 살리면서 씨앗을 심을 적에만 호미로 살짝 구멍을 내듯 땅을 쫍니다. 맨흙이 드러난 자리에 덮을 풀을 베어 나르다가 그만 낫으로 왼손 둘째 손가락을 찍습니다. 풀포기를 넉넉히 베어 놓은 뒤에 낫으로 쥐어 나르다가 그만 낫날로 손가락을 콕 찍었지요. 아이야 참 아프네 하고 생각하면서 낫을 살살 손가락에서 빼내고 바닥에 내려놓습니다. 핏물이 줄줄 흐르며 떨어집니다. 큰아이가 옆에서 지켜보며 "피 흐르네. 안 아파?" 하고 묻습니다. "괜찮아. 이 가방을 들어 주겠니?" 하고 말하고는 넓은잎을 찾아봅니다. 어른 손바닥만 한 넓은잎이 보여서 석 장 뜯습니다. 두 장으로 생채기 언저리를 닦습니다. 한 장을 반으로 갈라 손가락을 감쌉니다. "묶

68

어야겠네." 하고 말하는 큰아이가 길다란 풀줄기를 끊어서 싸매 줍니다. 손끝에서 두근두근하며 생채기를 낫게 하려는 숨결을 느낍니다. 풀싸맴을 하고서 낫은 내려놓습니다. 도서관학교 한켠에서 잘 자라는 후박나무 곁에 섭니다. 오늘은 낫질은 쉬어야겠다고 생각하면서 후박알을 훑습니다. 차분하게 풀싸맴을 거든 큰아이가 대견합니다.

2017.6.18 바뀐 책잔치

2017년 서울책잔치는 싹 바뀐 책잔치라고 한다지요. 한자말로 '변신'을 쓰던데, 한국말로는 '탈바꿈'이나 '거듭남'이에요. 또는 '날개돋이'랍니다. 작은아이하고 일요일 아침에 서울마실 가자고 마음을 굳히고 길을 나섰기에, 따로 누구하고 서울도서전에서 만나자고 하지 않았어요. 그렇지만 이 자리에서 여러 이웃님을 뜻밖에 만났어요. 이웃님한테서 재미난 이야기도 들었고요. "정숙 씨가 온 뒤로 사람들이 부쩍 늘고 언론에서도 더 취재를 오더라" 하는 이야기를 들으며 '정숙 씨'가 누구길래 그렇게 잔치판을 더 신명나게 바꾸었나 하고 한참 고개를 갸우뚱했습니다. 이웃님 이야기를 더 듣고 보니 '정숙 씨'란 '대통령 곁님'을 가리키는 이름이었어요. 한동안 대통령 곁님을 두고 어떤 이름으로 불러야 맞느냐 하는 말다툼이 있었습니다만, 정숙 씨라고 부르는 이름이 꽤 수더분하지 싶습니다. 나중에 알고 보니 대통령 곁님인 그분은 2012년에 《정숙 씨, 세상과 바람나다》라는 책을 낸적이 있어요. 그분 스스로 '정숙 씨'라는 부름말을 썼어요. 대통령이나 대통령 곁님이 책잔치마당에 와야 꼭 사람들이 더 북적거리지 않을 테지만, 삶을 가꾸는 책을 북돋우려는 뜻을 살그마니 눈높이를 맞추어서 어우러지려는 몸짓을 보여준다면 여러모로 도움이 될 만하리

라 생각합니다. 2017년 서울책잔치에서는 일산 마을책방 〈미스터 버
티고〉에서 생맥주 기계를 한쪽에 놓아서 무척 돋보였어요. 적잖은 분
들이 생맥주 한 잔을 받고서 천천히 거닐며 책잔치를 살펴볼 만큼 느
긋한 자리가 되는구나 싶기도 해요. 〈숲속작은책방〉이 있는 자리에
갔더니《숲에서 살려낸 우리말》이 딱 두 권 남았습니다. 자칫 책이 다
팔리고 말아, 이 자리에 제 책이 이쁘게 놓인 자국을 사진으로 못 찍
을 뻔했어요. 더욱이 마지막 두 권조차 제가 사진을 제대로 찍기 앞
서 그만 다 팔렸습니다. 아이고. 사진을 찍으려고 그 먼길을 달려왔는
데. 마감을 하고 자리를 모두 치울 무렵까지 사람들이 매우 북적거렸
어요. 바삐 부산스레 움직이느라 서울책잔치 자리에서 책은 한 권도
못 사고, 구경도 못 했어요. 다음에는 초청작가가 되어 느긋하게 찾아
오자고 생각하면서 남부버스역으로 전철을 타고 갑니다.

2017.6.8 진정서

이웃님 한 분이 말씀해 주셔서 진정서라는 글을 쓰기로 합니다. 도서
관학교가 고흥에서 임대갱신 문제로 골머리를 앓지 않을 수 있도록
고흥교육지원청이나 전남교육청에서 새로운 정책으로 헤아려 주기
를 바라는 마음을 담은 글을 써 봅니다. 지난 일곱 해 동안 전남 고흥
에서 도서관학교를 가꾸면서 한 일은 저희가 스스로 품은 꿈길을 걸
어온 살림입니다. 숲과 바다와 냇물과 들이 어우러지면서 바람 한 줄
기를 마시는 터전이기에 이야기를 새롭게 지을 수 있어요. 이러한 마
음을 행정을 맡은 분들이 널리 짚을 수 있기를 빕니다.

2017.6.7 인천서

인천에서 수요일(6.7)하고 토요일(6.10)에 강의를 하고, 토요일에는 강의를 마친 뒤 책방마실을 이끌어요. 이 일을 하려고 나흘에 걸쳐 강의마실을 나옵니다. 도서관 이야기책을 부쳐야겠는데 이래저래 틈이 나 날이 잘 안 맞습니다. 인천으로 가는 길에 봉투하고 도서관 이야기책을 챙깁니다. 서울에서 시외버스를 내린 뒤 인천으로 전철을 달렸어요. 동인천역에서 내리고는 송현우체국에 들러서 봉투에 주소를 적고 이야기책을 넣은 뒤에 테이프를 바릅니다. 한꺼번에 몰아서 주소를 적고 봉투질을 하자니 바쁘면서 손목이 저립니다만, 이 틈에 해야 늦지 않게 보낼 만하겠지요. 도서관 이웃님한테 이야기책을 보내며 가벼운 가방을 짊어지고 배다리 책방골목에 갑니다. 배다리 책방골목에서 새롭게 여러 가지 책을 돌아보고 다시 가방을 채웁니다. 묵직합니다. 이 묵직한 기운처럼 묵직한 걸음걸이를 씩씩하게 내딛으면서 조촐히 이야기꽃을 피우는 저녁을 맞이합니다.

2017.6.3 수원

수원에서 이웃님이 찾아옵니다. 두 아이와 함께 도서관학교에 들러서 꿩이 알을 놓고 새끼를 깐 자리를 둘러보고, 후박나무에 오르며, 오디를 훑습니다. 어른들은 이야기꽃을 피우고, 아이들은 놀이를 짓습니다. 어른들 이야기는 별이 돋을 때까지 이어지고, 아이들 놀이는 미리내가 흐를 무렵 비로소 사그라들면서 꿈나라로 갑니다. 저는 마을책방을 찾아서 수원으로 마실을 하고, 수원에 있는 이웃님은 시골마을과 도서관학교를 찾아서 마실을 합니다. 서로 사는 고장은 달라도 마음이 고이 이어지기에 먼길을 멀지 않다는 마음으로 오갈 만하

71

구나 싶어요. 알에서 깨어난 새끼 꿩은 무럭무럭 자라서 우리 도서관
학교 둘레에서 즐거이 어우러지겠지요.

2017.5.17 주다

요즈음 작은아이는 도서관학교에 올 적마다 바지런히 이 풀숲 저 풀
숲을 뛰어다니면서 들딸기랑 오디를 훑습니다. 작은아이는 손바닥에
들딸기랑 오디를 훑어 입에 털어넣기도 하지만, "아버지 줄래. 아버지
먹어." 하고 내밀기도 합니다. "너 먹어." "아니, 아버지 먹어." 하는
실랑이를 날마다 합니다. 줄 수 있고, 주려 하며, 주면서 신이 납니다.
주며 재미나고, 주며 웃으며, 주는 동안 따스한 기운이 흐릅니다.

2017.5.16 토끼풀꽃밭

풀밭을 사뿐사뿐 거닐며 도서관학교로 가는 낮에 두 아이가 와아 소
리를 칩니다. 무엇을 보고 이렇게 소리를 치나 하니, 앞서 가던 두 아
이는 아버지더러 얼른 오라고 부릅니다. 무엇인데 그러니? 두 아이는
제법 널찍한 토끼풀꽃밭에 쪼그려앉아서 "여기 좀 봐. 토끼풀꽃이 잔
뜩 피었어!" 하고 놀라워 합니다. 그래, 그렇구나. 토끼풀꽃이 한꺼번
에 피어나면서 환하게 노래를 불러 주는구나. 너희는 이 노래를 들었
네. 제가 어릴 적 국민학교나 중·고등학교를 다닐 무렵에는 운동장
귀퉁이에 토끼풀밭이 생기면 교사들이 매우 싫어했습니다. 우리더러
잡초를 뽑으라고 시켰어요. 그럴 때마다 속으로 '쟤들은 잡초가 아니
라 토끼풀꽃인데요' 하고 생각했으나 차마 입밖으로 말을 꺼내지 못
했어요. 오늘 우리 아이들은 토끼풀꽃을 토끼풀꽃으로 바라보면서
놉니다. 반가우며 고맙습니다.

2017.5.11 동산

도서관학교에 동산이 두 군데 있습니다. 처음엔 그냥 흙무더기였지만 풀이 무럭무럭 돋으면서 재미난 동산 놀이터가 됩니다. 흙무더기이기만 했을 적에는 아이들이 오르내릴 적에 흙이 주르륵 흘러내렸다면, 풀이 돋은 뒤에는 흙이 흘러내리지 않습니다. 낫으로 가끔 풀을 쳐 주면서 이 동산 놀이터를 마음껏 누리도록 하려고 생각합니다.

2017.5.7 이름나무 4: 도서관

아침을 치르고 도서관으로 나옵니다. 밥상을 치우고 이것저것 집일을 마친 뒤에 살짝 숨을 돌립니다. 몸에 새로 기운이 돌기를 기다리고 나서 즐겁게 톱이며 낫을 챙겨서 도서관으로 갑니다. 도서관 어귀 큰길에 빨간 관광버스가 있습니다. 도서관 둘레로 낯선 사람들이 돌아다닙니다. 뭔 관광버스가 여기에 섰나 싶지만, 우리는 우리 할 일을 합니다. 오늘은 이름나무 마지막 세 글씨 '도·서·관' 나무를 켠 뒤에 글씨를 넣습니다. 여기에 '도서관 알림글'을 조금 굵은 나뭇가지를 켜서 새겨 봅니다. 도서관 어귀에 선 빨간 관광버스는 아무래도 이 마을에서 쉬는 동안 우리 도서관 앞뒷마당을 누비며 쑥이랑 나물을 뜯는 사람들이로구나 싶습니다. 낫질을 하다가 이분들한테 다가가서 세 차례 이야기합니다. 이곳에서 한 번, 저곳에서 한 번, 다른 곳에서 또 한 번. 한 사람만 비닐자루에 담은 쑥을 내려놓았고, 두 무리는 커다란 비닐자루에 잔뜩 채운 쑥을 안 내려놓고서 꽁무니를 뺍니다. 도시에서 시골로 관광을 나온 이들은 도시로 돌아가서 '요즘 시골 인심 야박하네' 하고 타령을 하려나요? 땅임자한테 묻지도 않고서 몰래 들어와서 이곳저곳 마구 밟고 다니면서 쑥이며 나물을 '훔친' 이들은 스스로

73

도둑질을 한 줄 못 깨달을 수 있어요. 아이들은 '관광 도둑'이 시끄러운 대중노래 소리와 함께 물러가고 나서야 비로소 도서관 바깥으로 나와서 뛰어놉니다. 집으로 돌아가는 길에 도서관 운동장을 크게 한 바퀴 돌아보니, '관광 도둑'이 여기저기에 쓰레기를 버렸습니다.

2017.5.3 이름나무 3: 래

아버지가 십자나사못을 박는 모습을 본 두 아이는 "나도 박아 보고 싶어." 하고 말합니다. 입으로 말하지는 않고 속으로 말합니다. '너희 눈에는 나사못 박기가 쉬워 보이니?' 돌리개를 아이한테 건넵니다. 돌리개를 받은 아이는 용을 쓰지만 좀처럼 안 돌아갑니다. "할 수 있는 만큼만 해. 아직 못 돌려도 돼. 천천히 아귀힘이 붙으면 나중에 다할 수 있어." 열 해 묵은 유칼립투스나무 한 그루가 지난해부터 쓰러졌어요. 이 나무를 틈틈이 조금씩 켭니다. 아이들 놀잇감도 되고 냄비 받침도 됩니다. 이웃한테 선물을 해 보려고 하루에 한두 토막씩 톱질을 합니다. 나무 톱질을 놓고도 두 아이는 저희도 해 보고 싶습니다. 어느 만큼 톱질을 하고서 톱을 넘겨 줍니다. 작은아이는 마치 춤을 추듯이 콩콩 뛰면서 톱질을 합니다. 너희는 웃음을 주는구나. 너희가 주는 웃음으로 기운을 내도록 북돋우네. 이제 도서관학교 이름나무에서 '래'를 그려서 붙입니다. 천천히 나아갑니다. 우리 발걸음에 맞게 조금씩 나아갑니다.

2017.4.25 이름나무 2: 노

오늘은 도서관학교 가는 길에 가방에 낫을 챙깁니다. 도서관학교에도 낫을 세 벌 두었지만, 집하고 도서관학교 오가는 길목을 지나가는 김에 풀을 벨 생각입니다. 두 아이는 먼저 도서관학교로 가라 이르고, 혼자서 뒷문께부터 찬찬히 풀을 베어 눕힙니다. 그렇다고 옆마당을 모조리 풀을 베지는 않습니다. 우리가 지나갈 길만 풀을 벱니다. 오늘은 도서관 이름나무로 '노'를 그리려고 나무를 신나게 켭니다. 열두 토막쯤 켜고서 빨간 빛연필로 '노'를 그립니다. 나무풀을 발라서 '숲' 하고 '노'를 유리문에 붙입니다. 이 모습을 지켜본 큰아이는 나비를 그려서 함께 붙이자고 합니다. 그래, 좋은 생각이로구나. 이름나무를 둘 붙이고서 평상을 짭니다. 나사못을 돌려서 박으려니 꽤 품이 듭니다. 못질만 하면 툭툭 박으며 쉽게 끝나는데, 나사못으로 힘을 들여 박으면 팔이 찌릿찌릿하지요. 굳이 이렇게 하는 까닭은, 나사못으로 박을 적에 한결 단단하거든요. 바람이 상큼합니다.

2017.4.24 이름나무 1: 숲

아침에 도서관학교에 갑니다. 요 며칠째 유칼립투스나무를 자릅니다. 이래저래 넘어진 유칼립투스가 몇 그루 있습니다. 이 나무를 어떻게 살려서 쓰면 좋을까 하고 생각하다가 작은 토막으로 잘라 보는데, 문득 한 가지가 떠올라요. 여기에 글씨를 새겨 볼까? 여기에 그림을 그려 볼까? 먼저 연필로 슥슥 글씨를 그려 봅니다. 작은아이 이름을 그립니다. 제법 잘 됩니다. 작은아이 '이름나무'를 작은아이한테 건네니 빙글빙글 웃습니다. 큰아이는 저도 이름을 새겨 보겠노라 합니다. 옳거니, 좋아. 작은아이는 누나가 뭘 하는가를 들여다보고는 저도 하겠노라 합니다. 두 아이한테 조금 큰 토막을 둘 주고, 작은 토막을 신나게 켭니다. 두 아이는 쉽잖고 작은 토막에 이것저것 그림을 그려 넣습니다. 저도 한참 토막을 켜고 나서 글씨 하나를 그립니다. 여기에 글씨를 하루에 하나씩 넣어서 "도서관 이름나무"로 삼자고 생각합니다. 하루에 하나씩 글씨그림을 빚어서 도서관학교 문에 척척 붙이려고요. 나무를 자르고 앞마당 풀을 조금 뽑습니다. 두 아이는 앞마당에 놓은 큰돌을 맨발로 타고 넘으면서 놉니다.

2017.4.21 꽃길

겨울이 저물 즈음부터 조물조물 새싹이 돋으니, 이른봄에는 풀길입니다. 봄이 한창 무르익으면 올망졸망 봄꽃이 피어 꽃길입니다. 우리는 이 길에 서면서 즐겁게 춤을 출 수 있고, 달릴 수 있어요. 풀밭에 폭 주저앉아서 해바라기를 할 만하고, 구름바라기를 할 만합니다. 풀밭에 앉거나 누우면 어느새 개미를 비롯한 수많은 풀벌레가 우리한테 찾아옵니다. 나즈막한 소리로 말을 걸고, 우리 몸 구석구석 기어다니면서 '사람 몸이란 이렇구나' 하면서 마실을 하지요. 열 살 즈음 묵은 나무를 켜니 열 해 즈음 품은 냄새가 훅 끼칩니다. 나무를 켤 적에는 톱밥에 섞이는 냄새가 끼친다면, 나무가 튼튼히 선 곳에서는 산뜻하거나 짙푸른 냄새가 고이 퍼져요. 예부터 집집마다 나무를 땔 적에는 어느 집이나 나무가 베푸는 냄새하고 따스함을 누렸으리라 생각합니다. 나무로 지은 집에서 살 적에는 언제나 나뭇결을 느끼면서 살림을 지을 테고요. 어디에서 어떻게 사느냐, 어떤 마음으로 어느 길을 걷느냐, 이 네 가지를 가만히 되새깁니다. 함께 읽고, 함께 느끼며, 함께 생각합니다.

2017.4.14 노랑

도서관학교 둘레로 노랑 물결이 일렁입니다. 이 노랑 물결이 한껏 달아오를 무렵 논마다 땅을 갈아 모내기를 앞두지요. 얼핏 아쉬워 보일 수 있지만, 이레 남짓 잇는 꽃잔치는 드물기 마련입니다. 배롱나무를 빼고는 웬만해서는 이레나 열흘이면 꽃빛도 꽃내음도 사그라들어요. 아, 들딸기는 좀 달라서, 들딸기는 삼월 끝무렵부터 오월 첫무렵까지 쉬지 않고 꽃이 피고 져요. 논배미 하나만 한 넓이가 들딸기밭이 되어 달포 남짓 딸기꽃잔치에 딸기알잔치가 이어진다면 무척 재미나겠네 싶습니다. 논배미 하나가 들딸기밭이라면 딸기잼을 졸이느라 그야말로 날마다 부산하겠네요. 들딸기밭이 넓다면 딸기넝쿨이 잘 퍼지라고 섶을 꽂아야겠지요. 드넓은 들딸기밭을 꿈꾸기만 해도 배가 부르고 즐겁습니다. 그래요, 우리 도서관학교 안쪽에 섶을 꽂아야겠어요. 들딸기가 잘 퍼지는 자리에 섶을 줄줄이 꽂아서 한껏 누려야겠어요.

2017.4.6 개굴

개구리는 '개굴' 하고 우는가 하고 누가 묻는다면 저는 고개를 살래살래합니다. 수많은 개구리는 저마다 다르게 울어요. 꽤액꽤액 하는 개구리가 있고 기익기익 하는 개구리가 있어요. 지이이이 하는 개구리가 있고 왜그왜그 하는 개구리가 있어요. 비가 며칠 동안 잔뜩 쏟아지고 나서 아이들하고 도서관학교로 가는 길에 웅덩이에서 개구리를 만납니다. 개구리는 아무 걱정이 없이 신나게 울다가 바로 코앞에서 우리 발자국을 비로소 느끼고는 깜짝 놀라서 웅덩이에서 배를 까뒤집습니다. 어떤 녀석은 울음을 그치고 헤엄질도 멈추면서 고요히 물낯에 떠서 흐릅니다. 하하하, 요 개구리야, 넌 죽은 척을 하는구나. 귀여우면서 미안하네. 너희는 발자국을 느낄 수 있지? 그러면 말야 그 발자국이 너희를 괴롭히려는 발자국인지 아니면 너희를 사랑하려는 발자국인지도 한번 살펴보렴. 너희는 틀림없이 발자국에 서린 결을 헤아리면서 이를 다 알아낼 수 있으리라 생각해.

2017.3.22 돌터

지난해에 받아둔 흰민들레 씨앗을 도서관학교 둘레에 큰아이하고 심습니다. 그냥 후후 불어서 날릴 적에는 이 씨앗이 땅에 잘 깃들지 못하는구나 싶어요. 씨앗을 한 톨씩 땅에 바로 묻으면서 부디 신나게 깨어나렴 하고 노래합니다. 이러고서 오늘도 큰돌을 영차영차 굴리거나 나릅니다. 며칠 동안 큰돌 옮기기를 하니 제법 볼 만합니다. 도서관학교에 마실을 오는 분들이 있으면, 이 큰돌마당에 둘러앉아서 이야기꽃을 피울 만합니다. 앞으로 한길 옆으로 나무가 좀 우거지다면 아주 고즈넉하면서 아늑한 큰돌마당이 되리라 생각해요. 두 아이도 큰돌을 들어 보겠노라, 굴려 보겠노라 용을 씁니다. 큰돌로 동그랗게 다 이으니, 두 아이는 엉금엉금 돌 사이를 건너뛰면서 놉니다. 차츰차츰 새롭고 재미난 놀이터로 거듭납니다. 큰돌을 들고 굴리며 꾸민 보람이 새삼스럽습니다.

2017.3.14 삶터

조선낫을 쥐고 풀을 벱니다. 지난가을 뒤로 아직 한쪽은 풀을 눕히지 못한 자리가 있어요. 겨우내 시든 이 자리에 선 풀을 조선낫으로 툭툭 치고 밟습니다. 잘 시든 풀포기가 바작바작 소리를 내며 흙바닥에 판판하게 덮입니다. 지난겨울 꿩 여러 마리가 어디쯤에서 살았으려나 하고 어림해 봅니다. 이제 도서관학교 둘레로 아이들이 마음껏 빙빙 돌 만하도록 풀을 다 눕힙니다. 어제에 이어 오늘도 마을 할매 한 분이 이곳에서 쑥을 캐시기에 뜯지 말라고 말씀합니다. 이곳은 우리 쑥이고 우리가 먹을 쑥이라고. 할매들은 저마다 '한 사람이 뜯는데'라 든지 '이 많은 쑥을 우짤라고 그러는데'라든지 '지심 매 주는 거 아니 냐'라든지 '그동안 여기에서 쑥을 뜯었는데'라든지 '한 마을 사람 아 니냐'라든지 '그냥 쑥인데'라든지 온갖 핑계를 댑니다. 그러나 할매네 밭은 농약을 늘 듬뿍 치니 쑥이 자랄 틈이 없지요. 우리 도서관학교 는 농약 없이 고이 건사하니 쑥이 잘 돋지요. 할매들은 으레 '이녁 혼 자'만 쑥을 뜯는다 여기지만 마을에 할매가 한 분이겠습니까. 더구나 할매들은 쑥이며 나물이며 들딸기며 죄 훑어내니 남아나지 않습니 다. 무엇보다 다른 사람 땅에 이것저것 캐거나 벤다며 몰래 들어오지 마셔야 합니다. 할매들 호미질은 서리나 나눔을 훨씬 넘어섭니다. 올 봄에도 수선화는 방긋 고개를 내밉니다. 반갑구나. 참 눈부신 얼굴이 로구나.

2017.3.4 마을

사진틀 석 점을 하나로 묶고서 마을 어귀로 걸어가는 길이 가장 멀고 무거웠습니다. 군내버스에 영차영차 실어서 이십 분 동안 붙잡으며 읍내로 간 뒤에는 이제부터 시외버스와 택시 짐칸에 실으면 끝이었 어요. 순천으로 가는 시외버스도, 포항으로 가는 시외버스도, 그저 짐 칸에 잘 싣고, 가방을 위에 얹어서 안 흔들리게 하면 됩니다. 포항 시 외버스역에서 내린 뒤에는 바로 택시를 타고 '달팽이책방'으로 갔지 요. 생각보다 사진틀 나르기가 수월합니다. 이 사진틀을 짐차나 택배 를 불러서 보내려면 돈이 얼마나 많이 들었을까 하고 어림해 봅니다. 사진틀을 즐겁게 달팽이책방 이쁘장한 전시터 벽에 붙이고서 책방지기념하고 단출히 이야기를 나누었고, 저녁에는 대구로 건너가서 '서재를 탐하다' 책방지기님을 비롯해서 대구 인문모임 '우주지감' 이웃님하고 이야기꽃을 지폈어요. 하루를 꼬박 이야기꽃으로 보내면서 생각해 보았어요. 포항이 아름답다면 포항에 있는 마을책방이 아름답게 밝혀 주는구나 싶고, 대구가 아름답다면 대구에 있는 마을책방이 아름답게 빛내 주는구나 싶어요. 우리 도서관학교는 고흥이라는 터전을 고이 밝히는 책터 노릇을 얼마나 할 만한가 하고 헤아려 봅니다.

2017.2.26 손수

사진틀을 다 짜고 이틀을 말립니다. 그늘에도 두고 볕에도 두면서 말린 다음에 창호종이를 한 겹 바릅니다. 창호종이를 바르고서 낮밥을 먹습니다. 즐겁게 밥을 먹고서 사진을 붙이기로 합니다. 붓으로 풀을 발라 붙이면 된다고 보여주니 큰아이가 혼자 붙여 보겠노라 합니다. 작은아이는 장난감 자동차를 쥐고 뒤꼍을 오르내리며 놉니다. 큰아이 나름대로 큰아이 마음에 드는 사진을 골라서 붙입니다. 사진틀에서 비는 자리에는 그림을 그려 넣을 생각입니다. 두 아이하고 천천히 그림을 그려 넣으면 사진틀 짜기는 끝. 이제 이 사진틀을 잘 싸서 씩씩하게 짊어지고 포항까지 날라야지요. 손을 놀려 짓는 놀이를 아이들이 좋아해 주니, 다음에는 빨랫대를 손수 짜 보자고 생각합니다. 차츰 날이 풀리는 만큼 톱을 들고 도서관학교 둘레에서 대나무를 베어 뭔가 뚝딱거리기도 할 생각입니다.

2017.2.21 사진

다가오는 삼월에 포항에 있는 '달팽이 책방'에서 사진잔치를 하면서,

이야기마당을 엽니다. 포항에는 아직 가 보지 못했고, 달팽이 책방으로 마실을 가 보지 못했어요. 포항에 언젠가 가리라 하고 생각한 지스물 몇 해요, 포항에 달팽이 책방이 문을 열고 멋진 신문을 내는 줄본 뒤에 그곳에 좋은 일로 마실을 해 볼 수 있겠지 하고 생각한 지도꽤 됩니다. 지난 2016년 12월에 나온 《시골에서 책 읽는 즐거움》이작은 끈이 되어 달팽이 책방하고 스토리닷 출판사가 이어졌고, 저는덩달아 사진잔치랑 이야기마당을 헤아려 봅니다.

2017.2.5 그림

도서관학교 문간에 글씨를 새로 붙여 봅니다. 한동안 집에 붙여놓던그림 하나를 도서관학교로 옮겨서 붙이기도 합니다. 이곳이 나무로우거지고, 새하고 나비가 날아들어 노닐 수 있는 터가 되며, 사람은푸른 바람을 싱그러이 누리면서 책내음을 맡을 수 있는 자리가 되기를 바라는 마음을 담은 그림입니다. 골판종이에 크레파스로 글씨를써 봅니다. 살짝 힘을 주어 천천히 그리면 멋진 무지개 글씨가 태어나요. 크레파스란 아주 멋진 벗님이지 싶습니다. 크레파스로 그림을그리는 어른이 있으려나요? 아이들하고 나란히 앉아서 크레파스로꿈을 그리는 어른이 틀림없이 있을 테지요? 화가나 예술가라는 이름이 아니어도 아이들하고 짓는 기쁜 꿈을 바라는 어른이라면 참말로크레파스로 글씨를 쓰고 그림을 그릴 테지요? 아이들이 신나게 달릴수 있는 풀밭길이란, 어른도 느긋하게 거닐면서 생각을 그릴 수 있는좋은 마실길이 된다고 느낍니다. 마을마다 이런 길이 넉넉히 있으면서 나무가 춤을 출 때에 시골에 어린이와 젊은이가 돌아와서 복닥거릴 만하리라 생각합니다.

2017.1.27 자리

설날에도 고흥에 조용히 머뭅니다. 우리는 우리 보금자리에서 조용히 살림을 헤아립니다. 만화책 칸도 자리를 바꾸고 새로 갈무리하지만, 사전하고 인문책을 놓은 칸도 자리를 바꾸어 봅니다. 여러 달에 걸쳐 퍽 천천히 이 일을 합니다. 제자리를 찾는 일이라고 할 테니 서둘러 할 수 있어요. 그러나 제자리를 찾는 일인 터라 조금씩 더 헤아리면서 차근차근 할 수 있어요. 한동안 집에만 두었던 《우리 고장 고흥》이나 《고흥 지명 유래》를 도서관으로 옮깁니다. 순천에 있는 헌책방에서 찾아낸 고흥 이야기책입니다. 아이들이 몸뿐 아니라 마음이 함께 차츰 자라는 모습을 지켜보면서 어버이로서 나는 몸이나 마음이 어떻게 자라는가 하고 생각해 봅니다. 천천히 책하고 책꽂이를 옮기면서 우리 자리가 참말로 보금자리가 되도록, 사랑자리나 꿈자리가 되도록, 또 이야기자리나 노래자리가 되도록, 나아가 바람자리나 하늘자리가 되도록, 오늘 하루 어떤 길을 걸어가는지 설날을 앞두고 조용히 돌아봅니다.

2017.1.26 어둠

해가 저물 무렵 도서관으로 갑니다. 두 아이는 종이인형을 챙기고, 저는 책을 챙깁니다. 다 읽고 나서 도서관으로 옮길 책을 천바구니에 넣어서 가져갑니다. 도서관에 닿으니 해는 넘어갑니다. 불을 밝힙니다. 두 아이는 인형놀이를 하고, 저는 만화책 자리를 새로 꽂습니다. 책꽂이가 더 있어야겠는데, 손수 짜 볼는지, 다른 곳에서 책꽂이를 얻을 만한지 생각합니다. 한 시간 남짓 저녁 한때를 누리고서 집으로 돌아갑니다. 불을 끄고 나오니 바깥은 아주 깜깜합니다. 이러면서 별

빛이 아주 환합니다. 우리는 눈부신 밤하늘을 올려다보면서 천천히 걷습니다. 이 어둠을 즐거이 맞아들이고 도란도란 이야기를 나누며 걷습니다.

2017.1.22 웅진

제가 국민학교를 다닐 무렵, 마을에 '과외 바람'이 분 적 있습니다. 대학생을 과외 교사로 부르기에 살림돈이 모자란 집에서는 '학습지'를 받아서 교과서 학습을 도우려고 하곤 했어요. 과외 교사는커녕 학습지조차 받기 어려운 살림인 집도 많았고요. 저는 셋 가운데 학습지를 받는 쪽이었습니다. 이때 받은 학습지는 '웅진아이큐 큰마음 작은아이'였습니다. 주마다 우편으로 학습지 꾸러미가 날아오는데, 하루나 이틀쯤 학습지 숙제를 안 하면 자꾸자꾸 쌓였어요. 처음에는 제 이름으로 된 봉투가 오니 기뻤지만, 부록으로 얹힌 만화책 빼고는 잘 안 들여다보았습니다. 이때 받은 학습지와 부록만화와 봉투까지 한동안 모두 건사했다가 아마 고등학생 무렵 모두 폐휴지로 버렸는데, 지난 11월에 헌책방마실을 하다가 '웅진아이큐 큰마음 작은아이' 학습지에 곁달린 부록만화를 두 권 보았습니다. 예전에는 이 부록만화에 누가 그림을 그렸는지 몰랐어요. 이제 와 돌아보면 백성민 님이나 이희재 님도 이런 부록만화를 그리셨더군요. 애틋하면서 그립고 재미난 자그마한 만화입니다.

2017.1.10 파랑

하늘이 파랗습니다. 바람이 세게 붑니다. 겨울다운 드센 바람입니다. 모처럼 손가락이 얼어붙는 날입니다. 지난 열흘 남짓 대단히 포근한

겨울 날씨였어요. 이런 날 우체국을 어디로 갈까 하고 생각하다가 올들어 아직 자전거마실을 안 했네 싶어, 오늘 이 찬바람을 가로지르면서 면소재지에 가자고 생각합니다. 두 아이한테 묻습니다. 작은아이는 대뜸 "놀이터 가자!" 하고 말하고, 큰아이는 "안 돼. 오늘 일요일이 아니라서 학교에 못 간단 말이야." 하고 대꾸합니다. "그래도 한번 가 보고." 하고 이야기를 해 줍니다. 자전거 발판을 밟으려는데 바람결이 좀 바뀌었구나 싶습니다. 설마 벌써 바닷바람하고 뭍바람이 바뀌지는 않을 테지만, 바람결이 한겨울하고 좀 달라요. 늘 바람을 살피며 생각하다 보니 바람을 얼굴로 맞을 적마다 철을 짚을 수 있습니다. 구름 한 조각 없이 맑은 하늘인 하루입니다. 파란 하늘 파란 바람이니 '파람'이라고 해 볼까 싶습니다. "마파람에 게눈 감추듯"이라는 말이 있으니 '바람' 말고 '파람'이라 해도 재미있겠지요.

2017.1.6 재미

작은아이는 자전거를 몰며 재미납니다. 큰아이는 만화책을 보며 재미납니다. 두 아이한테는 두 가지 재미가 있어요. 그리고 두 아이는 서로 다른 재미에다가 서로 같은 재미가 있으니, 꽃삽이나 호미로 흙을 파는 재미입니다. 신나게 땅을 팝니다. 신나게 돌을 고릅니다. 그리고 신나게 달리면서 깔깔깔 웃습니다. 그러면 이 아이들을 지켜보는 저한테는 어떤 재미가 있을까요? 바로 이 아이들이 마음껏 뛰놀 수 있는 숲보금자리를 가꾸면서 도서관학교를 일구는 재미가 있어요.

2017.1.5 새싹

큰나무 곁에 새싹이 돋습니다. 큰아이가 문득 알아챕니다. 그래 네 말이 맞구나. 큰나무 곁에 어린나무가 무럭무럭 올라오네. 저 아이들은 언제 저렇게 푸르게 올라왔을까. 아마 씨앗이 떨어져서 퍼진 듯해. 우리가 깃든 이곳을 푸른 숲으로 가꾸어 줄 멋진 새싹이요 어린나무로 구나 싶어. 천천히 올라오지. 천천히 힘을 내지. 천천히 꿈을 꾸면서, 천천히 기지개를 켜지. 새로운 삶을 천천히 배우고, 새로운 바람을 천천히 마시네.

2017.1.4 먼저

"나 먼저 갈래." 하는 말을 남기고 바람처럼 달려서 저만치 앞서 가는 작은아이. 큰아이도 작은아이만 하던 때에 으레 이처럼 바람처럼 달려서 저렇게 멀리 앞서 갔어요. 작은아이도 큰아이도 언제나 참말 바람처럼 휙휙 달립니다. 나는 늘 아이들 뒤에서 이 바람 같은 숨결을 가만히 지켜봅니다. 어버이라는 자리는 으레 아이한테 먼저 길을 틔워 주고, 어른이라는 자리는 한결같이 아이더러 먼저 가라고 손짓을 하는 넋인가 하고 생각합니다. 나한테는 여러 어른이 곁에 있었기에 그분들이 내어준 길을 먼저 걸을 수 있었을 테지요. 나도 천천히 어른이 되면서 새로운 아이들이 즐겁고 신나며 기쁘게 이 길을 먼저 가도록 하는 몸짓으로 거듭날 테고요.

2017.1.1 첫날

새해 첫날 떡국을 끓입니다. 새해 첫날이기에 끓인다기보다 '오늘은 떡국을 끓일까? 그러면 어떤 떡국으로 끓이면 더 맛날까?' 하고 생각하며 끓이는데, 마침 오늘이 새해 첫날입니다. 날이 포근하기에 도서관에 오래 머물 만하겠네 생각했으나, 아침을 차리고서 평상에 드러누워 한동안 해바라기를 한 뒤에 부엌을 치우느라 부산합니다. 도서관에는 짐만 살짝 가져다 놓고 면소재지를 자전거로 다녀옵니다. 헌 형광등을 면사무소에 갖다 놓으려고 갔는데, 면사무소 건물에 커다란 걸개천이 나부낍니다. 걸개천 글을 읽으니 2017년 1월 1일부터 고흥군은 모든 군내버스가 1000원이라고 합니다. 며칠 앞서 읍내 버스역에서 표를 끊을 적에 새해부터 '미리 끊어 놓는 표는 새해부터 못 쓴다'고 하기에, 해가 넘어가면 예전 해 버스표를 못 쓰나 하고 갸우뚱했는데, 그 뜻이 아니라 고흥에서 이제 어디를 가든 표값이 모두 1000원이라는 뜻이었군요. 도화에서 읍내를 거쳐 나로나 녹동으로 가자면 5000원쯤 드는데 2000원으로도 갈 수 있겠네요.

드디어
'우리 사전'을
써내다

2016년
12월 28일~1월 2일

2016.12.28 깍두기

읍내마실을 합니다. 자전거를 몰아서 우체국에 갈까 하다가 군내버스를 타고 읍내로 갑니다. 마침 깍두기가 거의 다 떨어졌으니 무를 장만하자고 생각합니다. 아이들이 감을 거의 다 먹었기에 감도 한 자루 장만할 생각입니다. 11시 15분에 마을 앞을 지나가는 군내버스를 탑니다. 읍내에는 11시 40분쯤 닿을 테니, 12시 30분에 돌아올 버스를 타자면 서둘러야 합니다. 좀 빠듯할 수 있겠구나 싶어서 통통 달려서 우체국에 가서 도서관학교 소식지 서른다섯 통을 부칩니다. 이튿날 더 봉투질을 해서 부쳐야지요. 자루감(자루에 쉰 알씩 담아서 파는 감)을 내놓은 과일집이 있는가 하고 살피는데 한 군데도 없습니다. 이제 단감은 막철이로구나 싶네요. 해 떨어진 저녁에 느긋하게 별바라기를 하면서 아이들하고 도서관에 갑니다. 전기난로를 켜고 호젓한 밤을 누리고는 다시 천천히 별바라기를 하며 집으로 돌아옵니다.

2016.12.22 겨울

우리가 부르기에 봄이 오고 여름이 오고 가을하고 겨울이 온다고 느낍니다. 여름에 더위로 펄펄 끓으며 시원한 바람을 바라니 어느새 겨울이요, 겨우내 추위로 꽁꽁 얼며 따스한 바람을 꿈꾸니 어느덧 여름이지 싶어요. 해마다 겨울에서 봄 사이에 유채꽃하고 갓꽃을 만납니다. 들에서 저절로 자라는 유채하고 갓은 십일월 끝자락부터 꽃이 터집니다. 들에 피는 들갓꽃을 보면서 올해에도 곧 갓김치를 담글 철이로구나 하고 깨닫습니다. 들바람을 쐬며 들노래를 배우고, 들꽃을 보며 들살림을 배웁니다. 아마 지난날에는 여느 사람들한테 종이책이 없었어도 우리를 둘러싼 모든 들하고 숲하고 바람하고 하늘하고 풀이 사랑스러운 삶책이 되어 즐거이 배울 이야기를 베풀었으리라 생각해요.

2016.12.17 종로

꽁꽁 얼어붙는 바람이 불면 도서관학교 어귀에 놓은 낡은 그릇에 고인 물이 얼어붙습니다. 두 시골아이는 "얼음이다! 얼음이 얼었다!" 하고 외치면서 저희 손이 어는 줄 모르는 채 얼음놀이를 즐깁니다. 전기난로를 켜 놓습니다. 언손 아이들은 곧 "아, 손 시려!" 하면서 손을 녹이려 하겠지요. 책시렁을 갈무리하고, 묵은 짐을 치우다가 2002년 어느 날 오린 신문종이를 봅니다. ㅎ신문에 실린 '책 만화'랑 '종로서적' 누런 봉투가 새삼스럽습니다. 종로서적이라는 곳은 참말 책방이었지요. 문방구도 찻집도 명소도 아닌 그저 책방이던 종로서적이었어요.

2016.12.11 달빛

해가 떨어지고 달이 밝은 저녁에 이르러서야 비로소 아이들하고 도서관에 갑니다. 겉옷을 잘 챙기고 천천히 노래하면서 어두운 길을 걷습니다. 자동차도 사람들 발길도 없는 시골길을 조용히 걷습니다. 큰 아이는 만화책을 무릎에 얹고, 작은아이는 작은 자전거를 끌면서 이 골마루 저 골마루 누빕니다. 작은아이는 자전거를 끌며 놀다가 작은 그림책을 누나처럼 무릎에 펴서 읽습니다. 월요일이 밝으면 우체국에 가서 부칠 책을 꾸립니다. 이주에는 도서관 이야기책도 하나 엮을 생각입니다. 집으로 돌아오며 작은아이한테 얘기합니다. "어두운 길을 걷기가 무섭니?" "아니." "왜 안 무서울까?" "다 보여서?" "어두운 곳에서는 어두운 빛을 볼 수 있어. 밝은 데에 있다가 어두운 곳에 가면 그냥 어두움이 있을 뿐이야. 10초만 가만히 있어도 어두움을 잘 볼 수 있어." 반달이지만 무척 밝습니다. 달 둘레로 하얗게 빛띠가 보입니다.

2016.12.6 허물

도서관학교 둘째 칸 책꽂이 자리를 바꿉니다. 며칠에 걸쳐 조금씩 일합니다. 이동안 두 아이는 저희 나름대로 불을 쬐며 책을 읽거나 온 골마루를 달리면서 놉니다. 한창 책꽂이를 옮기고 책을 빼어 새로 꽂다가 묵은 짐 사이에서 사마귀 허물을 봅니다. 웬 사마귀 허물이 이런 곳에? 허물을 벗은 사마귀라면 설마 사마귀가 우리 도서관학교에서 함께 살았다는 뜻? 풀밭이 아닌 책밭에서도 사마귀가 먹이를 찾으면서 지냈다는 뜻? 가만히 돌아보면 여름 내내 도서관학교 둘째 칸이나 셋째 칸에서 제법 큰 풀사마귀를 으레 보았기에 그때마다 풀밭

99

으로 내놓아 주었는데, 내놓고 또 내놓아도 다른 풀사마귀가 있었구나 싶기도 합니다. 오늘은 책꽂이 자리를 제법 잡았고, 책도 꽤 새로 꽂았습니다. 며칠 더 품을 들이면 마무리를 지을 수 있으리라 봅니다. 집으로 돌아가기 앞서 묵은 시집을 한동안 서서 읽었습니다.

2016.11.27 어린

집 뒤꼍에 감나무가 있습니다. 감나무 둘레에서 초피나무가 싹이 텄습니다. 몇 해를 지켜보니 앙증맞은 어린나무가 됩니다. 이 어린나무를 큰 감나무 밑에 둘 수 없습니다. 초피나무가 살 수 없기도 할 테지만, 감나무한테도 안 좋을 테니까요. 어린 초피나무를 호미로 살살 긁어서 뿌리를 뽑습니다. 초피알에서 싹이 튼 이 어리고 멋진 아이들을 도서관학교로 옮기기로 합니다. 아무리 어려도 똑같은 나무이니, '다섯 그루'를 뽑아서 호미로 옮겨심습니다. 세 그루는 내가 심고, 두 그루는 큰아이가 심습니다. 우리 도서관학교는 올해로 열 살이지만, 고흥에서는 여섯 살입니다. 아직 퍽 어립니다. 어린 도서관학교에 어린나무 다섯 그루는 잘 어울릴 테지요. 걸거칠 것이 없는 너른 자리에서 어린나무가 무럭무럭 자라기를 빕니다. 나무 옮겨심기를 마치고 집으로 돌아오는 길에 큰아이가 생쥐 한 마리를 봅니다. 죽은 채 논둑에 있습니다. 큰아이 손바닥으로도 움켜쥘 만큼 자그맣습니다. 마치 잠든듯이 꿈꾸는듯이 죽은 생쥐를 살며시 들어 대숲으로 옮겨 줍니다. 가랑잎으로 덮어 줍니다.

2016.11.23 4쇄

4쇄를 찍은 《새로 쓰는 비슷한말 꾸러미 사전》을 도서관학교 책시렁에 가만히 세워 놓습니다. 4쇄에는 겉그림에 "서울 서점인이 뽑은 2016 올해의 책"이라는 동글딱지가 척 붙습니다. 동글딱지가 참 멋지네 하고 생각하면서 쓰다듬습니다. 좋아 좋아, 스스로 북돋우는 노래를 부르고는 바로 이 늦가을에만 볼 수 있는 새빨간 나뭇잎을 한참 바라봅니다. 며칠만 지나도 모두 떨어질 가을잎이에요. 두 아이는 상자집에 들어가 만화책에 사로잡힙니다.

2016.11.22 도둑

도서관학교 앞마당은 운동장입니다. 이 운동장에 예전에 어떤 나무를 잔뜩 심은 분이 있습니다. 나중에 나무이름을 알았는데 '유칼립투스'라고 합니다. 처음에는 몰랐으니 그러려니 했지만, 이 나무가 한창 잎이 짙푸를 적에는 냄새가 얼마나 그윽한지 몰라요. 비록 아무렇게나 몰라서 심었다고 하더라도 유칼립투스는 우리 마을에 매우 고운 숨결을 베풀어 주었습니다. 그런데 누군가 도서관학교 앞마당에서 느긋하게 자라던 유칼립투스 몇 그루를 모질게 베었습니다. 우리가 도서관학교에 없는 사이에 몰래 베었어요. 틀림없이 이 마을 아저씨나 할아버지가 한 짓이겠지요. 이 나무가 어떤 나무인지 모르니 그냥 베었을 테고, 이 나무는 우리를 괴롭힌 일도 없는데 뭔가 성풀이를 하려고 나무를 괴롭혔구나 싶어요. 남몰래 훔칠 적에도 도둑질이지만, 남몰래 나무를 괴롭힐 적에도 도둑질이라고 느낍니다. 스스로 바보가 되는 도둑질이 사라지기를 비는 마음입니다.

2016.11.17 비닐

도서관학교 한쪽 끝자락에 오래된 은행나무가 있습니다. 이 은행나무는 숱하게 시달렸습니다. 굵은 밑동 아래쪽을 보면 톱질 자국이 있어요. 가지도 여러 차례 잘렸어요. 옆에 붙은 논에 그늘을 드리운다면서 마을에서 베어내려 했겠지요. 베려고 하다가 도무지 힘들어서 톱날 자국이 또렷한 채 이 자리에 그대로 있겠지요. 하도 시달리느라 가지도 제대로 못 뻗겠지요. 이 은행나무 둘레에 돋은 풀을 베고, 찔레나무도 벱니다. '찔레야, 부디 다른 곳에서 자라렴.' 은행나무 둘레에 들딸기가 자랍니다. 제법 퍼진 모습을 봅니다. 이듬해 봄에 꽃이 많이 피고 열매도 많이 맺겠네 싶습니다. 은행나무 줄기를 타고 오르는 덩굴을 걷어내는데, 밑동 둘레에 비닐쓰레기가 엄청나게 많습니다. 걷어내다 걷어내다 무겁고 너무 많아서 살짝 쉽니다. 따로 끈을 챙겨서 비닐쓰레기를 묶어서 큰길에 내다 놓아야겠어요. 참말로 어떤 분이 비닐농사를 짓고서 비닐쓰레기를 나무 옆에 잔뜩 내다 버릴 생각을 했을까요.

2016.11.13 잎빛

가을에도 겨울에도 포근한 고흥은 가을 잎빛이 느즈막히 물듭니다. 우리 도서관학교에 깃든 나무도 느즈막히 물들어 고운 빛잔치를 더 오래 누릴 수 있습니다. 이곳이 오래된 폐교이기 때문에 고스란히 지킬 수 있던 나무를 바라봅니다. 이 오래된 폐교에 오래오래 깃들면서 앞으로도 오래오래 숨쉬며 자랄 나무를 바라봅니다. 이 나무가 있기에 바람이 한결 싱그러울 수 있고, 마을도 더욱 포근할 수 있습니다.

2016.11.4 구멍

두 아이가 바지에 구멍을 냅니다. 작은아이는 작은아이대로, 큰아이는 큰아이대로 바지에 구멍을 내요. 신나게 뛰어노는 아이들이니 으레 넘어져서 무릎이 까지는데, 늦가을로 접어드는 터라 긴바지를 입고 놀다가 넘어졌기에 무릎보다는 바지 천이 찢어집니다. 먼저 흙바지를 잘 빨래해서 말립니다. 잘 마른 바지에다가 실바늘을 챙겨 도서관학교로 갑니다. 오늘은 풀베기를 멈춥니다. 바느질을 하기로 합니다. 손잡이 끈 이음새가 풀린 천바구니부터 기웁니다. 이러고 나서 큰아이 고양이바지를 기웁니다. 이동안 두 아이는 큰 상자에 그림을 그리느니 뭔가를 뚝딱거리느니 하면서 놉니다. 풀베기는 낫을 쥐고 온몸을 쓰는 일이라면, 바느질은 바늘을 쥐고 온마음을 쏟는 일입니다. 한 땀씩 천천히 기웁니다. 작은아이한테까지 작아서 못 입는 낡은 바지를 가위로 오려서 큰아이 고양이바지 무릎에 댄 뒤에 기웁니다. 큰아이는 두 무릎이 나갔으니 두 군데를 기워야 합니다. 한 군데를 다 기운 뒤 손을 번쩍 듭니다. 다 했다! 아니, 반을 했다! 슬슬 해가 기울고 저녁밥 지을 무렵입니다. 나머지는 이튿날 마저 하기로 하고 창문을 닫고 집으로 돌아갑니다.

2016.10.27 숫돌

도서관학교 둘레 풀을 한 시간쯤 베고서 숫돌로 낫을 갑니다. 슬슬 숫돌질을 하면서 등허리를 쉽니다. 낯이랑 손을 씻으며 후유 숨을 돌립니다. 베어서 깔아 놓은 풀을 자박자박 밟으면 빠지직빠지직 소리가 나기도 하고 뽁뽁 소리가 나기도 합니다. 짚하고 흙을 밟는 느낌은 언제나 싱그럽습니다. 집에서 부엌칼을 갈듯이 도서관학교에서 낫을 갑니다. 부엌칼을 날마다 갈면서 도마질이 부드럽듯이 낫날을 날마다 갈면서 낫질이 부드럽습니다. 낫으로 풀을 베어 놓는 자리는 날마다 늘어나고, 작은아이는 날마다 더 넓은 자리를 마음껏 달리고 뜁니다. 애들아, 머잖아 도서관학교 둘레가 온통 너희들 놀이터로 바뀔 테니 늘 새롭게 꿈을 꾸렴. 어떤 놀이터를 꾸밀는지 늘 즐겁게 생각을 지으렴.

2016.10.18 글씨

도서관 이야기를 묶어서 도서관 지킴이 이웃님한테 띄울 적마다 봉투에 손으로 주소하고 이름을 씁니다. 이렇게 한 지 어느덧 아홉 해가 됩니다. 지난 아홉 해 동안 손글씨로 주소하고 이름을 쓴 봉투를 받은 이웃님은 책꽂이 한칸을 도서관 이야기책으로 채울 만하리라 생각해요. 손으로 천천히 쓴 글씨가 깃든 봉투처럼, 우리 도서관도 천천히 자리를 잡습니다. 손으로 하나하나 글씨를 빚듯, 우리 도서관도 손으로 조금씩 가다듬으면서 새로운 이야기를 짓습니다.

2016.10.12 사마귀 내보내기

낮에 도서관학교에 가니 큰아이가 문득 외칩니다. "사마귀 들어왔네! 아버지 사마귀도 손으로 잡아서 내보낼 수 있어?" 속으로 생각합니다. '얘야, 아버지를 시키지 말고 네가 스스로 해 보면 돼.' 그나저나 창문을 모두 닫았는데 사마귀는 어느 틈으로 들어왔을까 아리송합니다. 마침 풀사마귀는 골판종이에 앉았으니 굳이 손으로 안 잡아도 됩니다. 큰아이한테 보여줍니다. "자 보렴, 애가 여기 있으니 이 종이를 들고 밖으로 나가서 '자, 나가렴' 하고 말하면 돼." 큰아이는 골판종이를 들고 밖으로 나가서 바닥에 내려놓습니다. 그런데 풀사마귀는 좀처럼 종이에서 안 떨어지려 합니다. 입김을 후후 부니 그제서야 종이에서 떨어집니다. 문득 생각합니다. 엊그제 내 가방에 흙사마귀 한 마리가 알을 낳더니, 이 풀사마귀는 우리 도서관학교 안쪽 어딘가에 알을 낳으려고? 사진책하고 그림책을 놓은 교실 천장에 등불을 붙입니다. 사다리를 받치고 드라이버 하나로 구멍을 내어 붙입니다. 단추를 딸깍 눌러 불이 켜지니, 작은아이가 외칩니다. "아버지 불 들어와! 우리 이제 밤에도 도서관에 와서 그림책 볼 수 있겠네? 이따 밤에 와서 그림책 보자!"

2016.10.10 삶말 24

제주에서 고흥으로 삶터를 옮기려는 분이 있어서 아침에 도서관 문을 엽니다. 제주라는 곳도 예쁜 삶터가 되리라 생각해요. 고흥도 예쁜 삶터가 될 테고요. 우리는 어느 고장에서든 스스로 기쁨씨앗을 심으면서 알뜰살뜰 살림을 지을 수 있다고 생각합니다. 고흥은 워낙 나그네가 들지 않는 고장이면서 조용해요. 수수하고 조용하게 살림을 지으려는 마음이 있는 분이라면 고흥이 한결 나을 수 있어요. 도서관 손님이 가신 뒤에는 도서관 소식지 〈삶말〉 24호를 바지런히 꾸밉니다. 오늘 읍내에 나가서 복사를 할 생각입니다. 도서관 이야기책 〈숲노래〉 19호도 거의 다 엮었으니 이제 소량인쇄 주문을 넣을 생각이에요. 작은아이는 집에서 놀겠노라 하고 큰아이만 읍내마실을 따라갑니다. 큰아이는 〈삶말〉 24호를 복사해 달라며 맡길 적에 묻습니다. "아버지, '복사'가 뭐야?" "'복사'는 똑같이 그리는 일을 가리켜. 우리가 어떤 글이나 그림을 그린 뒤에, 이 글이나 그림을 종이에 똑같이 찍는 일도 가리키고. '똑같이찍기'쯤 될까." 큰아이가 '복사'라는 낱말을 물었기에 이 한자말도 새삼스레 돌아봅니다. 그냥그냥 쓰던 낱말인데, 우리는 이런 낱말 하나도 그저 그냥그냥 쓸 뿐, 우리 나름대로 재미있거나 새롭게 한국말로 지어내지 못했다고 깨닫습니다. 그냥 쓴다고 해서 나쁠 일은 없어요. 다만, 그냥 쓰기만 할 뿐 '생각을 새롭게 지어 보지 않았다'는 대목에서 가슴이 뜨끔합니다. 어느 말이든 그냥 쓸 수 있는 말은 없어요. 어느 말이든, 아주 작거나 하찮거나 흔하다 싶은 말에도 온사랑을 담아서 새롭게 지어 쓸 수 있는 마음이 되어야지 싶습니다.

2016.10.9 전기를 놓다

한글날이라 하고 일요일이라 하던 날, '도서관학교 숲노래'에 전기가 들어옵니다. 이웃지기님이 도와주어서 이제 우리 도서관학교에서도 전기를 쓸 수 있습니다. 2011년 여름에 전남 고흥으로 옮겨 자리를 잡은 뒤 이제껏 전기를 쓰지 못하던 살림이었는데, 여섯 해 만에 전기를 쓸 수 있습니다. 이제는 햇빛이 들지 않아도 도서관학교를 열 수 있어요. 전기를 쓸 수 있으니, 도서관학교 한쪽에 셈틀을 놓을 수 있지요. 선풍기라든지 전기난로를 놓을 수도 있고요. 아, 전기주전자를 놓아 물을 끓여서 책손님한테 차 한 잔을 드릴 수도 있네요. 올해에는 지난해보다 세 곱이나 많이 모과를 따서 모과차를 담가 놓았으니 겨우내 모과차를 한 잔씩 드릴 수 있겠군요. 곧 전등갓하고 형광등을 장만해서 달 생각입니다. 전등갓하고 형광등 값이 그리 많이 들지는 않겠지요? 교실 두 칸하고 골마루에 달아야 하니 꽤 많이 장만하기는 해야 하지만 말입니다. 큰길부터 도서관 문간까지 그동안 베어 놓은 풀은 나날이 잘 마르면서 '걸어서 들어오는 길'다운 티가 조금 납니다. 바닥돌을 놓을까 싶다가도, 마른풀하고 흙을 밟는 느낌이 훨씬 좋기에 이대로 풀만 잘 베어 놓자는 생각이 듭니다.

2016.10.5 걸레질

세찬 바람이 몰아치면서 비가 내린 이튿날, 도서관은 온통 물바다입
니다. 끄응 하고 한숨을 쉬다가 밀걸레를 손에 쥐고 골마루를 훔칩니
다. 바닥에 고인 물을 밀걸레로 훔치자니 등허리도 팔다리도 결립니
다. 청소란 만만하지 않아요. 하기는 그렇지요. 학교 건물에서 교실
넉 칸을 혼자 물걸레 청소를 한다고 생각해 보니 그래요. 이날만큼은
밀걸레로 바닥을 훔치기만 할 뿐, 낫을 쥐어 풀을 벨 엄두를 내지 못
합니다. 저녁이 되니 팔뚝이 저리고 손에 힘이 안 모입니다. 파란 하
늘하고 하얀 구름을 올려다보면서 쉽니다.

2016.9.28 이제 알아

이제 작은아이는 뭔가 압니다. 커다란 상자에 책탑을 쌓다가 사꾸 무
너지는 까닭을 알아차렸어요. 커다란 상자 한쪽에 작은 책상자랑 주
판으로 기둥을 먼저 세웠고, 이 든든한 바탕에 책탑을 여럿 올려요.
더욱이 처음에는 책탑을 쌓으면서 아래와 위에 비슷한 갯수로 쌓기
도 하고 위에 더 쌓으려 했지만, 이제는 그렇게 하면 쉽게 무너지는
줄 알아채요. 맨 밑에 넷, 다음에 셋, 위에 둘, 마지막에 하나, 이렇게
차곡차곡 쌓는군요. 누가 가르쳐 주어도 알 테지만, 스스로 쌓고 무너
뜨린 끝에 깨달았으니 오래도록 잘 되새길 수 있겠지요.

2016.9.6 풀이웃

봄부터 가을까지 도서관 문간에서 조그마한 풀개구리를 만납니다.

이 아이들은 늘 도서관 문간에서 놉니다. 때로는 유리문에 달라붙고, 때로는 문고리에 달라붙습니다. 때로는 내 어깨에 폴짝 뛰어내렸다가 물똥을 뿌직 싸면서 다시 뛰어오르기도 합니다. 어느 날에는 도서관으로 슬금슬금 들어옵니다. 뭔가 볼 만한 것이 있을까 궁금할 테지요. 너무 깊이 들어오다가 책꽂이 뒤에 숨으면 갇힐 수 있으니, 골마루를 기는 모습을 보면 살그마니 두 손으로 잡아서 바깥으로 내보냅니다. 풀개구리야, 너희는 바깥 풀밭에서 놀렴. 여름이 저물며 가을에는 한결 싱그러우면서 시원한 바람이 붑니다.

2016.8.28 어느 날 문득

신나게 놀다가 어느 날 문득 한 가지를 배웁니다. 한 가지를 새롭게 배우면서 쑥쑥 자랍니다. 재미나게 일하다가 어느 날 문득 한 가지를 익힙니다. 한 가지를 새롭게 익히면서 씩씩하게 자랍니다. 아이들은 신나게 놀다가 스스로 문득 배우면서 자랍니다. 어른들은 재미나게 일하다가 어느 날 문득 한 가지를 익히면서 큽니다. 아이뿐 아니라 어른도 늘 새롭게 자랍니다. 아버지 자전거를 밀면서 노는 작은아이가 어느새 자전거 키를 넘습니다. 제법 자랐구나. 작은아이는 요즈음 들어서 "나도 벼리(누나)가 앉는 자전거에 앉아 보고 싶어." 하고 얘기합니다. 이제 키가 자랐으니 발이 닿을 수 있다고 여깁니다. 작은아이는 우리 도서관 곳곳에 있는 골판종이를 낑낑거리며 날라서 뭔가를 짓습니다. 놀이집을 짓고, 자동차가 지나갈 길을 짓습니다. 기다란 골판종이를 네모낳게 꺾어서 몸을 사이에 넣어서 웅크립니다. 숨기놀이를 스스로 지어냅니다. 어느 날 문득 아이들을 보다가 이 아이들이 어버이한테 얼마나 기쁜 배움을 새롭게 일깨우는가 하고 느낍니다. 나도 이 아이들이 어느 날 문득 기쁘며 새롭고 재미난 배움을 새롭게 일깨워 주는 어버이 자리에 설 수 있어야겠지요. 도서관을 슬그머니 드나드는 사마귀 한 마리를 풀밭으로 옮겨 줍니다.

2016.8.4 글 한 줄

도서관에 찾아온 이웃님이 책 한 권을 사 줍니다. 나는 책 안쪽에 글 한 줄을 적어서 드립니다. 우리 도서관에 찾아와서 책을 사 주는 분들은 도서관 살림을 북돋아 줍니다. 도서관 지킴이가 되어 주는 분들도 도서관 살림을 살찌워 줍니다. 그래서 나는 그때그때 바람을 떠올리고 꿈을 그리면서 글 한 줄을 적어 봅니다. 내 마음에서 피어날 수 있는 사랑을 글로 옮겨 봅니다. 글 한 줄에 바람을, 글 두 줄에 햇볕을, 글 석 줄에 꽃송이를, 글 넉 줄에 풀내음을, 글 닷 줄에 풀벌레 노래를, 글 여섯 줄에 냇물 소리를, 글 일곱 줄에 바다를, 글 여덟 줄에 흙 한 줌을 실어 봅니다.

2016.8.3 선반 얹기

큰아이가 도서관 책상맡에 이것저것 잔뜩 올려놓기에 책을 올려놓고 읽기에 번거롭구나 싶습니다. 그래서 큰아이가 자주 앉는 책상맡에 있는 책꽂이 사이에 나무받침을 대어 선반을 얹어 봅니다. 작은아이가 으레 앉는 책상맡에도 선반이든 다른 재미난 받침대를 재미나게 붙일 생각입니다.

2016.8.1 도서관 대부 계약

고흥교육지원청에 다녀옵니다. 2016년 9월 11일부터 2017년 9월 10

일까지 옛 흥양초등학교(폐교) 건물을 빌려서 도서관으로 쓰려는 대부계약서를 쓰기로 합니다. 옛 흥양초등학교 건물을 한 해 동안 빌리면서 내는 삯(대부료)는 세금까지 더해서 1,172,600원이라고 합니다. 다달이 낸다면 작은 돈일 테지만, 한몫에 몰아서 낸다면 목돈일 테지요. 8월 1일에 계약서를 쓰는데, 8월 10일까지 삯을 먼저 내야 하니, 이동안 책을 신나게 팔아서 목돈을 마련해야겠구나 하고 생각합니다. 마침 요즈음《새로 쓰는 비슷한말 꾸러미 사전》이 퍽 널리 사랑을 받으니 한 해치 건물삯을 즐겁게 낼 수 있으리라 생각해 봅니다. 이주에 건물삯을 내고 이듬해 2월에는 교육시설재난공제회 보험비를 내야 한다는군요. 아침에 전화를 받고서 바지런히 아침을 차려서 아이들 먹이고, 빨래도 바지런히 하고, 이모저모 집안일을 마무리짓고 낮 두 시 군내버스를 겨우 잡아타고서 읍내로 나갔습니다. 땡볕이 가장 뜨거울 때에 읍내 버스역에서 교육청까지 이십 분 남짓 걸었는데, 이렇게 걸으며 가만히 생각을 기울였어요. 올해까지 아홉 해째 서재도서관을 꾸렸고, 곧 열 해째 서재도서관을 꾸리는데, 앞으로 어떤 걸음이 되어야 할는지, 이 같은 서재도서관이 맡을 수 있는 구실이 무엇인지, 이 서재도서관이 우리 아이들을 비롯해서 이웃님한테 어떤 '도서관학교' 노릇을 할 만한지 생각에 생각을 거듭했습니다. 이렇게 생각에 생각을 거듭하며 땡볕을 걸으니 땡볕을 땡볕으로 느끼지 않으면서 땀도 안 흘렸습니다. 도서관 어귀에 우뚝 선 아왜나무는 한여름을 맞이해서 잎사귀가 반짝반짝합니다. 마을 어귀에서 도서관으로 가는 길목에 마을 할배 한 분이 줄줄이 심은 배롱나무는 어느새 분홍빛 고운 꽃을 터뜨립니다. 고마운 마음과 고운 마음을 하늘숨으로 여겨 반가이 맞이하자고 새삼스레 생각합니다.

2016.7.30 나무 타는 놀이터

씩씩해 보이는 두 아이를 이끌고 도서관으로 찾아온 손님이 있습니다. 손님으로 찾아온 두 아이는 처음에 신을 꿰고 돌아다니다가 어느새 우리 집 아이들처럼 신을 벗고 맨발로 뛰어다닙니다. 도서관 바닥은 오래된 학교 골마루이거든요. 쉬지 않고 지치지 않고 마음껏 이리저리 달립니다. 도서관은 책을 빌려서 읽기도 하는 구실을 하지만, 아이나 어른한테는 마음을 쉴 수 있는 터전 구실을 함께 한다고 생각합니다. 여느 공공도서관이라면 아이들이 뛰거나 달리지 말라고 소리를 높일 텐데, 우리 도서관은 아이들이 맨발로 달릴 수 있는 놀이터 구실을 곧잘 한다고 느낍니다. 다만, 아이들이 지나치게 개구지면 골마루는 그만 달리고 바깥에서 풀밭을 달리라고 해야지요. 아이들을 데리고 우리 도서관에 찾아온 아버님은 아이들하고 나무타기를 합니다. 건물 앞쪽에 제법 오래된 단풍나무가 있어요. 이 나무는 곧게 서지 않고 한쪽으로 가만히 기울었기에 타고 오르기에 퍽 좋습니다. 그동안 아이들끼리 타고 놀던 나무인데 어른이 함께 타니 훨씬 재미나 보입니다. 우리는 놀이터라 하면 으레 아이들만 노는 곳을 생각하지만, 어른도 아이랑 신나게 뛰놀 만한 터전이라면 더욱 예쁘고 멋지리라 느껴요. 아이하고 어른이 사이좋게 살림터 놀이터 이야기터 책터 사랑터를 가꾸는 길을 꿈꾸어 봅니다.

2016.7.27 나비와 호비트

시골순이는 바야흐로 나비를 손에 잡아 보고 싶습니다. 그동안 눈으로만 지켜보며 살았는데, 시골순이가 책순이가 되어 읽는 책에는 '어릴 적에 나비를 잡으며 놀다가 어른이 된 사람들이 쓴 이야기'가 자주 나옵니다. 이런 이야기를 자꾸 읽다 보니 책순이는 나비순이로 놀고 싶습니다. 길을 가다가도 나비를 보면 걸음을 멈춥니다. 나비가 앉은 모습을 보면 살금살금 다가가서 손을 뻗습니다. 며칠이 지나고 또 며칠이 지나도 시골순이는 좀처럼 나비를 못 잡습니다. 이러다가 드디어 한 번 나비를 잡습니다. 한 번 나비를 잡은 뒤에는 퍽 수월하게 나비를 잡으니, 나비순이라는 이름이 걸맞다고 할 만합니다. 나비를 놓아 준 아이를 불러서 《반지의 제왕》이라는 두툼한 책을 보여줍니다. 책순이는 얼마 앞서 《호비트의 모험》을 읽었습니다. 창비아동문고로 나온 번역책을 읽었지요. 우리 도서관에는 동서문화에서 옮긴 '에이브문고'로 《반지의 제왕》이 있습니다. 이 책은 아직 큰아이가 태어나지 않았을 적에 미리 갖추었습니다. 이제 큰아이하고 함께 읽을 만하겠네 하고 생각합니다. 동서문화사에서 나온 책을 건네어 읽어 보라고 하니 "아버지, 내가 읽은 호비트 책하고 이야기가 달라!" 하고 말합니다. 창비아동문고하고 동서문화사 책은 번역이 다를 뿐이지만 아이로서는 '이야기가 다르다'고 느낄 만하기까지 하는군요. 씨앗을 뿌리는사람 출판사에서 낸 책을 읽는다면 그 책도 '이야기가 다르다'고 말하려나요.

2016.7.18 딸기풀

도서관으로 들어서는 어귀에 돋은 풀 하나가 도깨비바늘처럼 보여서 이 녀석은 뽑아야지 하고 여기면서 손을 뻗어 줄기를 쥐다가 움찔합니다. 줄기에 가시가 있군요. 가시에 찔려 따가운 손을 떼며 다시 들여다봅니다. 어, 딸기풀이네. 들딸기를 훑은 뒤에 이곳에 씨앗을 던진 적이 있는가 하고 고개를 갸우뚱합니다. 아이들이 도서관 둘레에서 들딸기를 훑다가 어쩌면 이 자리에 떨어뜨렸을 수 있습니다. 아무튼 도서관 어귀에 올라오는 딸기풀을 물끄러미 지켜봅니다. "아버지 뭐 해? 왜 뽑다 말아?" "응, 애는 딸기풀이거든. 딸기가 이쪽에서 올라오네." 고흥교육청에서 전화가 옵니다. 가을부터 이듬해까지 새로운 계약을 하러 8월 2일에 고흥교육청으로 오라고 연락합니다. 다만 1년 임대만 하기로 하고, 1년 임대가 끝날 무렵에는 고흥교육청에서 매각을 하겠노라 하고 이야기합니다. 1년 임대가 끝날 즈음에는 이곳에 둔 책하고 책꽂이를 모두 빼야 한다고 덧붙입니다. 전화를 끊고서 생각해 봅니다. 앞으로 2017년 가을을 앞두기까지 이곳(폐교, 옛 흥양초등학교)을 사들일 만한 돈을 모으지 못한다면 이 도서관을 치워야 한다는 말을 들은 셈이고, 이곳에서 도서관을 치워야 한다면 굳이 고흥에서 더 살 까닭이 없다는 뜻이 되기도 합니다. 요즘 우리 마을까지도 상·하수도 공사를 한다면서 시끌벅적합니다. 깨끗한 물을 마시는 우리 마을이요, 구정물에 쓰레기가 될 만한 화학세제나 화학약품을 안 쓰는 우리 살림집입니다. 그렇지만, 시골마을에까지 댐에서 끌어들이는 수도물을 써야 한다 하고, 시멘트와 파이프로 하수도를 파묻어야 한다 합니다. 앞으로 한 해 뒤에 어떤 보금자리를 일구어야 즐거우면서 아름다운가 하는 대목을 더 깊이 생각해야겠다고 느낍니다. 숲집과 숲배움터와 숲도서관을 어떻게 지어야 하는가를 다시금 새롭게 곰곰이 헤아려 봅니다.

2016.7.16 고양이 모그

주디스 커라는 분이 있습니다. 이분이 쓴 책 하나를 놓고 느낌글을 쓰다가 문득 궁금해서 구글로 찾아보았지요. 요즈음은 어떻게 지내시는가 하고요. 아흔이 넘은 나이에도 아직 튼튼히 지내시는 할머니 모습을 보다가, 《간식을 먹으러 온 호랑이》라는 그림책을 어떻게 쓸 수 있었나 하는 이야기를 읽다가, 또 한국에는 그리 잘 알려지지 않은 이분 삶 이야기를 읽는데, 뒤에서 큰아이가 셈틀 화면을 바라봅니다. "어! 저 그림책 알아. 나도 읽었어." "그래, 재미난 그림책이지? 저 그림책을 그린 분이 이 할머니야." 독일에서 태어나 자라다가 나치 때문에 온 집안이 죽음수렁에 휩쓸릴까 걱정한 아버지와 어머니는 어린 주디스 커를 데리고 가까스로 독일을 빠져나갔다고 합니다. 주디스 커 아버지는 나치 독일이 '불사른 책'을 쓴 숱한 사람들 가운데 하나였다는군요. 어린 주디스 커는 왜 고향을 떠나야 하는지 모르는 채, 게다가 아버지랑 어머니하고도 왜 뿔뿔이 흩어져야 하는지도 모르는 채 나치 독일 손아귀에서 벗어났다는데, 이러한 이야기는 나중에 커서야 알았다고 합니다. 이런 이야기를 새삼스레 안 뒤에 다시금 《고양이 모그》나 《간식을 먹으러 온 호랑이》라는 그림책을 살핍니다. 도서관 어느 짬에 꽂았나 하고 둘러본 뒤에 두 권 모두 쉽게 찾습니다. 눈에 잘 뜨이는 자리에 다시 꽂습니다. 아픔이나 슬픔을 그저 아픔이나 슬픔으로 두지 않고 새로운 이야기와 기쁨으로 살려낸 할머니 손길을 가만히 떠올립니다.

2016.7.14 도서관, 말을 걸다

6월 10일에 인천 송도에 가서 '책 피어라'라는 책잔치(북콘서트)에 다녀왔습니다. 그때 나눈 이야기를 간추려서 《도서관, 말을 걸다》라는 잡지에서 다루었습니다. 이 잡지는 인천도서관발전진흥원에서 냅니다. 인천시 공공도서관을 돕는 단체라 할 텐데, 인천뿐 아니라 다른

고장에도 이 같은 곳이 있으면 좋겠다고 생각합니다. 그리고 공공도
서관뿐 아니라 개인도서관도 마을에서 즐겁게 책숨을 나누도록 북돋
우면 더욱 좋을 테고요. 지난달에 고흥에서 인천까지 먼길을 다녀왔
는데, 문득 돌아보니 전남이나 고흥에서는 아직 이런 자리에 가 보지
못했구나 하고 깨닫습니다.

2016.7.13 전라도닷컴 광고

그동안 집에 붙인 '꿈그림' 하나를 도서관으로 옮깁니다. 내 힘으로
한국말사전 한 권을 새로 쓰겠다는 꿈을 품은 뒤에 이태 남짓 부엌
에 붙인 그림이에요. 아침 낮 저녁으로 밥을 짓고 부엌일을 하면서
늘 들여다본 그림이지요. 마음을 고요하게 다스리면서 이 꿈을 새기
려 했고, 어떤 일을 하든 이 꿈으로 즐거이 나아가자는 발걸음이 되
도록 했어요. 이제 《새로 쓰는 비슷한말 꾸러미 사전》이라는 이름으
로 멋진 한국말사전이 태어났기에, 이 그림을 집에서 떼어 서재노서
관으로 옮기기로 합니다. 책상서랍에 넣을까 하다가, 이 그림 한 점은
도서관 책꽂이 한쪽에 붙여서 손님들도 반가우면서 즐겁게 보시도
록 하자고 생각해 봅니다. 새로 나온 책을 신나게 알리자는 생각으로
〈전라도닷컴〉에 광고를 싣기로 합니다. 광고를 잡지에 실으려면 30
만 원을 내면 됩니다. 〈전라도닷컴〉에 다달이 글을 쓰는데, 이때마다
꼬박꼬박 글삯을 10만 원씩 보내 주시니, 석 달치 글삯을 모아서 내
면 되어요. 새로운 책은 새로운 책대로 알리고, 예쁜 잡지 살림에 조
금이나마 보탬이 될 수 있기를 비는 마음입니다. 큰아이가 손말(수화)
이 궁금하다고 해서 도서관에 있는 두툼한 손말사전 한 권을 챙겨 줍
니다. 집에서 늘 보면서 손말을 익히겠다고 하는데, 이 두꺼운 사전을

혼자 가슴에 안고 가겠노라 합니다. "들어 주지 않아도 돼?" "응, 혼
자 들 수 있어." 두 아이는 앞서거니 뒤서거니 달리면서 집으로 돌아
갑니다.

2016.7.7 얼른 가자
책순이는 서재도서관에서 맨발로 다니면서 그림책을 읽습니다. 책돌
이는 조금만 그림책을 펼치다가 어느새 바깥으로 나가서 풀밭을 헤
집고 구덩이에 들어가며 개구리를 찾습니다. 책순이는 서재도서관에
서 그림책을 더 찾아서 읽고 싶습니다. 책돌이에서 놀이돌이로 바뀐
작은아이는 "얼른 가자! 골짜기 가자!" 하고 노래하면서 자전거수레
에 먼저 가서 앉습니다. 더운 여름에는 도서관 창문을 몽땅 열면 시
원하게 바람이 흐르는데, 자전거를 몰아 골짜기에 가면 더욱 시원한
골짝물이 쩌렁쩌렁 큰 소리를 내면서 흐릅니다. 그래, 책은 나중에 보
아도 되지만 햇볕이 뜨끈뜨끈할 적에는 골짜기에 가서 골짝물에 뛰
어들면 훨씬 신나지. 창문은 그대로 열어 놓자. 골짜기에 다녀와서 닫
자.

2016.7.5 노는 책
우리 아이들을 사로잡는 한 가지를 들라면 언제나 첫손으로 놀이를
꼽을 만합니다. 맨손으로 달리기를 해도 놀이요, 책을 쥐고 펼쳐도 놀
이입니다. 젓가락을 쥐어도 놀이에다가, 잠자리에 누워도 놀이예요.
서재도서관에 놓은 커다란 상자에 드나드는 놀이를 한여름에도 즐깁
니다. 실컷 놀다가 문득 그림책을 펼칩니다. 그림책을 펼치다가 어느
새 바깥으로 뛰쳐나가서 웅덩이에서 헤엄치는 올챙이를 들여다봅니

다. 올챙이를 본 아이들은 외칩니다. "아버지! 여기 와 봐! 올챙이 아주 많아!" 무엇이든 놀이로 받아들이고, 언제나 놀이를 할 수 있습니다. 무엇이든 놀이처럼 즐기고, 늘 놀이하듯이 살림을 지을 수 있습니다. 놀이가 있기에 삶을 가슴에 품는 슬기롭고 당찬 아이로 자랄 만하리라 생각합니다.

2016.6.25 마음노래

도서관 이야기책 열일곱째 호를 내놓습니다. 열일곱째 호는《마음노래》라는 이름을 붙입니다. 그동안 쓴 '시로 읽는 책'이라는 글을 알맞게 묶어 보았습니다. '시로 읽는 책'이라는 글은 한 가지 이야기를 놓고 석줄시를 쓰고 나서, 이 석줄시를 대여섯 줄이나 예닐곱 줄로 찬찬히 풀어내는 글입니다. 아침에는 도서관 이야기책을 큰아이하고 함께 봉투질을 해서 우체국으로 날라서 부칩니다. 이렇게 하고 도서관 창문을 열어 놓고 낮에는 골짝마실을 했어요. 더위에 골짜기 물놀이를 하고픈 아이들 마음을 달랜 뒤, 저녁에 다시 도서관 나들이를 해서 '불빛놀이'를 즐기도록 합니다. 아이들이 캄캄한 밤에 손전등을 들면서 놀고 싶어 하기에 깜깜한 밤 도서관 놀이를 합니다. 생각해 보면 도서관에서 굳이 책놀이만 해야 하지 않아요. 발자국 소리가 싱그러이 퍼지는 골마루를 손전등을 켜고 달릴 만하고, 때로는 손전등을 끄고 깜깜한 골마루를 콩콩콩 달리면서 놀 만합니다.

2016.6.15 사전 짓기

철수와영희 출판사에서 책을 보내 주었습니다. 이제 막 새로 나온 책입니다. 그동안 새로운 책을 한 권씩 써낼 적마다 늘 반가우면서 기

뺐는데, 이 도톰한 책은 새롭게 반가우면서 기쁩니다. 고등학교를 다닐 무렵부터 마음속으로 품은 '내가 쓰고 싶던 책'이기 때문입니다. 한국에는 아직 한국말사전다운 사전이 없다고 여긴 지 스물다섯 해 만에 이런 책을 내 손으로 쓸 수 있어서 더욱 기쁩니다. 첫걸음처럼 선보이는《새로 쓰는 비슷한말 꾸러미 사전》을 손에 쥐고 읽을 이웃님들이 넉넉하면서 사랑스러운 마음이 되어 말·넋·삶을 살찌우는 길에 밑돌이 될 수 있기를 빕니다.

2016.6.14 아이 그림 자리
큼지막한 한지에 큰아이가 그린 그림을 어디에 붙일까 하고 헤아려 봅니다. 햇빛이 너무 잘 들지 않으면서도 재미나게 그림을 바라볼 만한 데를 살핍니다. 그림순이가 즐겁게 그려서 베푼 그림이 있기에 도서관 한쪽을 살가이 꾸밀 수 있습니다. 사진책도서관이니 사진으로 꾸며도 즐겁지만, 아이들하고 살아가며 나오는 '더 못 입는 작은 옷'이라든지 '아이가 스스로 기쁨을 담아 빚은 그림'을 붙여서 꾸밀 적에 무척 즐겁습니다. 천천히 하나씩 차근차근 손질하고 가꾸는 동안 나부터 생각을 새롭게 추스릅니다. 책에 깃드는 이야기가 태어나는 자리란 언제나 살림이 피어나는 보금자리요, 책을 쓰고 엮는 마음이 자라는 자리도 언제나 살림이 사랑스레 자라나는 삶자리이지 싶습니다. 그리고 책을 읽으면서 생각을 북돋우는 자리도 언제나 살림을 오순도순 일구는 일자리요 놀이자리로구나 하고 느낍니다.

2016.6.1 표지 시안
월요일에 서울을 다녀왔습니다.《새로 쓰는 비슷한말 꾸러미 사전》이라는 책을 놓고서 가제본 원고 교정을 시외버스에서 마쳤습니다. 출판사 대표님하고 디자인회사에 가서, 디자인을 맡아 주시는 분까지 세 사람이 나란히 앉아서 여섯 시간에 걸쳐서 디자인 교정까지 했습니다. 자정이 넘어 일을 마친 뒤 아주 늦게 저녁을 먹었고, 피시방에서 새벽을 맞이했습니다. 낮에 고흥으로 돌아오는 시외버스를 탈 즈음 갑자기 엄청나게 졸음이 쏟아지면서 고속버스역에서 가방에 기댄 채 한참 잤고, 버스에 오른 뒤에도 한참 잤습니다. 그러나 서울에서 고흥 가는 버스길은 매우 긴 터라, 한참 잤어도 틈틈이 잠에서 깨어 책을 몇 권 읽었습니다. 고흥으로 돌아온 이튿날 표지 시안이 나왔습니다. 아침에 네 가지 시안이 나왔고 낮에 두 가지 시안이 더 나왔어요. 출판사에서 곧 표지를 확정하고 세부 디자인까지 마치리라 느낍니다. 고단함하고 졸음이 덜 풀린 몸으로 최종교정 피디에프파일을 살피면서 미처 못 잡아챈 오탈자가 있는가 하고 헤아렸습니다. 이제껏 선보인 어느 책보다 글손질을 많이 했고, 원고도 참으로 많이 읽었습니다. 글쓴이로서 이 원고를 읽은 횟수는 아마 200번쯤 되지 싶고, 글손질을 한 횟수도 이만큼 되겠구나 하고 느낍니다. 이제 하루만 더 살피고 글손질을 하면 이 원고는 마침내 제 손을 떠나서 책이라는 모습으로 태어납니다. 아름다운 책 하나가 이 땅에 새롭게 씨앗처럼 드리울 수 있기를 바라는 마음입니다. 이제는 제 손이 아닌 수많은 사람들 손에서 새롭게 읽히고 되새겨지면서 사랑스러운 이야기로 거듭날 수 있기를 빕니다.

2016.5.23 미추홀북 후보
사진책도서관 숲노래(함께살기)는 인천에서 처음 문을 열었습니다.

인천에 사진책도서관이 있을 적에 날마다 인천 골목마실을 했고, 이 골목마실을 바탕으로 2010년에《골목빛, 골목동네에 피어난 꽃》(호미,2010)이라는 사진책을 한 권 선보일 수 있었습니다. 2010년에 태어난 이 책은 올 2016년에 이르기까 아직 2쇄를 찍지 못했습니다. 2쇄는 못 찍었어도 이 사진책을 사랑하거나 아끼거나 좋아해 주시는 분이 있을 테지요. 인천 '미추홀도서관'에서 '2016 미추홀북'을 뽑는다고 합니다. 처음에 66권을 1차 후보로 뽑았고, 이 가운데 여섯 권을 추려서 2차 후보로 삼았다고 해요. 이제 5월 25일부터 6월 30일까지 투표를 해서 이 여섯 권 가운데 하나를 '2016 미추홀북'으로 뽑는다고 하는데,《골목빛》이 마지막 여섯 권 후보가 되었어요. 2010년에 나온 책이 2016년에 이르러서야 인천에서 비로소 눈길을 받는 셈이에요. 출판사에서는 절판을 시키려다가 '책이 예쁘'기 때문에 '팔림새가 무척 낮아'도 이제껏 절판을 안 시켜 주었다고 합니다. 일곱 해를 고이 지켜본 보람을 거둘 수 있을까요? 사진책《골목빛》에 깃든 골목마을 모습 가운데 어느새 감쪽같이 사라져서 이 사진책에만 남은 사랑스러운 '골목빛'이 참 많습니다. 사라지기 앞서 찍은 사진이 아니라, 사랑받기를 바라는 마음으로 찍은 사진이었어요. 새삼스레 설레는 미추홀북입니다.

2016.5.9 흰민들레씨

도서관 소식지《삶말》23호를 보내면서 흰민들레씨를 함께 부치기로 합니다. 지난 4월부터 바지런히 모은 흰민들레씨를 다섯 톨씩 노란 한지에 쌉니다. 처음에는 혼자서 다 하다가 어느새 큰아이가 옆에 붙어서 흰민들레씨를 담아 줍니다. 비님이 오시는 날 빗소리를 들으면서 소식지를 마흔네 통 꾸렸습니다. 손으로 봉투에 주소를 적느라 품이 제법 들어서 여러 날에 걸쳐서 천천히 꾸립니다. 이주에는 소식지를 다 보내려고 생각합니다. 따스한 고장인 고흥에서 돋은 흰민들레에서 나온 씨앗이지만, 오뉴월 날씨라면 서울 언저리에서도 흰민들레씨가 싹이 틀 만하지 않을까 하고 생각해 봅니다.

2016.4.24 잠든 사이

낮이 차츰 길어집니다. 바야흐로 따스한 바람이 싱그러운 사월 한복판을 지나갑니다. 네 시가 가까운 때에 골짝마실을 하면서 한 시간즈음 숲바람을 쐽니다. 숲바람을 실컷 쐬고서 서재도서관으로 갑니다. 작은아이는 자전거가 도서관에 닿으니 수레에서 안 내립니다. 아무래도 낮 네 시를 지나고 다섯 시가 될 무렵까지 낮잠을 건너뛰고 논 탓에 기운이 다 빠진 듯합니다. 작은아이가 수레에 앉아서 꾸벅꾸벅 졸다가 깊이 잠든 사이에 조용히 도서관 한쪽을 새로 치우면서 꾸밉니다. 고흥에서 이 도서관을 꾸린 지 여섯 해째가 되어도 '아직도 치울 것이 남았나?' 하고 여길 만한데, 빗물이 벽을 타고 새는 자리 때문에 책꽂이랑 책상을 또 옮겨야 합니다. 날마다 조금씩 자리를 새로 잡거나 바꿉니다. 이마에 땀방울이 송글송글 맺히도록 책꽂이하고 책상을 옮기며 새 자리를 잡는 동안 큰아이는 얌전히 책을 읽습니다. 큰아이는 뛰놀기·그림그리기·책읽기·흙놀이·이야기, 이 다섯 가지를 바탕으로 다른 여러 가지 놀이를 해야 하루를 잘 보냈다고 여깁니다. 큰아이가 얌전히 책을 읽는 모습을 문득문득 바라보다가 생각해 봅니다. 나는 하루 동안 무엇을 하면 하루를 잘 보냈다고 여길 만한가 하고.

121

2016.4.5 　어느덧 유채꽃

이제 막 터져서 가볍게 노란 물결을 이루는 유채논을 바라보며 걷습니다. 도서관 어귀에서 자라는 갓꽃을 함께 바라봅니다. 나는 이제 유채꽃하고 갓꽃이 어떻게 다른가를 가릴 수 있습니다. 아이들은 아직 두 가지 꽃을 가르지 못합니다. 아마 꽃만 보면 알기 어렵겠지요. 여느 눈으로는 매화꽃하고 벚꽃을 가리기도 쉽지 않을 테니까요. 유채인가 갓인가는 잎을 보면 알 만해요. 잎빛이 서로 다르고, 잎결도 서로 달라요. 꽃대하고 꽃은 거의 비슷하지만요. 그리고 유채는 꽃대를 꺾어서 겉껍질을 벗겨서 씹어 보면 갓보다 한결 부드러운 맛이에요. 가만히 생각해 봅니다. 매화꽃하고 벚꽃은 냄새가 다릅니다. 매화나무하고 벚나무는 서로 다른 나무이니까요. 유채꽃하고 갓꽃도 냄새로 가를 수 있으리라 생각해요. 유채잎은 물맛 같은 부드러움이라면 갓잎은 알싸하게 쏘는 맛이니, 눈을 감고 코를 킁킁거리면서 냄새를 가만히 살펴서 가릴 수 있으리라 느껴요. 사뿐사뿐 봄나들이를 하듯이 들길을 걸어서 도서관으로 갔다가, 다시 가볍게 봄노래를 부르고 달리기를 하면서 들길을 돌아 집으로 옵니다.

2016.3.31 　한국말사전

새로운 한국말사전을 한 권 펴내려고 하면서 삼월 마지막 한 주를 집에서 '글손질'로 보냅니다. 원고지로 2800장 남짓 되는 글을 낱낱이 되읽으면서 뜻풀이를 가다듬고 보기글을 새로 붙이기도 합니다. 새롭게 펴내려는 한국말사전은 '비슷한말 사전'이기에, 비슷한말을 풀이하거나 다루면서 자칫 돌림풀이가 된 대목이 없는가 하고 살피는데, 자꾸 이곳저곳이 보입니다. 예전에 이 글을 쓰면서 손보고 거듭

손볼 적에는 안 보이던 대목이 새삼스레 보입니다. 월요일부터 하던 '글손질'은 화요일과 수요일을 지나는 사이에도 끝날 낌새가 보이지 않더니, 목요일과 금요일까지 온통 바쳐야 하는구나 싶도록 손질할 데가 드러납니다. 글손질을 하며 생각해 보았지요. 이 글꾸러미가 지난해나 지지난해에 책으로 나왔으면 어떠했을까 하고. 그때에는 그럭저럭 괜찮은 사전이라는 소리를 들었을 수도 있지만, 나로서는 너무 부끄러운 책이 되지 않았으랴 싶습니다. 어쩌면 다른 사람들은 돌림풀이를 눈치채지 못할 수 있을 텐데, 다른 사람이 눈치채지 못해도 내가 눈치를 챘다면 부끄럽지요. 이 글꾸러미가 두 해 즈음 묵고서 이제 바야흐로 책으로 나올 수 있으니 이모저모 손질할 곳을 느끼고 찾아내는구나 하고 새삼스레 생각합니다. 아무튼 새벽부터 밤까지 글손질에 꼬박 매달리는 동안 도서관에는 거의 한 발짝도 디디지 못하고, 아이들은 저희끼리 잘 놀아 줍니다. 설렁설렁 차리는 밥도 아이들이 맛나게 먹어 주고, 머리를 식히고 몸을 쉬려고 살짝 바람을 쐬는 길에도 아이들이 잘 뛰어놉니다. 글을 도맡아서 쓰고 손질하기로는 나 한 사람이지만, 이 한국말사전이 오월에 눈부신 햇살을 받고 태어난다면, 이 새로운 한국말사전 한 권은 바로 우리 네 식구 숨결이 고이 깃드는 셈이라고 느낍니다. 그래서 이 사전에는 '글쓴이' 자리에 '숲노래' 이름도 함께 넣습니다.

2016.3.18 오늘은 못 가네

하루 내내 비가 온 날, 작은아이는 도서관에 가고 싶습니다. 도서관으로 옮긴 장난감 자동차가 그립기 때문입니다. 비가 하루 내내 오기에 평상 새로 짜는 일은 하루를 쉽니다. 도서관 살림도 건사하면서 집

123

안팎 살림도 건사하느라 부산한 봄입니다. 이제 곧 뒤꼍도 쟁기로 땅을 살살 갈아서 씨앗을 심을 텐데, 그러면 더욱 부산한 봄날이 될 테지요. 저녁나절에 빗줄기가 그칩니다. 비가 그친 모습을 본 작은아이는 얼른 도서관에 가자고 조릅니다. 하얗게 비안개가 낀 날에 자전거를 이끌고 나옵니다. 도서관 어귀에 물이 잔뜩 고인 모습을 보면서 "길이 너무 질척거리니 이튿날 오면 어떨까?" 하고 묻습니다. 길이 질척거려도 풀 돋은 데를 밟고 가면 된다는 작은아이를 살살 달래면서 자전거 나들이를 합니다. 하루 도서관 나들이를 못해서 서운한 작은아이일 텐데, 고맙게 봐줍니다. 게다가 자전거 나들이를 하는 동안 수레에 앉아서 '싱싱 달리는 동그란 바퀴 자전거' 노래를 신나게 불러 줍니다. 귀여운 아이한테서 사랑받는 예쁜 도서관이로구나 하고 새삼스레 생각합니다.

2016.3.1 작은 옷

새봄을 맞이해 도서관 책꽂이를 새롭게 갈무리하면서 청소를 하는데, 두 아이가 무럭무럭 자라면서 더는 못 입히는 옷 상자가 문득 눈에 뜨였습니다. 참말 두 아이가 그동안 얻은 옷도 많고 새로 장만한 옷도 많구나 하고 느낍니다. 이 옷 가운데 이웃이나 동생한테 보낸 옷도 있지만, 두 아이가 그야말로 신나게 입었기에 많이 낡거나 닳아 못 보내고 남긴 옷도 있습니다. 아이들한테 작아서 더 못 입히는 옷을 손에 쥐고 보니 '어쩜 옷이 이리 작을까?' 하는 생각이 듭니다. 아이들이 이 옷을 입고 뛰놀 적에는 미처 깨닫지 못하던 느낌입니다. 큰아이가 이 작은 옷을 보더니 "내가 어릴 적에 입던 옷이야?" 하고 묻습니다. 그래, 네 옷이지. 네가 바로 이 옷을 헐렁하게 입고서 놀다가 어느새 이 옷이 작아서 못 입지. 우리 살림을 고흥으로 옮길 무렵 이 옷가지는 큰아이한테 꼭 맞았는데, 이제 큰아이는 이런 옷을 입었다는 대목을 까맣게 잊을 만큼 자랐습니다. 이 옷을 상자에 고이 모시기만 하다가 한 벌 두 벌 꺼냅니다. 책꽂이 옆에 못을 박아서 붙여 봅니다. 꽤 볼 만한데? 청소를 하다가 낡고 작은 옷을 붙이다가 다시 청소를 하다가 낡고 작은 옷을 붙입니다. 작은아이조차 못 꿰는 양말도 붙여 봅니다. 꽤 재미있기도 하고, 도서관도 한결 볼 만한 모습이 되지 않느냐 싶습니다. 우리 아이들이 자라면서 함께 보는 책이 이 도서관에 남고, 내가 오늘까지 살아오며 손때를 묻힌 책을 아이들이 함께 들추면서 이 도서관에 남습니다. 앞으로 새로 장만하는 책들은 나와 아이 손을 거치면서, 또 숱한 이웃 손을 거치면서 이 도서관에 고스란히 남겠지요.

2016.2.27 꽃

나무 이야기를 다루는 그림책이나 만화책을 보아도 재미있습니다. 나무를 두 손으로 만지면서 타려고 용을 써 보아도 재미있습니다. 겨울이 저물고 봄이 찾아온 새로운 바람을 느끼면서 나뭇가지를 쓰다듬고 잎눈하고 꽃눈을 바라보아도 재미있습니다. 아이들이 손수 삽으로 땅을 파고 새롭게 나무를 심어서 날마다 들여다볼 수 있으면 더할 나위 없이 재미있을 테고요. 우리 도서관에 사진책을 만나러 찾아오는 손님한테 으레 보여주는 《마음속에 찰칵》이라는 그림책을 문간 옆 눈에 잘 뜨이는 자리에 살며시 놓아 봅니다. 꽃내음을 마음속에 담는 봄이요, 꽃빛을 마음결로 마주하는 봄입니다.

2016.2.21 사진책 한 권

사진책 한 권을 새로 도서관에 둡니다. 일본 사진책으로, 아베 고지라는 분이 빚은 《아빠! 안녕히 다녀오셨어요!》(안단테마더,2016)입니다. 올 1월에 나온 사진책으로, 이 사진책은 아직 언론 소개를 못 받았지 싶습니다. 조용히 나와서 눈길을 거의 못 받는구나 싶은데, 이 사진책을 보면서 무척 즐겁고 재미있었습니다. 아이들을 무지개빛으로 담는 사진이 싱그럽고, 아이들하고 신나게 뛰노는 삶을 사진으로 고스란히 담긴 모습이 어여쁩니다. 아베 고지라는 분은 전문 사진가이지 않습니다. 아마 사진공부도 따로 안 하셨으리라 느낍니다. 석 달 동안 배를 타는 일을 하고, 한 달 동안 쉬는 삶이라고 해요. 석 달 동안 곁님하고 아이들을 그리는 마음을 가득 품고는, 한 달 동안 쉴 적에 그야말로 기쁘게 식구들과 어우러져 놀면서 이 삶자락을 사진으로 수수하게 담아요. 한 달 동안 지내면서 앞으로 석 달 동안 다시 헤어져야 하는 줄 모두 잘 알겠지요. 아베 고지라는 분이 아이들을 사진으로 찍는 마음을 아이들도 곁님도 잘 알겠지요. '시간이 흐르면 사진이 남는다'고 흔히 말합니다만, 석 달 동안 배를 타고 일을 하면서 '지난 한 달 동안 찍은 사진'을 마음 가득 돌아보고 되새기는 마음이 되리라 느껴요. 남기려고 찍는 사진이 아니라 '늘 바라보고 생각하려'고 찍는 사진이에요. 작품도 예술도 아닌 삶으로 찍는 사진이에요. 사진을 그야말로 더없이 사진으로 아름답게 누린 숨결이 깃든 사진책인 《아빠! 안녕히 다녀오셨어요!》라고 생각합니다.

2016.2.19 계림문고 책살피

1980년대에 국민학교 여섯 해하고 중학교 세 해를 다닐 무렵 '계림문고'라는 작은 책을 보았습니다. 그무렵에는 그 '계림문고'가 어떤 책인지 몰랐어요. 그저 학교 도서관에 꽂힌 책이라고만 알았어요. 1990년대를 지나고 2000년대로 접어들어 출판사에서 책 빚는 일을 하는 동안 '계림문고'를 비롯해서 수많은 '문학전집'이 일본책을 슬그머니 베껴서 펴낸 책인 줄 뒤늦게 알았습니다. 한국에서 어린이책을 빚던 어른들은 책꼴을 비롯해 사잇그림을 모두 베끼거나 훔쳐서 내놓았고, 한국에서 어린이로 자라던 우리들은 이 책을 고스란히 받아먹었어요. 묵은 책을 갈무리하다가 '계림문고 책살피'를 하나 보면서 어린 날 만난 책들을 문득 떠올립니다. 어릴 적에는 이런 책살피 하나도 몹시 아꼈고, 이런 책살피에 깃든 그림을 흉내내어 그려 보기도 했습니다. 1970년대나 1980년대에 '책을 빚던 어른'들은 우리 손으로 우리 이야기를 일구어서 우리 그림을 지을 생각을 왜 좀처럼 못 했을까요? 잘 그리든 못 그리든 우리 나름대로 우리 숨결을 새롭게 가다듬을 수 없었을까요? 일본책을 고스란히 베껴서 내더라도 '일본책'인 줄 떳떳하게 밝힐 만한 다부진 마음을 왜 키우지 못 했을까요? 요즈음은 일본책을 무척 많이 옮기고, 일본 그림이든 노래이든 아주 쉽게 흘러들 뿐 아니라 즐겁게 나눕니다. 함께 나누면서 서로 북돋우는 살림살이란 무엇일까 하고 되새깁니다. 마을 이웃 한집에서 책을 열 상자 주셨습니다. 고맙게 받은 책을 갈무리하면서, 빗물을 먹은 책은 덜어내고, 책꽂이에 둘 책은 천으로 먼지를 닦습니다.

2016.2.8 구성수 님 사진책

지난 1월에 도서관에 찾아온 손님이 "구성수 님 사진책"을 얼핏 보았다면서 그 책이 있느냐고 물어보셨습니다. 그날 그분은 일찍 돌아가셔야 했기에 그 사진책을 더 찾아보지는 못했지만, 그분이 돌아다닌 결을 좇으면 "구성수 님 사진책"을 꽂은 자리를 알 수 있겠다고 느꼈습니다. 우리 사진책도서관은 책을 ㄱㄴㄷ이라든지 작가 이름이나 출판사 이름으로 따로 갈라서 꽂지 않기 때문에, 나도 어느 책이 어디에 있는가를 곧잘 잊어요. 그리고, 일부러 잊으려고 이렇게 하기도 합니다. 왜냐하면 '늘 보는 사진책'만 '늘 다시 보도록' 하고 싶지 않기 때문입니다. ㄱㄴㄷ이나 작가나 출판사 이름으로 사진책을 꽂지 않으면, 나부터 사진책을 제때에 찾아내기 어렵지만, 이렇게 하면 사진책도서관을 찾아오는 손님은 누구나 '책꽂이에 꽂힌 결대로 모두 샅샅이 훑어야' 비로소 '바라는 사진책 한 권'을 찾을 수 있어요. 바로 이 대목을 노리기 때문에 일부러 '찾기 쉽지 않도록' 사진책을 꽂아 놓아요. 여러 날에 걸쳐서 책꽂이를 두리번거린 끝에 구성수 님 사진책을 찾아냅니다. 《서울에서 살아간다는 것(living in seoul)》(사진예술사 펴냄)입니다. 곰곰이 돌아보니 아직 이 사진책을 소개하는 글을 안 썼습니다. 사진책을 장만한 지 여러 해 되었는데 미처 못 썼군요. 곧 이 사진책을 소개하는 글을 써야겠습니다.

2016.1.14 놀 수 있는 마음

놀 수 있는 마음이면 넉넉합니다. 놀 수 있는 숨결이면 싱그럽습니다. 놀 수 있는 생각이면 짙푸릅니다. 놀 수 있는 사랑이면 따스합니다. 어릴 적부터 이 대목을 늘 느끼면서 살았습니다. 아이들을 곁에 두고 살며 언제나 이 대목을 새삼스레 돌아봅니다. 아이들이 어버이한테 가장 자주 하는 말은 "함께 놀자!"입니다. 아이들은 놀고 싶은 넋이고, 아이들은 놀면서 자라려는 숨결이요, 아이들은 놀면서 배우려는 사랑입니다.

2016.1.6 비 그친 햇살

두 아이는 우리 도서관 건물 옆에 쌓인 흙더미를 호미로 파헤치며 놉
니다. 한겨울이어도 맨손으로 흙놀이를 누리면서 온통 흙투성이가
됩니다. 여름에는 땀내음으로 하루가 멀다 하면서 옷을 갈아입더니,
겨울에는 흙투성이로 하루가 멀다 하면서 옷을 갈아입습니다. 이 아
이들은 책을 무릎에 얹으면 누가 불러도 못 알아듣고, 신나게 놀 적
에도 아뭇소리를 못 들어요. 오직 저희 마음속 웃음소리만 듣습니다.
겨울비가 내린 뒤 찬바람이 새삼스레 불지만 이곳 고흥은 무척 포근
합니다. 참말 예부터 멋진 날씨를 받은 고장이에요. 따순 고장에서는
아이도 어른도 따순 사랑을 키울 수 있으리라 생각해요. 하늘을 가득
덮은 구름이 천천히 걷히며 겨울 햇살이 퍼지고, 이 햇살을 받는 한
겨울 봄까지꽃도 유채꽃도 동백꽃도 곱습니다.

2016.1.2 한걸음씩

이제껏 어떤 몸짓으로 살았는가 하고 돌아보면 늘 '한걸음씩'이다. 앞
으로도 이러한 몸짓은 그대로 이어질 수 있으리라 본다. 그리고 이제
부터 한걸음씩 내딛는 몸짓으로만 그치지 말고 '한걸음에 온마음을
쏟는 몸짓'으로 거듭나야겠다고 생각한다. 그냥 내딛는 한걸음으로
그치지 말고, 걸음 하나에 온마음을 쏟고 온힘을 기울이며 온사랑을
담을 수 있는 걸음걸이가 되자고 생각한다.

파헤쳐진
땅,
대꾸 없는
행정

2015년
12월 25일~1월 1일

2015.12.25 도서관 이름과 삶

새해를 앞두면서 새해 우리 도서관을 어떻게 가꿀는지 헤아린다. 2007년부터 꾸린 우리 도서관은 이제 열 해라고 하는 발자국을 찍는다. 글을 쓰며 붙이는 내 이름을 2015년부터 '숲노래'로 바꾸었다. 스무 해 남짓 쓰던 '함께살기'라는 이름을 내려놓았다. 도서관에서는 아직 '함께살기'라는 이름을 썼는데, 도서관 이름도 '숲노래'로 고쳐서 새롭게 쓸 노릇이라고 느낀다. 새 이름을 알리기란 쉽지 않을 수 있지만, 우리 도서관은 '널리 알리기'보다 '즐겁고 알차게 가꾸기'에 더 뜻을 두는 곳이다. 새로우면서 기쁜 이름인 '숲노래'를 쓰려고 생각한다. 모두 다 아름답게 잘 되도록 마음을 기울이고 힘을 쏟자.

2015.11.25 우리는 책으로

우리 도서관은 우리 보금자리가 깃든 이곳에서 책으로 새로운 이야기를 짓는 터전이라고 할 수 있다. 그러나 도서관이기에 꼭 책만 다루어야 한다고 느끼지 않는다. 어느 도서관이든 그 도서관이 깃든 마을이나 터전을 살피면서 새로운 이야기를 가꾼다. 커다란 도시에서는 커다란 도시를 이루는 얼거리를 살펴서 아이와 어른한테 새로운 이야기를 들려주는 징검돌이 되고, 작은 시골에서는 작은 시골을 이루는 틀거리를 헤아려서 사람들한테 새로운 노래를 들려주는 다리가 된다. 모두 도시로만 떠나려 하는 작은 시골에 깃든 우리 도서관은 이 시골에서 '책을 이루는 바탕'을 새삼스레 돌아보자는 이야기를 들려주려 한다고 생각한다. 책은 종이로 엮고, 종이는 나무한테서 나오며, 나무는 숲에서 자란다. 그러니, 책을 겉으로 보자면 숲이 옮겨서 새로 태어난 숨결이다. 책이 태어나자면 숲이 짙푸르게 우거져야 한다. 이러면서 이러한 종이꾸러미이자 숲노래인 책에는 '종이에 얹을 이야기'가 있어야 하니, 이 이야기는 사람들이 서로 즐거이 어우러지는 삶이다. 머리로 쥐어짜는 지식이나 이론을 책에 담을 수도 있을 테지만, 시골에 깃든 우리 도서관은 사랑으로 어깨동무하는 꿈을 책에 담을 적에 어떠한 숨결이 되는가를 노래하려는 터전이 되려고 생각한다. 아이들을 도시로 보내는 시골 얼거리가 아닌, 즐겁게 시골에서 나고 자라고 살림을 꾸리는 이야기를 길어올리는 샘터가 되려고 생각한다. 가을비가 고인 땅을 철벅철벅 걸으며 작은아이가 논다. 가을비에 오들오들 떨면서 붉은 잎사귀로 바뀌는 커다란 나무에 등을 기대면서 큰아이가 논다. 종이에 쥐어도 책이지만, 진흙탕길도 책이요 커다란 나무 한 그루도 책이다. 우리 둘레에는 언제나 새롭고 재미난 책이 넉넉히 있다.

2015.11.19 책 한 권이 있어

책순이가 만화책 한 권을 골라서 도서관 어귀에 앉아 읽는다. 바깥바람이 싱그럽다고 여기는 듯하다. 그래, 좋지. 우리 시골에서는 책을 들고 바깥에 앉아서 얼마든지 싱그러운 이 바람을 쐴 수 있어. 봄에는 봄바람을, 가을에는 가을바람을 쐬지. 여름에는 무더운 바람을 쐬고, 겨울에는 차가운 바람을 쐬지. 아이들이 그림책을 읽는다면 한자리에서 열 권이나 스무 권도 얼마든지 읽을 만하다. 그런데 때로는 어버이나 할머니하고 아주 천천히 꼭 한 권을 오래도록 읽을 수 있다. 이야기를 하나씩 짚으면서 천천히 읽을 만하다. 작은 그림까지 꼼꼼하게 되새기면서 느긋하게 읽을 만하다. 책을 만나려고 도서관에 간다. 도서관에는 온갖 책이 골고루 있으나, 우리는 늘 책 한 권을 만나려고 간다. 때로는 두 권이나 스무 권을 만나기도 할 텐데, 무엇보다 가슴에 남을 한 가지 책을 마주하고 싶어서 도서관에 간다. 책방에 갈 적에도 이와 같다. 책방마실을 할 적에 백 권이나 천 권이나 만 권을 장만하려고 찾아가지 않는다. 누구는 한꺼번에 백 권이나 천 권쯤 장만하려고 책방에 갈는지 모르나, 마을책방이라는 곳은 자주 마실을 하면서 마음에 되새길 책을 한두 권씩 꾸준히 만나는 이음터라고 느낀다. 도서관도 이와 같아야겠지. 자주 드나들면서 책 한 권에 깃든 숨결을 헤아리는 이음터가 도서관이 되어야겠지. 커다란 건물로 짓는 도서관이 아니라, 자그마한 마을마다 자그마한 쉼터처럼 예쁜 도서관이 늘어날 수 있는 나라를 꿈꾼다. 우리 도서관처럼 한 갈래 책에 더 마음을 쏟아서 전문도서관이 되는 쉼터도 마을마다 이쁘장하게 태어날 수 있는 나라를 꿈꾼다.

135

2015.11.13 진흙길 놀이

비가 내리면 도서관 앞에 진흙길이 된다. 예전에 이 길이 풀로 뒤덮였을 적에는 그냥 웅덩이가 곳곳에 있을 뿐이었지만, 진흙길이 되니 드나들기에 무척 나쁘다. 도서관 둘레로 삽차와 짐차가 끊임없이 드나드니까 길이 패여서 사람이 걸어서 오가기에 참으로 나쁘다. 그러나, 아이들은 이 진흙길을 재미나게 누린다. 일부러 긴신을 빠뜨리고 "오잉? 빠졌네?" 하면서 까르르 웃는다. 그래, 이 놀이가 옳다. 아이들은 언제 어디에서나 모두 놀이로 삼는다. 딱딱한 길이면 딱딱한 대로, 풀밭인 길이면 풀밭인 대로, 진흙이 질퍽거리는 길이면 진흙이 질퍽거리는 대로 논다. 책순이는 도서관에서 만화책 하나를 찾아서 쥔 뒤에 조용하다. 놀이돌이는 진흙길에 들어갔다 나왔다 하면서 옷에 흙을 튀긴다. 이런 진흙탕은 돼지가 무척 좋아하는데, 아이들도 참말 진흙탕을 좋아한다. 아이들이 즐겁게 놀 숲집이라면, 숲 한쪽에 진흙탕도 꼭 있어야겠구나 싶다. 진흙탕 곁에는 못이 있어야 할 테고.

2015.10.17 가을바람

가을바람이 분다. 가을볕이 내리쬔다. 한가위 언저리에는 제법 더위가 누그러지기도 하다가, 또 덥기도 하다가, 살짝 선선하더니, 요즈음은 또 낮에 꽤 덥다고 느낄 만큼 볕이 세다. 십일월을 앞두고 뜨끈뜨끈한 볕은 나락이 잘 익도록 하고, 가실을 마친 나락이 잘 마르도록 한다. 앞으로 이 가을볕은 십일월이 되도록 이어지리라 본다. 바람이 한동안 선선할 무렵 큰아이는 늘 물었다. "이제 가을이야?"라든지 "이제 겨울이야?"라든지 "가을인데 왜 이렇게 더워?"라든지 "겨울은 언제 와?" 같은 말을 묻는다. 철 따라 고이 흐르는 날씨라면 이맘때에 어떻고 곧 어찌어찌 달라진다고 말을 할 텐데, 해마다 날씨가 자꾸 바뀌기 때문에 아이한테 섣불리 날씨랑 철 이야기를 들려주지 못한다. 우리 집은 전남 고흥이라는 시골에 살면서도 아직 큰아이와 작은아이한테 '몽실몽실 멋진 뭉게구름'을 보여주지 못했다. 무지개는 겨우 한 차례 보여주었으나, 소나기도 뭉게구름도 아이한테 제대로 보여주지 못한다. 그러나, 별만큼은 아이한테 넉넉히 보여준다. 요즈음은 밤마다 "저기 봐. 우리 집은 마당이나 뒤꼍에서도 언제나 미리내를 볼 수 있지." 다만, 요즈음 보는 미리내는 스무 해나 마흔 해 앞서 볼 수 있던 미리내하고는 댈 수 없다. 북극이나 남극 같은 곳에서 볼 미리내하고도 댈 수 없으리라. 가을바람을 쐰다. 창문을 열어 도서관에 바람이 흐르도록 한다. 큰아이는 만화책을 보고, 작은아이는 작은 그림책으로 쌓기놀이를 한다. 조용하면서 포근한 낮이 지나간다.

2015.9.28 함께 누리는 책이란
어떤 책이든 스무 해 뒤에 다시 읽을 만할 때에 비로소 '책'이라고 느낀다. 고작 스무 해 목숨줄조차 잇지 못한다면 '책'이라는 이름을 붙일 수 없다고 느낀다. 스무 해마다 새로운 숨결이 흘러서 환하게 빛날 만한 이야기를 담아야 참말 '책'이지.

2015.9.17 큰 나무와 배움길
곁님은 다시 배움길에 나선다. 도서관 연간 임대료는 고향 동무한테서 돈을 빌리기도 했고, 도서관 지킴이 이웃님이 도와주시기도 해서 잘 낼 수 있었다. 그러나 곁님이 배움길에 나서면서 드는 배움삯은 아직 댈 길이 없어서 빚을 진다. 살림돈이 없으면서도 어떻게 빚을 지면서 곁님을 배움길에 보낼 수 있느냐 하고 묻는 분들이 있다. 그래, 맞는 말이다. 먹고살기도 팍팍하면서 어째 빚을 져서 '아이 어머니가 배움길에 가도록 하느냐' 하고 물을 만하다. 나는 생각한다. 배우려고 하는 사람은 배울 수 있도록 온힘을 쏟을 노릇이라고 느낀다. 곁님도 아이들도 나도 모두 같다. 배우려고 하는 마음이 있는 사람은 그야말로 홀가분하게 배움길에 나설 수 있어야 한다. 우리 아이들이 무엇을 배우고 싶다고 한다면 아주 마땅히 빚을 지든 돈을 빌리든 해서 배움삯을 치를 테지. 이는 곁님이라고 해서 달라질 수 없다. 다만, 한국 사회에서는 '아이 어머니'라고 하는 '아줌마'가 뒤늦게 배움길에 나서는 일을 그리 달갑게 바라보지 않는다. 참으로 그렇다. 아이를 낳은 어머니는 아이한테 모든 것을 쏟아야 한다고만 여기기 일쑤이다. 그러면 아이 아버지는 무엇을 하지? 아이 아버지는 돈만 벌어다 놓으면 될까? 아버지가 배우면 어머니가 아이를 보살피고, 어머니가 배우면 아버지가 아이를 돌보면 된다. 그리고, 어머니가 기쁘게 배움길을 마치고 돌아오면 한결 무르익고 철이 든 숨결로 아이들한테 너른 사랑을 베풀 테니 얼마나 아름답겠는가. 어버이 스스로 새롭게 배우지 않으면서 아이를 가르치거나 보살필 수 없다. 어버이 스스로 날마다 새롭게 배우는 몸짓일 때에 비로소 아이를 가르치거나 돌볼 만하다. 아직 다리가 성하지 않으나 아주 천천히 걸어서 도서관에 간다. 숨을 가만히 그러모아 쉬면서 천천히 걷는다. 아이들은 신나게 앞장서서 달린다. 저 앞에서 "아버지가 아주 작아졌어!" 하고 외치더니 나한테 달려온다. 이러다가 다시 저 앞으로 달려간다. 200미터를 걷는데에도 땀이 흐르고 오른무릎이 결리다. 머리가 핑핑 돌며 어지럽다. 도서관에 닿아서 한참 드러누워 다리를 쉰다. 아예 아무것도 안 해야

다리가 얼른 나을는지, 아니면 이렇게 날마다 조금씩 걷고 쉬기를 되풀이해야 다리가 얼른 나을는지 잘 모른다. 다만, 내 마음은 내 몸한테 다리가 결려서 이렇게 드러누워 쉬어 주어야 하더라도 '걷자! 걷고 또 걷자!' 하고 외친다. 무척 오랫동안 폐교 둘레에서 자란 큰 나무를 본다. 죽은 나무가 아니었으나 밑둥이 잘려서 구르는 나무를 본다. 장작을 패면 아주 많이 나오겠지. 아마 책상까지 짤 만하리라. 옛날에는 이보다 더 굵게 나무가 자라도록 해서 집을 짓는 기둥으로 삼았으리라. 이 나무가 잘리지 않고 그 자리에 그대로 있었으면 훨씬 아름다웠을 텐데, 잘린 나무는 잘린 대로 둘 수밖에 없다. 아이들이 새 나무를 심으면 된다. 우리는 어른이나 아이 모두 언제나 새롭게 배우는 사람이듯이, 나무도 새로 자라도록 가꾸면 되고, 우리 집이 비록 아직 많이 어설프더라도 앞으로 싱그러운 숲집이 되도록 보듬으면 된다. 언제 어디에서나 잘 달리고 뛰면서 웃고 노래하는 아이들이 그야말로 사랑스럽다.

2015.9.2 라디오방송 취재

구월 이일은 우리 아버지가 태어난 날이다. 우리 어머니가 태어난 날은 음력으로 한가위 다음주이다. 마흔 해 남짓 살며 아버지와 어머니 생일을 알뜰히 챙긴 일은 드물지만, 두 아이와 살면서 할아버지 할머니 생일을 챙기고 싶어서 아이들을 이끌고 할아버지 할머니 댁을 찾아가곤 한다. 올해에도 구월 이일을 맞이해서 고흥에서 음성으로 마실을 갈 생각이었다. 그런데 이날 문화방송 라디오에서 취재를 왔다. 텔레비전 아닌 라디오 방송이기에 취재가 오래 가지 않으리라 여겼고, 낮 열두 시가 되기 앞서 일을 마쳤다. 이제 우체국을 바삐 다녀오면 밤 늦게라도 음성에 닿도록 갈 수 있으리라 여겼다. 방송국 일꾼이 돌아가고 나서 면소재지 우체국으로 가려고 아이들이랑 자전거를 달린다. 그런데 마을 어귀 논둑길에서 덩어리가 진 물이끼를 밟고 그만 미끄러졌다. 아주 크게 엎어졌다. 아이들은 하나도 안 다쳤지만 내가 크게 다쳤다. 논둑에 엎어지고 한동안 일어설 수 없었고, 살았나 죽었나 하고 가늠해 보니 살았기에 숨을 몰아쉬면서 겨우 일어서는데 오른다리에 힘이 잘 안 들어갔다. 피가 줄줄 흐른다는 얘기는 뒤에서 작은아이가 알려주었다. 일어설 힘이 안 되어 도로 주저앉은 뒤에 큰아이더러 흙탕이 된 옷을 갈아입으러 집으로 가면서 수건을 챙기고 어머니를 불러 달라고 얘기한다. 한동안 논둑에 주저앉아서 숨을 그러모은 뒤에 새로 기운을 내어 일어선다. 마을 어귀 샘터로 절뚝절뚝 걸어가서 무릎에 박힌 시멘트 조각하고 모래를 물로 씻어낸다. 이렇게 한 뒤 곁님이 소독을 해 주고 약을 발라 준다. 자전거하고 우체국을 어찌하나 생각하다가 면소재지 약국에 들러서 약을 사 와야겠다 싶어 어떻게든 자전거를 달렸다. 그러나 면소재지 의원에도 약국에도 약이 제대로 없다. 갑갑한 노릇이다. 곁님이 아이들을 데리고 읍내마실을 하면서 약을 사 왔기에 소독을 하고 생채기를 다스릴 수 있었다. 저녁 늦게 음성으로 전화를 걸어 자전거 사고가 난 일을 말씀드린다. 다리가 다쳐 걷지 못하기에 찾아뵙지 못한다고 여쭌다. 이날 마침 출판사에서 교정지를 보내 왔다. 그러나 교정지를 볼 기운이 없다. 어지럽고 아프고 힘들어서 교정지조차 들여다보지 못하고 앓아눕는다. 밤새 끙끙거리다가 하루 일을 조용히 돌아본다. 방송 취재를 안 받고 그냥 음성으로 갔다면? 여태 방송 취재를 몽땅 손사래 쳤는데 이날은 왜 방송 취재를 받아들였을까? 텔레비전이 아닌 라디

오라서 괜찮겠지 하고 여기면서 방송을 받아들였는데, 아무래도 바보스러운 생각이었을까? 우체국은 굳이 오늘 안 가고 다음에 가면 어떠했을까? 도서관 소식지를 띄워야 한다는 생각은 핑계가 아니었을까? 요즈음 이곳저곳에서 막바지 농약치기로 어지러운데, 자전거를 몰지 말고 군내버스 타고 읍내로 가서 읍내 우체국에 들러서 소식지를 보낸 다음 시외버스를 타고 음성으로 가려고 했다면 다칠 일은 없지 않았을까? 아무튼, 나는 다쳤고, 더 할 수 있는 말이 없다. 이제 할일은 얼른 낫는 일 하나이다. 큰아이와 작은아이는 방송국 아저씨가 마이크를 주면서 한 마디 해 보라고 할 적에 아무 말을 못 했다. 그러나 취재가 끝나고 방송국 아저씨하고 마을 어귀 평상에서 함께 숨바꼭질을 하며 놀았다. 풀벌레 노랫소리가 가득한 하루이다. 아무리 농약바람이 불어도 풀벌레는 꿋꿋하게 살아남는다.

2015.8.26 도서관 이야기책 14호

도서관 이야기책 〈함께살기〉 14호를 오늘부터 보낸다. 오늘 낮에 택배로 이야기책 꾸러미가 왔다. 팔월부터 새 주소와 우편번호를 써야 하기에, 새 주소와 우편번호를 하나하나 찾아서 봉투에 쓰려니 품이 꽤 든다. 다음주가 되어야 도서관 지킴이로 계신 이웃님한테 다 부칠 수 있으리라 본다. 금요일에는 사천으로 강의를 하러 아이들을 데리고 다녀와야 하니 목요일에도 여러모로 바쁘겠네. 도서관 이야기책 〈함께살기〉 열넷째 호는《사랑짓기, 시골집 삶노래 1》이라는 이름을 붙인다. 아이들하고 살아온 지난 여덟 해를 되새기면서 '아이와 하루를 보내면서 배운 이야기'를 모아서 엮어 보았다. 간기까지 모두 열여섯 쪽짜리 자그마한 책이다. 사진을 여섯 장 실었다. 아이들과 누리는 삶은 무엇인가 하고 생각했을 때에 "사랑짓기"라는 이름이 떠올랐다.

2015.8.25 삶은 늘 놀이

삶이란 무엇일까? 책이란 무엇이고, 노래란 무엇이며, 밥이란 무엇인가 하고 물을 때하고 똑같으리라 느낀다. 왜 이 땅에 태어나서 사는가? 고달프게 지내려고 이 땅에 올 일이란 없다. 아프거나 슬프려고 이 땅에 태어나지도 않으리라 본다. 기쁘게 하루를 짓고, 즐겁게 하루를 빚으며, 아름답게 하루를 누리려고 이 땅에 태어나서 삶을 이루지 싶다. 그러니, 삶이란 기쁨이고 삶이란 꿈이며 삶이란 사랑이라 할 만하다고 느낀다. 기쁨이면서 꿈이며 사랑이라면, 이러한 삶은 바로 놀이라고 할 수 있다고 생각한다. 도서관으로 가는 길에 아이들이 논다. 도서관 어귀가 파이건 말건 대수롭지 않다. 흙더미에 올라가고, 까르르 웃음을 터뜨린다. 아이들은 언제나 논다. 걸레질을 하면서도 놀고, 밥을 짓거나 먹으면서 놀아. 잠을 자면서도 놀고, 말을 하면서도 놀아. 놀고 놀고 또 놀지. 책 한 권을 마주하는 몸짓도 놀이요, 책 한 권을 쓰는 숨결도 놀이야. 즐거운 놀이인 하루가 흐른다. 즐거운 놀이를 싱그럽게 간질이는 바람이 분다. 즐거운 놀이를 빛내는 꿈이 노래처럼 빛난다.

2015.8.19 파헤쳐진 땅

도서관 어귀 땅이 갑자기 파헤쳐졌다. 폐교 터를 함께 쓰는 분이 삽차로 파헤쳤구나 싶다. 왜 이곳을 갑자기 파헤쳤을까? 요즈음 한 달 남짓 이 터를 그대로 두었다가 갑자기 파헤쳤다. 이제는 도서관으로 들어가는 모든 길을 파헤쳐서 아예 들어갈 수 없다. 곧 비가 올 텐데

땅을 왜 파헤쳐 놓을까? 아이들은 이러거나 저러거나 대수롭지 않다. 아이들은 외려 더 재미난 놀이터가 생겼다면서 좋아한다. 그래, 너희 가 바로 아이들 마음이지. 마음속에 걱정이 아닌 새로운 기쁨을 담아 서 언제 어디에서나 새로운 놀이를 찾는 마음이지. 파헤쳐진 땅바닥 을 들여다본다. 마음속으로 꿈을 새삼스레 심는다. 하루 빨리 이 도서 관 터를 우리 땅으로 삼자고 꿈을 꾼다.

2015.8.11 파이프 피우는 외계인

도서관 유리문에 그림을 하나 붙인다. '파이프 피우는 외계인' 그림이 다. 지난 2011년에 나타난 '들판그림(크롭서클)'인데, 아주 재미나면서 개구진 그림이라고 할 수 있다.

2015.8.10 실을 감는 도서관

실을 감으려면 너른 자리가 있어야 한다. 마당이나 마루가 넓어야 비 로소 실을 풀어서 다시 감을 수 있다. 뜨개질을 할 적에는 언제나 맨 먼저 실감기부터 한다. 곰곰이 돌아보니, 어릴 적에 어머니는 집 밖으 로 나와서 계단에서 실감기를 하셨다. 나는 두 손을 위로 들어서 가 만히 있고, 어머니는 내 두 손에 실을 친친 감은 뒤, 이 실을 다시 풀 어서 실꾸리를 빚으셨다. 아이들은 저희 어머니가 실을 감는 모습을 지켜보고, 실이 감길 적마다 흐르는 소리를 듣는다. 바람이 불고, 실 패가 돌며, 맨발로 노는 발자국 소리가 어우러진다. 앞으로 이 모습 은 아이들 마음속에 어떤 이야기로 남을 수 있을까. 이제 저녁이 일 찍 찾아오고 해가 일찍 진다. '일찍'이라고 해도 일곱 시쯤 되어야 해 거름이지만, 저녁 더위가 스러졌으니 여름도 곧 저무는구나 하고 느긴다. 도서관 창문을 닫고 집으로 돌아간다. 큰아이는 만화책을 한 권 챙긴다. 집에서 다 보면 다시 도서관으로 갖다 놓겠단다. "왜 도서관에도 책이 있고, 집에도 책이 있어?" "우리가 도서관을 하니, 도서관에도 책이 있고 집에도 책이 있지." "집에 있는 책을 왜 도서관에 갖다 놓아?" "집에 책이 쌓이면 좁으니 도서관에 두지." 해가 아직 하늘에 걸려서 대롱거릴 적에 빨래를 걷는다. 오늘 저녁도 맛있게 먹고, 저녁놀이도 즐겁게 누리자. 풀벌레 노랫소리가 그윽하다.

2015.6.28 예전에 읽은 책

그림책을 다시 꽂다가 예전에 큰아이하고 재미나게 읽은 그림책을 새삼스레 돌아본다. 아직 큰아이가 글을 모를 적에 곁님하고 내가 입이 아프도록 온갖 그림책을 읽어 주었다. 큰아이가 글을 익힌 뒤에는 그림책을 읽어 줄 일이 없다. 큰아이는 "어, 이 책 예전에 본 적 있는데?" 하고 떠올리기도 하고, "이 책 본 적 없는데?" 하고 되묻기도 한다. 그림책 《사유미네 포도》를 다시 손에 쥐어 보니, 우리 집이나 도서관에도 포도나무를 심고 싶다는 생각이 든다. 벌레가 잘 꼬여서 농약을 안 치기 어렵다는 포도라지만, 약 없이 포도넝쿨을 드리울 수 있으면 얼마나 재미날까 하고 꿈을 꾸어 본다. 포도와 으름이 신나게 덩굴을 감고 올라가면서 그늘을 드리우는 자리를 언제쯤 꾸밀 수 있을까? 마음속에 꿈으로 그리자. 아이들도 어른들도 저마다 기쁘게 누릴 덩굴나무 쉼터를 누리는 꿈을 짓자.

2015.6.24 숨돌리기

큰아이를 불러서 "자 보렴. 여기에 '바바라 쿠니'라는 이름이 적혔지?" "응." "그러면, 이곳은 '바바라 쿠니'라는 사람이 쓴 책이 모인 자리라는 뜻이야. 앞으로 책을 보고 난 뒤에는 이렇게 사람 이름을 살펴서 함께 꽂으면 돼." 큰아이가 작은아이한테 그림책을 읽어 준다. 작은아이가 큰아이한테 그림책을 읽어 달라고 한다. 큰아이는 혼자서 온갖 목소리를 낸다. 작은아이는 큰아이 목소리를 들으면서 저도 재미나게 온갖 목소리를 내며 논다. 비가 그치면서 빗물을 머금되 비를 뿌리지 않는 구름이 멧자락에 가득하다. 그윽하면서 무척 멋스러운 기운이 감돈다. 높은 건물이 없고 빽빽한 자동차가 없으며, 멧자락으로 포근하게 둘러싸인 시골마을이기 때문에 이러한 바람을 쐴 수 있네. 작은아이는 오늘도 도서관 안팎을 개구지게 뛰어다니면서 논다.

2015.6.11 사진책 한 권
사진책 한 권은 무엇일까. 이태 남짓 우리 도서관에서 떠났다가 돌아온 사진책 가운데 하나인 《日本の民家》를 쓰다듬으면서 헤아려 본다. 한국에서는 "한겨레 살림집"이라는 이름을 붙여서 정갈하면서 고운 사진책을 선보일 수 있을까? 아직 멀었으나, 머잖아 이런 사진책도 한국에서 나올 수 있겠지.

2015.6.1 책하고 놀기
내가 어릴 적을 돌아보면, 책하고 논 적은 없다고 할 만하다. 다만, 만화책을 웬만큼 볼 수 있었다. 동화책이나 동시집은 으레 세계명작이나 전집이기 일쑤였고, 도서관이라는 곳은 책을 보러 가는 곳이 아니었다. 학교도서관은커녕 학급문고도 제대로 없기 일쑤였다. 집이나 마을에서도 책을 갖춘 사람이 몹시 드물었다. 내가 어릴 적에는 '책하고 놀기'가 아닌 '그냥 뛰놀기'였다. 요즈음 아이들을 돌아보면 '책하고 놀기'를 하는 아이가 무척 많다. 그런데 '그냥 뛰놀기'를 하는 아이는 찾아보기 쉽지 않다. 참말 요즈음은 아름답고 예쁘며 멋지고 훌륭한 동화책이나 동시집이 무척 많다. 요즈음 아이들은 '아이일 적'에 미처 읽지 못할 만큼 어린이책이 참으로 많다. 그런데 요즈음 나오는 숱한 어린이책을 살펴보면, '학습에 도움이 되는 책'에 지나치게 쏠린다. 어른이 읽는 책은 어떠할까? 학습에 도움이 되는 책에 쏠리는 어린이책처럼, 처세나 자격증 같은 자리에만 쓰이는 실용서에 쏠리지 않는가. 삶을 노래하거나, 사랑을 북돋우거나, 꿈을 펼치는 길에 어깨동무를 할 만한 슬기롭고 아름다운 이야기가 흐르는 책을 곁에 두는 어른이나 아이는 어느 만큼 되려나. 아이는 맑게 놀고, 어른은 밝게 일하면서, 다 함께 기쁘게 웃는 숨결이 되는 책은 어디에 있을까.

2015.5.27 '책숲'이 나아갈 길은 '숲노래'

우리 집은 '책숲'이다. 나는 그동안 책을 몹시 가까이에 두면서 살았기에 책숲을 이루었는데, 책숲을 이루며 사는 동안 언제나 마음 한쪽에 '나무숲'이랑 '풀숲'을 함께 이루자는 꿈을 키웠다. 시골로 삶터를 옮겨서 뿌리를 내리려 한 까닭에도 이런 마음이 흐른다. 2011년에 고흥으로 들어와서 사진책도서관을 꾸리는 동안, 이곳을 우리 책터이자 책숲으로 제대로 가꿀 수 있다면, '도서관'에 그치지 않고 다른 일도 할 수 있었다. 이를테면 '국어사전 박물관'하고 '헌책방 박물관' 같은 일이다. 사진책도서관을 지키는 밑힘은 여러 지킴이 이웃님하고 '한국말사전 엮는 일을 하며 글을 써서 버는 돈'이다. 이리하여, 그동안 그러모은 여러 가지 한국말사전과 자료를 바탕으로 '국어사전 박물관'을 꾸밀 수 있다. 그리고, 이런 일을 하면서 참으로 바지런히 드나든 헌책방 이야기를 발판으로 삼아서 '헌책방 박물관'을 열 수 있다. 가만히 보면, 이제껏 내가 헌책방을 다니며 찍은 사진만 한 장씩 뽑아서 모아도 '헌책방 박물관' 모습을 꾸밀 수 있다. 이래저래 그러모은 '한국말사전 자료'로도 넉넉히 '국어사전 박물관'이 된다. 다만, 이제껏 '사진책으로 꾸미는 도서관'에 더 마음을 쏟았을 뿐이다. 앞으로 우리 책숲이 나아갈 길은 사진책 한 가지만이 아니다. 사진책을 보는 도서관이면서 국어사전이나 헌책방을 읽는 도서관도 되고, 사진책과 국어사전과 헌책방과 얽힌 이야기를 그러모은 박물관도 된다. 이러한 책터가 시골자락에 깃들어 나무한테 둘러싸인 포근하며 짙푸른 '책숲'으로 거듭날 수 있기를 새삼스레 가슴에 꿈으로 품는다. 그래서 내 글이름도 얼마 앞서 바꾸었다. 앞으로 우리 도서관을 새터로 옮길 수 있다면, 도서관 이름도 바꿀 생각이다. '함께살기'는 이제 마무리를 짓고, '숲노래'로 나아갈 생각이다. 그러니까, '숲노래 도서관'이나 '숲노래 박물관'이 될 테지.

2015.5.21 책집인 우리 도서관

삽차가 아침부터 저녁까지 시끄러운 도서관으로 간다. 삽차가 아침부터 저녁까지 땅을 파내면서 시끄러운 소리를 내더라도 이곳은 우리 책집이요 도서관이니 즐겁게 누려야 한다고 생각한다. 자전거를 이끌고 도서관 문간까지 간다. 나는 도서관 책을 갈무리하고, 두 아이는 바깥에서 도랑에 돌을 던지면서 논다. 도서관 둘레에 우거졌던 나무가 몽땅 사라지고, 우리가 도서관 문간에 옮겨심은 나무도 없어졌

147

다. 그렇지만 아이들은 이런 곳에서도 새롭게 놀이를 찾는다. 아이들 키높이만큼 되는 깊은 도랑 둘레를 달리면서 돌과 흙을 줍는다. 학교 나 도서관이라면 운동장이나 너른 터가 꼭 있어야 한다고 새삼스레 느낀다. 아이도 어른도 운동장이나 너른 터에서 신나게 뛰거나 달리 면서 마음껏 몸을 놀리고 노래할 수 있어야 삶이 즐겁겠다고 느낀다. 그리고 모조리 파헤쳐진 땅뙈기 한쪽에서 찔레덩굴이 올라와서 찔레 꽃이 살짝 고개를 내민다. 놀랍도록 아름다운 목숨이로구나 하고 느 낀다. 어쩜 이렇게 씩씩하게 다시 줄기를 올리고 꽃송이를 틔울 수 있을까 하고 헤아려 본다. 나도 아이들도 찔레꽃처럼 노래하면서 웃 는 숨결로 거듭나야 할 노릇이겠지. 찔레꽃처럼 까르르 노래하고, 찔 레꽃마냥 호호호 웃는 예쁜 사람으로 다시 태어나야 할 노릇일 테지. 꽃아, 고맙다. 시골순이와 시골돌이는 풀빛이 사라진 메마른 땅에서 도 신나게 달리면서 힘차게 노는구나. 너희도 모두 멋있고 아름답다.

2015.5.8 죽은 새 두 마리

도서관으로 들어서니 딱새 한 마리가 도서관 바닥에 죽은 채 있다. 엊그제만 해도 도서관에서 새를 본 일이 없는데 언제 들어와서 언제 이렇게 몸부림을 치다가 죽었을까. 도서관 둘레에서 다른 사람들이 삽차를 써서 땅을 파헤치느라 창문도 안 열고 지냈는데, 어떻게 어디 로 들어왔다가 밖으로 못 나가고 죽었을까. 새 주검을 치우려고 쓰레 받기에 올려놓는다. 사진책 담은 상자를 안쪽으로 옮기는데 참새 주 검을 본다. 참새는 또 언제 들어왔을까. 이 작은 새들이 어디에 틈이 있어서 살짝 들어왔다가 다시 빠져나가지 못하고 그만 숨을 거두었 을까. 큰아이가 새 주검을 더 찾아보겠다고 도서관을 이리저리 누빈다. 끝 칸에도 참새 주검이 하나 더 있다. 이 작은 새들이 도서관에 사람이 들어왔으면 날갯짓이라도 해서 저희가 있는 줄 알리면 창문을 열어 주었을 텐데, 그저 조용히 숨죽인 채 있다가 그만 굶어서 죽은 듯하다. 가녀린 새 주검을 셋 치운다. 집으로 돌아가는 길에는 빈 수레에 두 아이를 태운다. 아이들은 어느새 '죽은 새'를 잊은 듯하다. 신나게 노래하면서 집으로 돌아간다.

2015.4.9 살아나는 나무

우리 도서관 어귀에 나무 한 그루를 옮겨심으면서 조마조마했다. 이 나무가 살아날 수 있는지, 아니면 죽을는지 알 길이 없기 때문이었다. 이 나무가 뽑힌 지 열흘 남짓 지나서야 비로소 옮겨심었으니, 열흘 남짓 길바닥에서 뒹굴었다고 할 텐데, 줄기나 뿌리나 잎이 다 마르지 않았다고 느껴서, 틀림없이 살아날 수 있으리라 여겼다. 2월 24일에 옮겨심은 나무는 한 달쯤 지나니 비로소 새움이 터졌고, 이제 잎사귀도 제법 푸르다. 도서관을 오갈 적마다 늘 인사하고 쓰다듬어 준다. 앞으로도 잘 살아가렴. 언제나 씩씩하고 아름답게 꽃을 피울 수 있어. 딸기넝쿨은 아직 기운을 못 내지만 곳곳에서 하얀 꽃을 하나둘 터뜨린다. 삽차가 우악스럽게 달포 즈음 밀어낸 터라 딸기넝쿨이 거의 다 죽었지만, 딸기넝쿨도 찬찬히 새로 뻗는다. 예쁜 아이들아, 너희 예쁜 숨결을 이곳에도, 다른 마을에도, 이 지구별에도 고루 나누어 주렴.

2015.3.2 사서자격증 석 장

문화융성위원회 분들이 말하기를, 2012년부터 도서관법이 새로 바뀌어서 우리 도서관 같은 곳은 '전문도서관'으로 등록할 수 있다고 한다. 참말 그러한가 싶어 도서관법을 살펴보니 인터넷으로 등록신청까지 할 수 있단다. 그래서 3월 2일 아침에 신나게 등록신청을 한다. 낮에 고흥군 평생학습사업소에서 전화가 온다. 우리가 '전문도서관 등록'을 신청했는데, 다른 조건은 모두 되리라 여겨도 '사서' 대목에서 안 되겠다고 이야기한다. '공공도서관'이 아닌 '개인도서관'으로 하는데에도 사서가 있어야 하느냐 하고 물으니 더 알아보겠다고 하더니, 한 시간쯤 뒤 군청 공무원 두 분이 도서관으로 몸소 찾아온다. 군청(고흥군 평생학습사업소)에서 온 분이 말하기를, '개인 전문도서관'이라 하더라도 '사서 기준'은 '여느 공공도서관' 틀에 맞추어서 해야 한다고 법으로 나온다고 말하면서, 전문도서관은 165입방미터 크기만 넘으면 되지만, '사서 자격증 있는 사람이 셋' 상근으로 있어야 한다고 알려준다. '사서 자격증 하나'도 아니고, 이런 자격증 있는 사람을 셋이나 상근으로 두어야 한다니, 어떻게 이렇게 할 수 있을까? 공공도서관이라면 모르되, 개인이 꾸리는 도서관에서 사서를 셋씩 두면서 월급을 주어야 한다면, 떼부자가 아니고서는 도무지 할 수 없는 일이 아닌가? 또는, 사서 자격증 있는 사람이 셋(적어도 셋)이 자원봉사로 있어야 한다는 소리 아닌가? 게다가 '보유 장서 숫자'와 '도서관 크기'에 따라 사서가 더 있어야 한단다. 그러니까, 우리 도서관 크기와 장서 숫자를 헤아린다면, 이곳에는 사서가 열 사람쯤은 있어야 하리라. 도서관이라는 곳은 틀림없이 '공공복지'와 '공공문화'이리라 본다. 그러면, '공공도서관'이라면 공무원 자격으로 나라에서 일삯을 줄 테지. '개인도서관'은 어떻게 해야 할까? 개인도서관에서 사서 자격증 있는 사람을 '적어도 셋', 그리고 우리 도서관으로서는 '열 사람'을 두려면, 일삯을 얼마나 주어야 할까? '사서 자격증 있는 공무원 열 사람'을 거느리려고 들여야 할 돈을 헤아린다면, 도무지 아무것도 할 수 없다. 그러면 우리 도서관을 '작은도서관'으로 등록해야 하는가? 아니다. 우리는 '작은'도서관이 아닌 '사진책 전문' 도서관이고, '국어사전 전문' 도서관이다. '작은도서관'으로 등록을 하려 했다면 2007년에 벌써 등록을 했을 테지. 군청 공무원이 복사해서 준 '도서관법' 뭉치를 받는다. 군청 공무원 두 분은 곧 돌아간다. 두 아이를 자전거에 태우고 면소재지 우체국에 다녀온다. 서운하거나 섭섭하거나 슬프거나 쓸쓸하거나 이런저런 마음은 없다. 다만 한 가지를 느낀다. 도서관법은 도서관을 북돋우거나 살리려는 법인지 아닌지 모르겠다. 나라에서 개인도서관에 '사서 자격증 있는 일꾼'이 일할 수 있도록 도와준다면 모르되, 개인도서관을 하는 사람한테 '상근 사서 자격증 직원'을 여럿 거느려야 '도서관 등록'을 해 준다고 한다면, 어느 누가 도서관을 열어서 책삶을 나눌 수 있을는지 모르겠다. 그저 하나도 모르겠다.

2015.2.25 문화융성위원회 문화리포트

문화융성위원회에서 쓴 '문화리포트'가 나왔다. 우리 도서관 이야기를 요모조모 담아 주었다. 하나하나 새겨서 읽어 본다. 아이들과 도서관으로 천천히 나들이를 간다. 마른 풀을 밟을 때에 나는 소리가 싱그럽다. 흙이 폭신하다.

[문화융성위원회 문화리포트]

사진책도서관 '함께살기'를 아시나요?

– 문화융성위원회 인문정신문화 연구원 이광옥 글

이슈리포트 2호에서는 인문정신문화를 몸소 실천하는 한 사람과 그가 운영하는 도서관을 소개하고자 한다. 먼저, 인문정신문화? 들어본 사람도 있고 생소한 사람도 있을 것이다. "인문정신문화"의 정의를 잠시 살펴보자. 인문정신문화란 '인간의 존엄과 가치를 존중하고 행복한 삶을 추구하려는 인간의 지적·정신적 활동 및 인문적 전통에서 산출된 문화적 자산'이라고 되어 있다. 너무 어렵다. 쉽게 말해, '누구나 행복한 삶을 살기 위해 인문이 기반 된 문화'라고 보면 좋겠다. 어쨌든, 인문정신문화가 융성해지면, 그러니까 많은 사람들이 느끼는 행복과 만족들이 문화로 자리 잡는다면 지금보다 조금은 더 삶이 윤택하고 풍성해지지 않을까?

필자가 서두부터 인문정신문화니, 정신적 활동이니, 행복이니 등등의 말을 늘어놓은 이유는 시골 한편에서 묵묵히 인문정신문화를 몸소 실천하고 있는 사람과 그가 운영하고 있는 도서관을 소개하기 위함이다. 전라남도 고흥에 정착해 '함께 살기'라는 사진책 도서관을 8년 째 운영하고 있는 최종규 관장을 만나고 왔다. 그는 누구이며, 그가 운영하는 사진책 도서관 '함께 살기'는 어떤 곳인지 알아봤다.

ㄱ. 최종규, 그를 말한다

최종규 관장의 이름에는 많은 수식어가 따라다닌다. 남편, 아버지, 사진작가·비평가, 글 작가, 강사, 도서관장 등이 그의 대표적 수식어다. 이런 수식어는 그가 살아온 삶을 어렴풋이 짐작할 수 있게 해준다. 그는 1992년부터 2006년까지 책을 지독히 좋아하는 평범한 청년으로 살았다. 2003년에 돌아가신 이오덕 선생의 글과 책을 갈무리하기 위해 2003년부터 2007년 3월까지 충주에서 머물고, 작업이 마무리되면서 진로를 고민하며 1년 동안 자전거로 충주와 서울을 오가면서 책방을 다녔다. 어려서부터 인천 배다리에 위치한 헌책방 거리(인천광역시 동구 금곡동 소재)를 무척 좋아했다. 유년시절 그곳에서 밤낮으로 책과 함께 보냈으며, 많은 추억을 쌓았다. 그런 곳에 큰 산업도로건설이 진행되면서 반대운동에 참여하게 되었고, 그 이상의 의미 있는 일을 하고자 그간 모아두었던 책들을 기반으로 사진책 전문 도서관을 만들어 운영하기로 결심했다. 그렇게 태어난 곳이 사진책 도서관 '함께살기'이다. 이 도서관은 2007년 4월에 인천 배다리에서 '사진책도서관 함께살기'라는 이름으로 개관해 운영했고, 여러 이유로 도서관 터를 옮기며 2011년 가을에 전남 고흥으로 도서관을 옮겨 정착하게 되었다. 현재 그의 직업은 딱히 뭐라고 말 할 수 없다. 그저 우리말을 아끼고 사랑하는 사람, 그로 인해 붙여진 수식어들 모두가 그의 직업이다. 사진작가, 사전 편찬·편집자, 강사, 도서관장 등 많은 역할을 소화함과 동시에 저술활동에도 매우 활발했다. 글, 사진책, 사전과 관련된 책만 해도 수 십 권에 이르고 도서관 소식지에 단행본까지 더하면 그가 쓴 글의 양은 실로 어마하게 방대하다. 그가 이런 직업들을 가지고 방대한 양의 글을 쓰는 이유에는 많은 사연들이 있다.

"사진책 도서관은 정부나 지자체 지원을 받지 않습니다. 어떻게 보면 받지 않는다기보다 못 받은 셈인데, 이 때문에 다른 일을 하지 않으면 도서관을 지킬 수 없어요. 건물임대료를 내야 하거나 책꽂이를 새로 들여야 할 때면, 국어사전 원고 쓸 시간을 뺏기더라도 다른 일들이 들어오면 어쩔 수 없이 합니다. -중략- 책을 쓰는 또 다른 까닭은 우리 아이들과 또래 아이들한테 우리말을 제대로 알려주고 싶어서입니다. 또, 어른들이 한국말이 무엇이고 한자는 어떻게 우리 사회에 들어왔는지를 올바로 알기를 바랐습니다. 영어 쓰기를 지식 자랑으로 여기는 사람은 많아도 막상 고사성어나 사자성어를 마구 쓰는 일은 지식이라고 생각하는 사람은 드물더라고요. -중략- 둘레에서 우리말을 제대로 쓰도록 이끌어 주는 부모를 보기 힘들어요. 어른이 된 부모부터 그동안 학교를 다니기만 했을 뿐, 말을 옳게 배운 적은 없기 때문이에요. 우리말을 제대로 알지 못하면 다른 것을 배울 수 없습니다. 우리말을 제대로 알고 쓰는 길에 조금이나마 도움이 되었으면 하고, 이런 책을 쓰면서 도서관 유지비와 책을 새로 장만할 돈을 법니다."

2014. 10. 24. 인터뷰 중

ㄴ. 사진 + 책 + 도서관 = '함께살기'

참 궁금하다. 사진책? 사진과 글이 함께 있는 책인가? 아니면 사진작품만으로 엮은 책인가? 도서관은 그렇다 치고, '함께살기'는 도서관 이름이겠지? 그런데 왜 '함께살기'라고 지었을까? 많은 궁금증을 안고 최관장의 안내와 함께 도서관으로 향 했다. 도서관은 마을의 폐교를 그대로 사용하고 있었고, 아무런 증축이나 고침의 흔적은 없었다. 밖에서 보면 누가 봐도 버려진 학교 건물, 뭔가 음산한 느낌도 나고..길고양이가 살거나 거미줄이 잔뜩 있을 법한 그런 느낌이랄까. 최관장의 두 아이들도 도서관으로 동행했다. 어쩌나 신나하던지 불안한 필자의 마음이 천진난만한 아이들을 보고 조금은 안심이 되었다. 자물쇠를 풀고 문을 열어 도서관으로 들어갔다. 들어가자마자 나온 감탄사, "와…세상에…." 책장에 촘촘하게 꽂힌 책들과 나무냄새, 종이 냄새가 조화롭게 어우러져 도시에서 볼 수 없는 대규모 헌책방을 연상케 했다.

"이 원목 책꽂이들은 순천에서 문 닫은 도매상에서 나왔습니다. 예전에는 자연스럽게 나무 책꽂이를 짰습니다. 요즘에는 합판이나 공산품을 쓰겠지만, 이런 오래된 책꽂이가 책한테 훨씬 좋아요. 책으로 자리 잡힌 책꽂이가 더 튼튼하거든요." 2014. 10. 24. 인터뷰 중

도서관을 한 바퀴 돌며 공간구성, 책의 종류, 보존 방법과 현황, 그의 저서 등 도서관의 전반적인 이야기를 들을 수 있었다. 다양하고 광범위한 분야의 책들이 꼼꼼한 구분에 의해 정리되어 있었고, 사람의 손에 길들여진 흔적이 고스란히 남아 있었다. 그는 볕이 아주 잘 들고 아늑한 공간으로 필자를 안내했고, 우리는 그곳에서 많은 이야기를 나눴다.

필자: 선생님 궁금합니다. 사진책이라는 것이 어떤 것인가요?

최관장: 국어학 책이나 국어사전은 말을 바탕으로 삶을 읽는 책이잖아요. 사진책은 사진으로 삶을 읽고 헤아릴 수 있는 책입니다. 도서관 앞에 사진책이라고 붙이긴 했어도 우리 도서관에는 사진책 말고도 여러 가지 책이 있습니다. 사전을 집필해야 하기에 북한, 연변의 사전과 책도 있고, 물론 모두 연구 자료로 허가 받은 책들입니다. 아이들이 즐길 만화책과 그림책에다가, 잡지, 고서도 많아요. 이 고서들은 진열장으로 들어가면 유물이 되겠지만, 책꽂이에 꽂아 읽고 만질 수 있으면 책이 흘러온 자국들을 읽을 수 있는 훌륭한 자료가 됩니다.

필자: 도서관 이름을 '함께살기'라고 하셨는데 특별한 이유가 있나요?

최관장: 큰 뜻은 없습니다. '함께살기'는 글을 쓸 때 붙이는 또 다른 제 이름입니다. 필명이라고 해야 하나요.

2014. 10. 24. 인터뷰 중

최관장은 사진책 도서관 '함께살기'가 삶을 읽는 책이 있기 때문에
삶을 보여주는 도서관이라고 했다. 많은 사람들이 시중에서 얻기 힘
든 책을 보고 만지는 것에 보람을 느끼고, 무엇보다 삶을 일구는 아름
다운 사랑을 보여주는 도서관이기에 즐겁게 열어서 힘차게 꾸려나가
는 것이라고 했다. 어른, 아이 할 것 없이 지저귀는 새 소리, 풀벌레 소
리를 들으며 자연 속에서 함께 책을 읽고 쉴 수 있는 공간을 제공하는
일도 도서관을 꾸린 이유 중 하나라고 말했다.

ㄷ. 도서관 경영의 어려움

현실적인 문제를 안 할 수가 없다. 도서관을 운영하려면 여러모로 많
은 예산이 소모된다. 건물임대료부터 인건비, 관리비, 유지보수비 등
등 깨알 같이 드는 돈이 만만치 않다. 그럼에도 불구하고 이 도서관은
중앙정부, 지자체 혹은 지역문화기반 단체의 어느 지원도 받지 못하고
있다. 제도권 측면에서 보면 현재 이 도서관은 비인가 상태로 운영되
고 있기 때문이다. 최관장이 집필한 책을 팔고 부차적인 일들을 해야
만 도서관이 힘겹게 유지된다. 도서관을 사랑하는 개인후원자의 기부
를 받고 있지만 소액이라 운영에 큰 도움이 되지 못한 듯했다.

"2006년부터 개인이 도서관을 열지 못하도록 법이 바뀌었습니다.
더구나 도서관이라고 이름을 걸지도 못하겠죠. 2006년부터 사서자격
증을 가진 사람이 일정한 시설과 직원을 갖추고, 도서관위원회라는 것
을 만들어야 도서관이라는 이름을 쓸 수 있다고…. -중략- 우리 도서
관은 어느 하나 해당사항이 없지만 도서관이라는 이름을 씁니다. 공식
적으로 개인이 하는 도서관은 '작은 도서관'이라고 해야 한답니다. 우

리 도서관은 몇 만권에 이르는 책을 갖춘 사진책 전문 도서관입니다. '작은 도서관'이라는 이름은 쓸 수 없다는 것이 제 생각이고요. 그래서 '작은 도서관'으로도, '일반 도서관'으로도 등록이 어렵습니다. 그러니 아무 지원을 받지 못하는 상황이 되었어요…." **2014. 10. 24. 인터뷰 중**

사실, 도서관은 등록 여부를 떠나 개인 운영이 가능하고 일정 기준 (최소한)을 갖춰 등록해야 상황에 적절한 지원이 가능하다. 이런 이유는 도서관이 서비스업으로 분류되어 있기 때문에 사용자에게 불편함 없는 쾌적한 환경을 제공해야 하기 때문이다. 많은 양의 개인 소장 도서를 필요로 하는 사람들에게 공유하고 있는데도 불구하고, 일정한 등록 기준에 맞추기 힘든 상황에 처해 있는 것이 못내 아쉬웠다. 앞으로 이 도서관이 꾸준하게, 무사히 운영될 수 있을까라는 걱정도 함께 들면서….

ㄹ. 지역의 중심 커뮤니티로서의 역할

사실, 이 도서관을 찾는 사람들은 대부분 외지인들이다. 서울, 광주, 순천 등 먼 곳에 사는 사람들이 보기 힘든 혹은 얻기 힘든 책을 보고 만지기 위해 이곳을 찾는다. 어떻게 보면 지역 문화 인프라로서의 제 역할을 못하고 있는 것 같기도 하다. 해서 도서관이 앞으로 지역과 주민들에게 어떤 역할을 하고 싶은지, 계획은 무엇인지 물었다.

"보셨다시피 이 동네에는 젊은 사람들이 거의 없습니다. 버려진 집도 많고요. 늙으신 분들이 농사를 지으며 살아요. 이분들은 일하지 않을 때 술과 화투로 시간을 보냅니다. 생각해 보면, 이분들은 이제껏 다른 놀이나 즐거움을 거의 누리지 못하셨어요. 이분들과 손쉽고 아름다운 그림책을 함께 읽고 싶어요. 시골에서 사는 즐거움은 새, 풀벌레, 나무와 숲이 있는 이야기를 나눌 수 있다는 것입니다. 나이가 들어 잔글씨를 못 읽는 어르신이어도 그림책이나 사진책으로 책을 읽는 즐거움을 함께 할 수 있습니다. -중략- 제 재주가 글을 쓰는 것이다 보니 고흥 이야기를 책으로 엮어 보려 합니다. 대도시에서 보고 듣고 느낄 수 없는 것들이 이곳에는 널렸거든요. 이런 것들을 글로 써서 시골에서 지내는 보람을 높이도록 돕고 싶어요….” **2014. 10. 24. 인터뷰 중**

ㅁ. 시골에서의 인문정신문화?

최관장은 인문정신문화를 가장 즐겁게 실천하는 사람이 아닐까라는 생각이 든다. 그의 책 사랑과 도서관운영 철학, 아이들 밥상머리교육 등만 봐도 그가 생각하는 인문정신문화를 어느 정도 가늠할 수 있었다. 그래도 억지로 물어봤다.

필자: 선생님이 생각하시는 인문정신문화란 무엇입니까?
최관장: 인문은 우리가 살아가는 이야기입니다. ‘어떻게’ 살아가야 할지를 생각해야 되는 것이 본질이지요. 이를테면 전기가 끊어지고 인터넷이 안 되더라도 스스로 먹을 수 있는 길을 알아 가는 것, 공장이 돌아가지 않더라도 스스로 옷을 지어 입을 수 있는 방법을 아는 것, 돈을 모아 집 한 채를 사는 것이 아니라 스스로 나무를 얻어 집을 만드는 것이 인문학이 아닌가, 여기에 와서 그런 생각을 했어요. 도시에서는 그런 생각을 못 했는데 여기서 아이들과 살다보니 그런 생각이 들더라고요. 인문학이 고민할 대목은 ‘어떻게 삶을 스스로 움직일 수 있

을까'입니다. 많은 사람들이 거대담론을 이야기하지만 그런 이야기들은 도시는 몰라도 시골에 있는 사람들에게는 덧없는 이야기들이 많더라고요. 어떻게 하면 집을 지어 볼 수 있을까, 집을 지으려면 어떤 나무를 골라야 할까같은 시골살이에 맞닿는 인문지식들은 거의 유통과 생산이 안 되더군요. 도시에서 널리 퍼지는 인문지식과 시골에서 다룰 수 있는인문지식이 나란히 어우러져야 한다고 생각합니다. 인문지식을 떠드는 사람들을 보면 거의 입으로만 떠드는 것 같습니다. 강단에서 인문지식을 이야기하고 집에 들어가면 손에 물 한 방울 안 묻혀요. 실천이 밑바탕이 되어야 합니다. 지식과 실천이 만나는 곳에 인문학이 있다고 생각합니다. **2014. 10. 24. 인터뷰 중**

그가 생각하는 인문정신은 거대담론도 아니고, 어렵고 복잡한 것도 아니다. 다양한 상황에 직면했을 때 스스로 방법을 찾는 것, 사소한 것이라도 그것을 몸소 실천하는 것이 인문정신의 첫걸음이라고 했다. 연이어 최관장은 그가 그리는 앞으로의 도서관 모습에 대한 이야기도 해주었다.

"앞으로 우리 도서관을 학교로 만들 생각입니다. 많은 사람들을 끌어 모으는 학교가 아니라, 아이들과 어른이 함께 배우는 그런 학교입니다. 학교에 나이 제한은 없습니다. 배우고 싶은 사람이면 누구든 배울 수 있는 학교이기 때문에 나이를 가를 까닭이 없어요. 이 학교에서는 스스로 살아가는 길을 같이 배우는 그런 곳입니다. 학교 둘레에 나무를 알뜰히 심고, 숲을 가꾸어서 자연과 함께하는 배움터를 만들 생각입니다. 숲에 있는 도서관, 숲이 있는 학교, 모든 책은 종이에서, 종이는 나무에서, 나무는 숲에서 나오니까요."

최관장과 장시간의 이야기를 마쳤다. 돌아가려는 필자를 그와 아이들이 배웅해 주었다. 손을 흔들며 잘 가라고. 서울로 올라오는 내내 그와 나눈 대화를 곱씹으며 많은 생각을 했다. 환대 받지 못한 낯선 환경에서도 자신의 재능을 서슴없이 내어 주는 것, 사람을 사랑하고 배려하는 것이 행복의 지름길로 가는 가장 빠른 방법이라는 것을 그는 이미 알고 있는 듯 했다. 어찌 보면 가장 낮은 곳에서 열정을 갖고 묵묵히 인문정신을 실천하는 사람이 바로 그가 아닐까 하는 생각이 든다.

최관장이 쓴 《숲에서 살려낸 우리말》이 2014년 '세종도서 문학나눔' 가운데 한 권으로 뽑혔다. 작은 책 하나가 시골 도서관을 살리는 씨앗이 되리라.

2015.1.5 오늘 이곳에서

오늘 이곳에서 아이들과 논다. 우리 도서관은 오늘 이곳에서 조용히 하루를 보낸다. 이 도서관 둘레 빈터에 깃든 씨앗이 하나둘 천천히 깨어날 테고, 머지않아 새로운 나무로 자라리라 생각한다. 내 마음에도, 아이들 마음에도 고운 사랑이 자란다. 책 한 권에도 고운 꿈이 깃들고, 아이 손놀림 하나에도 고운 꿈이 감돌며, 내 몸짓 하나에도 고운 꿈이 서린다. 오늘 이곳에서 도서관을 지킨다. 앞으로도 즐겁게 도서관을 지키면서, 이곳에서 시골바람을 마시면서, 숲내음을 맡으면서, 풀꽃과 나뭇잎을 아끼는 하루를 보낸다. 숲에서 온 책이 도서관에 있고, 도서관에서 키우는 이야기가 숲으로 간다.

2015.1.4 향나무

뿌리뽑힌 커다란 향나무가 도서관 앞에서 구른다. 이 모습을 본 큰아이가 "나무가 가엾어." 하고 말하면서 작은 가지를 하나 꺾어서 흙을 주섬주섬 모아서 심는다. 나무를 심으려면 땅을 파서 심어야지. 그러나 네 마음과 네 손길을 알겠어. 도서관에도 호미와 삽을 두어야겠구나.

2015.1.1 먼지

먼지를 생각한다. 책꽂이를 가만히 바라보면 한동안 손길을 안 탄 자리에 먼지가 뽀얗게 앉는다. 모든 책을 날마다 건드리면서 들추지는 못하니, 책꽂이 가운데 어느 자리에는 먼지가 앉기 마련이다. 날마다 모든 책꽂이를 먼지떨이로 톡톡 떨지 않으면 날마다 조금씩 먼지가 앉는다. 책상맡에 놓은 책에도 하루만 지나도 먼지가 살그마니 내려앉는다. 그런데, 살아서 움직이는 목숨에는 먼지가 앉지 않는다. 신나게 뛰노는 아이들 살갗에는 때가 끼기는 하지만 먼지가 앉지 않는다. 새한테도 벌레한테도 먼지가 앉을 일이 없다. 더군다나 풀과 나무에도 먼지가 앉지 않는다. 풀잎에 먼지가 앉았다면, 자동차가 옆에서 지나가면서 흙먼지를 날리거나 배기가스를 내뿜기 때문이다. 한 자리에 뿌리를 내리며 사는 나무와 풀한테조차 먼지가 앉는 일이란 없다. 새롭지 않다면 먼지가 앉는다. 살아서 움직인다고 하더라도 새로운 몸짓이요 넋이기에 먼지가 안 앉는다. 새로운 몸짓이 아니요 새로운 넋이 아니라면, 아무리 움직이는 것이라 하더라도 먼지가 앉을 테지. 이를테면, 움직이는 기계에는 먼지가 앉는다. 자동차는 늘 움직인다고 하지만 하루만 지나도 먼지가 뽀얗다. 책에 먼지가 앉는 모습을 본다. 책에 앉은 먼지를 닦는다. 책 껍데기에는 먼지가 앉는데, 책에

161

깃든 알맹이에도 먼지가 앉을 수 있을까. 책이 들려주는 줄거리에도
먼지가 앉을 수 있을까.

또
옮겨야 할까
근심에 잠기다

2014년
12월 29일~1월 2일

2014.12.29 전화 한 통

저녁에 전화 한 통을 받고서 곰곰이 생각에 잠긴다. 시골자락에서 가
꾸는 사진책도서관은 앞으로 어떤 구실을 맡을 수 있을 때에 한결 아
름다우면서 사랑스러울까 하고 돌아본다. 나는 이 도서관을 처음 열
면서 '책만 있는 도서관'으로는 갈 뜻이 아니었다. '사진책만 갖추는
도서관'이 될 뜻은 없다. '책과 사진으로 이야기를 엮어서 나누는 숲'
이 '도서관 얼거리와 모습'으로 드러나도록 할 뜻이다. 새해에 우리
도서관을 어떻게 가꾸어야 할까 하고 생각하는데, 저녁에 받은 전화
한 통은 마음에 새로운 기운을 불어넣는다. 앞으로 지을 숲을 생각한
다. 앞으로 이룰 숲집을 그린다. 앞으로 사랑할 이야기를 떠올린다.

2014.12.16 우편엽서, 초상권, 사진

읍내 우체국에 가서 '새로 나온 우편엽서'가 있느냐고 물으니, 읍내
우체국에서는 '우편엽서'를 아예 안 다룬다고 한다. 우정사업본부에

169

서 펴내는《우표》12월호가 있어서 살피니, 이쁘장한 새를 그려 넣은 우편엽서가 새로 나왔지만, 시골 읍내 우체국에서조차 엽서는 장만할 수 없는 셈이다. 시골에서는 우편엽서도 인터넷으로 사야 할까? 아니면 다른 도시로 가서 사야 할까? 도서관 지킴이한테 우편엽서로 새해인사를 띄우자고 생각했지만 안 되겠구나 싶다. 누가 우리 집 큰아이와 곁님 동생(나한테는 처남)을 몰래 찍어서 어느 공모전에 내어 상을 받았다고 한다. 한동안 이 대목을 모르고 지냈는데, 어느 이웃이 보여준 사진을 보고 나서 뒤늦게 알았다. '미성년자 초상권 침해' 작품 사진을 보여준 이웃은 이 사진에 깃든 두 사람이 우리 집 큰아이와 곁님 동생인 줄 몰랐단다. 그저 사진이 좋다면서 보여주었을 뿐이다. 그런데 그 사진은 내가 2009년 9월 26일에 찍은 사진하고도 거의 똑같다. 곰곰이 생각한다. 자그마치 다섯 해가 지난 뒤 몰래 공모전에 내면 초상권이 사라질까? 다른 사진 공모전에 내가 '우리 아이와 처남'을 찍은 사진을 넣는다면 어떻게 될까? 국립중앙도서관이라는 데에서 꾀한 사진공모전에서 상을 받은 사진은 '내가 우리 아이와 처남을 사진으로 담은 다음 다른 볼일을 보느라 바쁘게 자리를 비운' 틈에 몰래 찍은 사진이다. 나 몰래 사진을 찍은 그분은 왜 우리 처남한테, 그리고 처남 곁에 있던 장모님과 곁님한테 허락을 받을 생각을 안 했을까? '멋있어 보이는 모습'이라면 허락을 안 받고 찰칵찰칵 사진을 찍어대도 될까? '책 문화를 널리 퍼뜨리려는 좋은 뜻'이라면 초상권을 함부로 짓밟으면서 공모전에 넣어도 되고, 이런 사진에 상을 주어도 될까? 책을 찍는 사진, 책을 읽는 사람을 찍는 사진, 책방을 찍는 사진, 책이 있는 사진, 그러니까 '책 사진'이란 무엇인지 아리송하다. 아니, 어쩐지 슬프다. 아니, 슬프다기보다 쓸쓸하다. 아니,

쓸쓸하다기보다 기운이 빠진다. 사진 한 장은 어떻게 찍어야 하는가. 사진 한 장은 어떤 일을 할 수 있는가. 사진 한 장은 어떻게 나누면서 읽어야 하는가. 사진 한 장에는 어떤 삶이 깃드는가. 스치듯이 지나가는 사이에 아주 놀랍거나 멋진 모습을 얻을 수 있다. 그리고, 스치듯이 지나가지 않고 발걸음을 멈추어 가만히 이야기를 귀여겨들을 수 있다면, '놀랍거나 멋진 모습'을 넘어서는 '사랑스러우면서 아름다운 삶'을 사진으로도 글로도 넉넉히 담을 수 있다. 사진가는 무엇을 하는 사람이 되어야 '사진가'라 할 수 있을까? 사진 공모전을 여는 국립중앙도서관은 사진을 어떻게 마주하면서 다루어야 '책과 사진'을 함께 아름다이 엮어서 '책 문화 북돋우기'를 할 수 있을까? 눈이 살짝 덮인 도서관에서 매우 무거운 마음이 된다. (뒷말을 적어 본다. 국립중앙도서관은 끝내 사과를 하지 않았고, 피해배상도 하지 않았다. 공무원이란 다 그런가 보다 하고 생각하면서 한숨을 쉬었다.)

2014.12.11 새해에 그리는 꿈

새해부터 우리 도서관을 '도서관 + 학교'로 꾸미려고 생각한다. 책을 누리는 터이면서 이야기를 나누는 터로 가꾸려 한다. 곁님과 이모저모 이야기를 나누는데, 아이가 배우고 싶은 것과 어버이로서 물려주고 싶은 것을 골고루 엮어서 이곳에서 우리 아이를 가르치면서 어버이로서 함께 배우려 한다. 큰아이는 바느질과 뜨개질을 배우고 싶단다. 어머니가 하는 영어를 저도 배우고 싶다 하고, 나는 한국말사전을 엮는 일꾼인 만큼 아이가 한국말을 옳게 배우도록 할 생각이며, 아이가 좋아하는 온갖 만화영화를 보자면 일본말을 배울 수도 있어야 할 테지. 풀과 나무와 흙과 벌레를 배울 수 있어야 한다. 집짓기와 흙짓

171

기를 배울 수 있어야 한다. 밥짓기와 물 얻기와 불 피우기를 배울 수 있어야 한다. 화덕과 난로를 마련하는 길을 찾아야 한다. 수학과 과학을 배우되, 교과서 지식이 아닌, 지구 역사와 물리와 양자학을 배워야 한다. 잠이란 무엇인지 배워야 한다. 낮잠과 밤잠은 우리 몸을 포근하게 돌보면서 달콤하게 쉬는 일이요, 꿈을 지으면서 새롭게 일어날 수 있는 길을 짓는 일이다. 그리고, 이루고 싶은 이야기를 그림으로 그려야지. 하루를 누린 이야기는 글로 쓸 수 있다. 새해에 그리는 꿈은 '사랑'이다. 사랑을 밑바탕으로 '사진책도서관 함께살기'는 새로운 이름 하나를 쓸 생각이다. 아직 어떤 이름을 쓸는지 모르지만, '우리 집 학교'를 가리키는 이름을 기쁘게 지을 생각이다. 우리 도서관과 학교를 도울 고운 이웃이 널리 나올 수 있는 꿈도 꾸어야겠다.

2014.11.27 겨울 문턱에

따스한 고장 고흥이지만 이제 겨울 문턱이다. 물과 전기를 도서관에서 쓸 수 있기를 꿈꾸지만 올해에도 겨울 문턱까지 이 뜻을 이루지 못한다. 이듬해에는 할 수 있을까? 이듬해에는 해야지. 이듬해에는 큰아이가 여덟 살이 되는 만큼, 겨울에도 네 식구가 도서관에서 함께 배우고 가르칠 수 있도록 물과 전기뿐 아니라 뒷간과 쉼터와 난로도 모두 마련할 수 있어야지. 이듬해에는 우리가 도서관으로 쓰는 폐교 건물 임대관리가 바뀐다. 그동안 이곳을 먼저 빌린 사람들 계약기간이 끝난다. 이듬해에는 우리 이름으로 빌리거나 이곳을 사들여야 한다. 그래야 무슨 일을 하든 제대로 하며, 비로소 간판을 박을 수 있으리라. 우체국에 가는 길에 도서관에 살짝 들른다. 도서관으로 드나들던 길목이 다 파헤쳐졌다. 이곳을 먼저 빌린 이들이 삽차로 파헤쳤다.

무엇을 하는지 알 길이 없으나, 풀뽑기와 땅고르기를 이들이 해 주는 셈이라고 생각해 보기로 한다. 즐겁게 생각하자. 이웃마을 할매가 이 곳에 콩이나 보리를 심어서 거두는 일도 막아 주는 셈이라고 생각한다. 높다라니 자라서 곱게 물든 나무는 면소재지에 있는 중·고등학교에서도 보인다. 이 커다란 나무를 보고 우리 도서관을 사람들이 알아볼 수 있겠지. 요즈음은 도서관에 올 적마다 늘 나무를 생각한다. 우리 도서관 둘레에 심어서 가꾸려는 나무를 생각한다.

2014.11.20 도서관지킴이 사진 선물

지난 8월에 서울에서 사진잔치를 조촐히 열었다. 그때에 쓴 사진을 지난 토요일에 돌려받았다. 이 사진을 어떻게 할까 생각하다가, '사진책도서관 함께살기'가 시골에서 씩씩하게 서도록 돕는 '도서관지킴이' 이웃님한테 하나씩 선물로 드리자고 생각한다. 소나무판에 사진을 두 장씩 붙인 판이기에, 톱으로 반씩 가른다. 그리 안 두꺼운 소나무판이지만 반으로 가르는 데에 제법 품을 들여야 한다. 봉투에 손으로 주소를 쓰고, 도서관 소식지와 사진판을 넣어 테이프로 마감을 하려니 여러 시간이 든다. 이 일도 여러 날에 걸쳐서 조금씩 해야겠다. 내가 톱질을 하고 봉투에 주소를 적는 동안, 두 아이는 도서관 둘레를 신나게 뛰어다니면서 논다. 나무타기를 하고 가랑잎을 주우면서 땀을 뻘뻘 흘린다. 그래, 멋져, 예뻐. 나무타기만큼 신나는 놀이가 또 어디에 있겠니. 다만, 너희가 아직 아귀힘과 팔힘이 모자라서 나무타기 시늉만 하고 나무를 오르지 못하지만, 한 살 두 살 먹는 사이 어느새 나무를 거뜬히 타고 오르리라 생각해. 손글씨로 봉투질을 하기는 수월하지 않다. 그러나, 도서관지킴이 이웃님을 그리면서 주소와 이름을 하나하나 적는 동안 퍽 즐겁다. 앞으로 도서관지킴이 이웃님이 차츰 늘기를 빈다. 아무렴, 꾸준히 늘어날 테지.

2014.11.6 푸른숲 도서관

시골에 깃든 우리 집과 도서관이 나아갈 길을 생각하면 늘 한 가지가 맨 먼저 떠오른다. '푸른숲' 집과 도서관. 그리고, 푸른숲 집과 도서관 은 '사랑'을 바탕으로 가꾼다고 느낀다. 사랑으로 가꾸는 푸른숲은 기 쁘게 웃고 노래하는 곳으로 흐르리라 본다. 푸른숲과 사랑과 기쁨, 이 세 가지를 어떻게 어우를 수 있을까 하고 생각한다. 이 세 가지를 바 탕으로 가꾸는 집과 도서관을 생각한다. 나부터 이 세 가지를 즐겁게 이루면서 살아야지 싶다. 나부터 이 세 가지를 슬기롭게 헤아리면서 땀을 흘려야지 싶다. 책순이는 한 자리에 두 발이 멈추면 '읽'는다. 책 순이는 두 발이 땅에서 떨어지면 '논'다. 사뿐사뿐 가벼운 발걸음으로 달음박질하는 아이들 뒤를 따른다. 가만히 보면, 나는 아이들 앞에서 갈 때보다 뒤에서 따를 때가 더 잦구나 싶다.

2014.11.1 그림책 읽는 아버지

'사진책도서관 함께살기'에서 내놓는 1인잡지를 오랜만에 한 권 엮는 다. 비가 내리는 토요일 낮에 택배꾸러미를 받는다. 이번 1인잡지부 터 인쇄소를 바꾼다. 저번 인쇄소에서는 '미색모조' 인쇄를 더 안 하 기도 해서 못마땅했고, 표지나 내지 사진이 자꾸 먹칠이 되어 너무 괴 로웠다. 1인잡지는 이제 10호째이고, 《그림책 읽는 아버지》라는 이름 을 붙인다. 그동안 꾸준히 쓴 '시골 아버지 그림책 읽기' 느낌글 가운 데 2013년 봄부터 2014년 봄 사이에 쓴 느낌글을 가려서 엮었다. 글을 더 많이 싣고 싶으나 종이값이나 인쇄비가 빠듯해서 228쪽으로 빽빽하게 묶었다. 이번 종이값과 인쇄비는 108부 모두 487,190원이 들었고, 택배값 8,000원을 치른다. 종이 무게가 제법 되니, 우표값은 1,200원 남짓 되리라 본다. 우표값도 만만하지 않게 들 듯하다.《그림책 읽는 아버지》라는 이름을 붙이는 1인잡지는 예전부터 엮고 싶었다. 이 글꾸러미가 1인잡지로 그치지 않고, 멋지고 아름다운 출판사를 만나서 더 알차게 태어날 수 있기를 빈다. 책을 받을 '도서관 지킴이'님 주소를 봉투에 손으로 천천히 적는다. 무게가 많이 나가니, 사흘이나 나흘에 걸쳐 조금씩 나누어 우체국으로 들고 가서 부쳐야겠다.

2014.10.26 함께 자라는 도서관

아이들과 도서관에 간다. 책순이는 걸상을 받치고 높은 곳에 꽂힌 그림책을 하나씩 꺼내어 읽는다. 책순이는 이 그림책을 예전에 본 적이 있다고 떠올린다. 그래, 네가 어릴 적에 본 그림책이지. "그런데 이 책들 왜 집에 안 놔요?" 책순아, 이 그림책을 조그마한 우리 집에 모두 두면 우리가 집에서는 옴쭉달싹 못한단다. 집에 둔 책도 가뜩이나 많아 더 옮겨야 하지. 책순이가 손에 쥐는 그림책은 책순이가 태어난 뒤 장만한 그림책도 있으나, 이 아이들이 태어나기 앞서 아버지가 하나둘 모은 그림책도 있다. 나는 아이들을 맞이하기 앞서 그림책을 두루 읽으면서 살았다. 왜냐하면, 그림책이 사랑스럽기 때문이다. 어린이부터 누구나 읽을 수 있는 그림책은, 단출한 글과 그림으로 모든 이야기를 담아서 들려준다. 짤막한 그림책이라 여길 수 없다. 수없이 되읽으면서 언제나 새롭게 깨닫도록 이끄는 그림책이다. 아이도 어른도 그림책을 한 번 장만하면 백 번쯤 가볍게 되읽는다. 그야말로 마음에 드는 그림책은 천 번도 읽고 이천 번도 읽는다. 온누리 어떤 책을 이렇게 천 번쯤 읽을 수 있을까? 온누리 어떤 책이 천 번쯤 읽도록 이끌 수 있을까? 아이와 함께 도서관이 자란다. 어른과 함께 도서관이 자란다. 도서관은 '건물'이 아니다. 도서관은 '책'이 아니다. 도서관은 마을과 함께 오래오래 뿌리를 내리면서 이어가는 '이야기'이다. 도서관이 마을에 있어야 하는 까닭은 '책 문화'나 '교육 복지' 때문이 아니다. 도서관은 마을에서 '모든 마을사람과 함께 자라는 쉼터요 삶터' 구실을 한다. 우리 도서관을 둘러싼 나무와 풀이 모두 뽑히고 사라진다. 너무 휑뎅그렁하다. 하루 빨리 이 도서관을 우리 것으로 삼아야, 다른 사람들이 이곳에 있던 나무를 함부로 뽑아 없애는 짓을 막을 수 있다. 이 도서관이 언제까지나 우리 마을과 이웃 여러 마을 사이에서 살가운 쉼터와 삶터와 책터 구실을 할 수 있기를 빌고 또 빈다.

2014.10.24 문화융성위원회 손님

먼 데에서 손님이 오신다. 하기는. 고흥에서 찾아오는 책손이라 하더라도 가까운 걸음이 아니기 마련이다. 다른 고장에서 우리 도서관으로 오는 이들은 모두 '먼뎃손님'이다. 서울에 있는 문화융성위원회라는 곳에서 손님이 오신다. 문화융성위원회는 어떤 곳일까. 신문과 방송을 하나도 안 보니까, 또 사회나 정치나 문화나 경제 이야기는 거의 모르니까, 이러한 공공기관이 있는 줄 처음 안다. 먼뎃손님이 찾아오는 날 아침부터 우리 도서관 둘레가 시끄럽다. 우리가 도서관으로 삼아서 빌려서 쓰는 흥양초등학교 터와 건물을 먼저 빌린 사람들이 아침부터 삽차를 끌고 와서 땅을 다 뒤집는다. 울타리 나무까지 벤다.

무슨 일을 하려고 이렇게 부산을 떨까? 알 길이 없다. 이 학교를 빌린 사람은 다른 쪽이고, 삽차를 가지고 와서 부산을 떠는 사람은 심부름 꾼이라고 들었다. 지난 2011년부터 올 2014년 어제까지 이곳에 '나무를 얄궂게' 건물 둘레와 운동장에 빽빽하게 심어서 '걸어서 지나다닐 수조차 없'이 하던 사람들이, 오늘 아침부터 갑작스레 삽차로 '빽빽히 박은 나무'를 걷어낼 뿐 아니라, 학교 울타리인 나무까지 베는 일을 왜 할까? 우리가 이곳에 처음 책을 들이던 날을 떠올린다. 2011년 가을에 커다란 짐차 여러 대로 책과 책꽂이를 등짐을 짊어지며 날랐다. 온통 이 나무를 박아 놓아서 짐차가 교실 옆문으로 들어서서 댈 수 없었다. 꽤 먼 거리를 등짐으로 날라야 했다. 충청도 충주에서 짐차에 책과 책꽂이를 실을 적에는 두 시간이 걸렸지만, 고흥에 닿아 등짐으로 책과 책꽂이를 내릴 적에는 자그마치 다섯 시간이 걸렸다. 책과 책꽂이를 나를 길조차 없어 나무를 몇 그루 쓰러뜨리고 등짐을 날랐다. 이때 우리더러 '나무를 왜 건드렸느냐' 하고 따져서, 나무값으로 30만 원쯤 물어 주었다. 그런데, 그때부터 어제까지 세 해를 꼬박 채우는 동안 '얄궂은 나무'를 보러 이곳에 온 적이 한 번도 없던 사람들이 갑작스레 들이닥쳐서 삽차로 모두 다 밀어낸다. 문화융성위원회에서 찾아온 손님과 이야기를 나누다가 문득 생각한다. 서울에 있는 공공기관에서는 우리 도서관을 부러 먼걸음을 해 주는데, 정작 고흥에 있는 문화부서나 도서관 공무원은 우리 도서관에 한 차례조차 찾아온 적이 없다. 도서관 소식지나 책을 보내거나 손수 찾아가서 건네어도 우리 도서관에 기웃거린 일조차 아직 없다. 가까이에 있는 분들은 가까이에 있는 곳을 바라보지 못하고, 멀리 있는 분들이 먼 데 있는 곳을 바라보는 셈이라고 할까. 내가 왜 고흥 시골자락에서 도서관을 지키려 하는지 돌아본다. 책은 숲에서 태어났고, 숲은 책을 짓는다. 사람은 숲에서 자랐으며, 숲은 사람을 가꾼다. 이야기는 숲에서 흐르며, 숲은 이야기를 들려준다. 사랑은 숲에서 피어나며, 숲은 사랑을 속삭인다. 나 스스로 바로 이곳 시골숲에서 숲집을 일굴 때에 아름다운 넋으로 다시 태어날 수 있으리라 느낀다. 마음과 몸을 푸르게 돌보면서 천천히 거듭날 수 있다고 느낀다. 수많은 책으로 인문학을 북돋울 수도 있을 테지만, 책이라는 지식은 반쪽짜리이다. 푸른 숲이 함께 있어야 하고, 푸른 숲이 바탕이 되어야 하며, 푸른 숲에서 넋과 얼과 숨결을 푸르게 가다듬을 수 있어야 한다. 마음이 제대로 서지 않고서야 생각이 제대로 피어나지 않는다. 우리 집 살붙이 몸을 헤아려서 시골로 터전을 옮기기도 했지만, 나부터 스스로 거듭나야 하는구나 하고 느껴 시골에 삶뿌리를 새로 심으려 했다. 책손이 걸음을 하기 어려울는지 모르나, 한번 '시골도서관'으로 걸음을 하고 보면, 왜 도서관이라고 하는 곳이 숲에 깃들어야 하고, 도서관을 '숲집 도서관'으로 지어야 하는가를 알아차려 주리라 믿는다. 종이책이야 어디에서든 읽는다. 그렇지만, 숲책은 숲에 깃들어야 비로소 읽는다. 종이책이야 인터넷으로 사서 읽을 수 있다. 그렇지만, 숲책은 우리가 스스로 숲으로 찾아가서 온몸을 맡겨야 느낄 수 있다. 돈이 있거나 없거나 밥을 먹어야 산다. 좌파이든 우파이든 숨을 쉬어야 산다. 남녘이든 북녘이든 전쟁무기가 아닌 숲이 있어야 산다. 숲에서 새로운 길을 연다고 느낀다. 숲에서 삶을 새로 짓고, 책을 새로 지으며, 꿈을 새로 짓는다고 느낀다. 그래서 우리 도서관은 '사진책도서관 + 서재도서관 + 시골도서관 + 숲도서관'이다.

2014.10.12 산골분교운동회

《산골분교운동회》는 그야말로 아름답게 빛날 만한 사진책이 될 수 있었으나, 사진가 스스로 아름다운 숨결을 꺾고 말았지 싶다. 사진을 왜 찍는가. 사진은 무슨 구실을 하는가. 사진책은 어떤 이야기를 들려주는가. 사진은 사진일 뿐, '기록'이 아니다. 사진은 오늘 이곳을 찍을 뿐, '다시 찾아올 수 없는 아득한 옛날을 추억으로 적바림'하지 않는다. 사진책은 서로 도란도란 나눌 이야기꽃일 뿐, 작품집이나 선집이 아니다. 멧골자락 작은 마을에서 벌이는 운동회에는 사람이 더 많아야 즐겁지 않다. 그저 운동회를 벌이기에 즐겁다. 멧골마을에서 젊은이와 어린이가 도시로 떠나기에 멧골학교가 썰렁하거나 슬프지 않다. 멧골사람은 예나 이제나 이녁 보금자리를 아끼고 사랑하면서 삶을 가꾼다. 사진책 《산골분교운동회》는 이 같은 대목을 짚지 못하고 말았다. 재미나 보이거나 도드라져 보이거나 남달라 보이는 모습을 잡으려고 하는 데에 얽매이고 말았다. 스러져 가거나 잊혀져 가거나 멀어져 가는 모습을 아련하게 붙잡으려고 하는 데에서 그치고 말았다. 그러면, 나는 이 사진책을 왜 다시 장만했는가? 우리 사진책도서관이 시골마을 작은 학교에 깃든 곳인 터라, '멧골자락 작은 학교'가 나오는 사진책이 애틋하기 때문이다. 오직 이 때문이다. 두 아이가 도서관에서 책으로 논다. 두 아이는 도서관으로 오가는 길에 마을길이나 들길을 개구지게 달리면서 논다. 도서관에서는 책으로 놀고, 들길에서는 들바람으로 논다. 우리는 아이들과 어떻게 어디에서 놀 때에 즐거운가 돌아본다. 우리는 아이들이 어느 곳에서 어떻게 놀도록 이끌 때에 즐거울는지 헤아려 본다.

2014.9.27 다 달리 읽을 책

내가 도서관을 처음 열던 날부터 오늘에 이르기까지 지키는 한 가지가 있다. 책손이 되어 찾아온 분들이 '추천해 주기 바라는 책'을 여쭈면, 눈앞에 보이는 책부터 손수 끄집어 내어 읽으라고 말한다. 우리 도서관은 목록을 만들지 않을 뿐 아니라, 추천하는 책도 알려주지 않는다. 나는 어떤 책도 추천하지 않는다. 다만, 나는 내가 읽은 책을 차근차근 이야기한다.

2014.9.15 사랑

일곱 살 사름벼리는 만화책을 보려고 도서관에 간다. 네 살 산들보라는 마냥 뛰놀려고 도서관에 간다. 그러면 나는 왜 도서관에 갈까? 오늘은 '사랑'이라는 낱말을 예전 한국말사전에서 어떻게 다루었는지 살펴보려고 간다. 1940년 문세영 사전을 펼친다. 여덟 가지 뜻풀이가 달린다. "1. 귀애하는 것 2. 이쁘게 여기는 것 3. 좋아하는 것 4. 마음속에 두는 것 5. 고이는 것 6. 사모하는 것 6. 사모하는 것. 동경하는 것 7. 인자한 것 가엾게 여기는 것 8. 친절한 것. 잘 대접하는 것." 그렇지. 한겨레가 바라본 '사랑'은 이러하다. 사랑이란 따스하면서 넉넉하고 즐거운 마음을 나타낸다. 그런데, 오늘날 적잖은 사람들은 '사랑'을 잘못 받아들인다. 쓰임새를 넓힌다고도 여길 수 있지만, 요즈음은 '사랑'이라고 하면 살섞기나 쓰다듬기나 주무르기쯤으로 여겨 버릇한다. 연속극이나 영화를 찍는 이들 가운데, 또 시나 소설을 쓰는 이들 가운데 '사랑'이라는 낱말을 놓고 예전 한국말사전과 오늘날 한국말사전을 나란히 펼쳐서 살피는 사람은 얼마나 될까. 우리 스스로 '사랑'을 잘못 쓰는 줄 깨닫는 사람은 얼마나 될까. 사랑은 그예 사랑이다. 살섞기는 그저 살섞기이다.

2014.9.7 곰팡이와 놀기

아침에 도서관으로 간다. 해가 좋고 바람이 좋아 도서관으로 간다. 이럴 때 창문을 모두 열어 바람갈이를 하면 책과 책꽂이가 즐거워 하리라 본다. 아이들이 노는 소리를 들으면서 곰팡이를 닦는다. 곰팡이가 피는 책꽂이는 며칠 지나면 새까맣게 오른다. 참으로 바지런히 책꽂이를 닦아 주어야 한다. 닦고 다시 닦아도 곰팡이가 피지만, 곰팡이와 싸우기보다는 즐겁게 놀듯이 슥슥 치우자고 생각해 본다. 자주 닦고 털어 주는 손길에는 곰팡이도 어쩌지 못하리라 생각해 본다. 사진책 두는 칸에서 곰팡이로 골머리 앓던 한 칸을 치운다. 곰팡이가 덜 먹는 책꽂이를 걸상을 받쳐서 들인다. 책꽂이 바닥에는 신문종이를 깔아야 곰팡이가 덜 핀다. 쨍쨍 내리쬐는 햇볕에 신문종이를 말려서 바닥과 뒤쪽에 대고 나서 책을 옮긴다. 이 일을 하는 동안 큰아이가 동생한테 그림책을 읽어 준다. 대견한 녀석이다. 동생은 누나가 읽어 주는 그림책을 보면서 말과 글을 새록새록 물려받는다. 두 시간 남짓 곰팡이와 놀았을까. 아이들이 슬슬 배고프다 하리라 느낀다. 집으로 돌아가서 밥을 차려야지. 빨간 가방을 등에서 풀지 않고 논 작은아이는 온통 땀투성이가 되었으니 씻기고 옷을 갈아입힌 뒤에 낮밥을 먹여야겠다. 한가위가 코앞이다. 시골로 찾아온 사람들이 몰고 온 자동차가 곳곳에 많다. 모처럼 시골마을에 아이들 목소리와 모습이 군데군데 나타난다. 큰아이는 하모니카를 불면서 집으로 걷다가, 마을 어귀부터 동생하고 달리기를 한다.

2014.8.14 화력발전소 취재 손님

서울에서 동화를 쓰는 분이 손님으로 도서관에 찾아온다. 고흥군 도
양읍 장수마을에서 나고 자라서 녹동고등학교까지 다닌 뒤 서울로
가셨다는데, 서울에서 특수학교 교사로 일하면서 틈틈이 동화를 쓰
신다고 한다. 지난 2013년에 문화일보 신춘문예로 동화로 뽑히셨다
고 한다. 이즈음에 '시골살이' 이야기와 '지자체에서 시골에 화력발전
소 지으려고 하던 일'을 묶어서 동화로 쓰신다고 한다. 고흥에서 그
때 일을 몸소 치른 사람들을 만나서 이야기를 들으려고 하신단다. 고
흥군수와 군청 공무원이 화력발전소를 끌어들여서 포스코 돈을 타려
고 하던 지난날을 돌이키면서, 그무렵에 쓰던 작은 알림천과 알림종
이를 보여주고는, 포스코나 군청에서 몰래 만들어서 면사무소와 읍
내 버스역에 수천 장씩 뿌린 '화력발전소 유치 추진위원회 선전물'을
하나 드린다. 포스코나 군청에서는 그때 주민들 눈과 귀를 속이려는
짓을 많이 했다. 우주기지에 핵발전소에 화력발전소에 …… 눈먼 막
개발로 눈먼 돈을 얻어들이려 했다. 고흥에서 화력발전소 계획을 쫓
아낼 수 있던 힘 가운데 하나는, 그즈음 경상도 밀양에서 아주 크게
불거진 '송전탑'이기도 하다. 처음에 화력발전소 이야기가 나왔을 적
에는 나로도 작은 마을 한쪽 이야기로만 여기다가, 밀양 송전탑 이야
기가 온 나라에 퍼지자, '고흥반도 맨 오른쪽 끝에 있는 작은 마을부
터 고흥반도 바깥으로 전기를 빼려면 송전탑을 곳곳에 박아야 할 텐
데 어디에 박느냐' 하고 그림을 그리니, 그때부터 주민들이 꽤 술렁
거렸다. 고흥에서 도서관을 꾸리면서 곰곰이 지켜보면, 고흥 바깥에
서 고흥을 바라볼 적에 너나없이 '아름답고 깨끗한 바다와 들과 숲'
을 말하지만, 고흥 안쪽에서는 온갖 쓰레기와 농약과 비닐과 비료로

더럽힌다. 군수도 군청도 고흥이 얼마나 깨끗하며 아름다운가를 제
대로 바라보지 못한다. 공무원뿐 아니라 여느 교사조차 고흥을 깨끗
하며 아름답게 보살피는 길을 헤아리지 못하기 일쑤이다. 고흥에서
지내는 여느 사람들도 이 시골마을이 아름다우면서 깨끗하게 돌보면
서 누리는 길을 살피지 못하곤 한다. 물이 맑게 흐르지 못하면 우리
는 어떻게 살까. 바람이 맑게 불지 않으면 우리는 어떻게 살까. 풀과
나무가 푸르게 우거지지 못하면 우리는 어떻게 살까. 아주 뻔한 노릇
이지만, 이렇게 뻔한 대목을 살피거나 들여다볼 줄 아는 사람은 어디
에 얼마나 있을까. 송전탑이나 발전소나 해군기지는 아주 자그마한
조각이다. 아주 자그마한 조각도 아름답게 돌볼 수 있어야 할 터이며,
삶을 이루는 오롯한 몸통이 무엇인가를 읽으면서 돌볼 수 있어야 한
다고 느낀다. 인문책도 동화책도 모두 좋다. 그러나, 무엇보다 삶을
읽어야지. 삶을 읽어야 인문책도 동화책도 마음으로 받아들일 수 있
겠지. 지난주까지 용을 쓰면서 책꽂이 자리를 거의 다 바꾸었는데, 새
로 바꾼 책꽂이에도 곰팡이는 똑같이 올라온다. 쇠걸상을 받치고 바
닥하고 꽤 높이 띄웠는데에도 곰팡이는 똑같이 올라오네. 어쩌나. 참
말 어쩌나.

2014.8.8 취재기자와 책손

〈베스트 베이비〉에 도서관 기사가 나온 뒤, 두 군데 방송국에서 전화
가 온다. 여러 날에 걸쳐서 다큐방송을 찍고 싶단다. 무엇을 찍고 싶
은 마음일까. 우리 도서관과 식구를 얼마나 알기에 '다큐'를 찍겠다
는 뜻일까. 〈베스트 베이비〉에서 찾아온 취재기자는 내 책을 즐겁게
읽고 나서 취재를 오고 싶었다고 했다. 나는 글을 쓰고 책을 내며 도

서관을 꾸리는 사람이니, 내 글을 꾸준히 읽거나 내 책을 사서 읽거나 우리 도서관에 책손으로 드나들고 나서 취재를 하고 싶든 말든 말을 해야 옳다고 느낀다. 이녁 스스로 알지도 못하는 사람들과 도서관을 어떻게 '다큐'로 찍을 수 있겠는가. 다큐란 눈요기나 겉치레가 아니다. 다큐란 삶을 담는 이야기이다. 글을 쓰고 책을 내며 도서관을 꾸리는 사람을 만나고 싶으면, 이 세 가지 가운데 하나를 살피고 전화를 할 노릇이다. 아무것도 모르면서 만나기만 하면 무엇이 나올까. 이 나라 방송국 피디와 작가들이 으레 이런 모습이니, 이 나라에서 흐르는 방송(텔레비전)을 볼 마음이 하나도 없다. 반짝 하고 시청률 올리는 그럴듯한 그림을 그리려 할 뿐이니, 이런 방송을 보는 사람들 마음에 무엇이 남을 수 있겠는가. 가만히 보면, 방송뿐 아니라 책이나 영화도 엇비슷하다. 천만 사람이 보았다는 영화 가운데 열 해나 스무 해뿐 아니라 서른 해나 마흔 해를 지나도록 아름다운 이야기가 흐르는 작품은 몇 가지가 있을까 궁금하다. 백만 권이나 십만 권쯤 팔린 책이 앞으로 백 해나 이백 해쯤 뒤에, 또는 오백 해나 즈믄 해쯤 뒤에도 널리 읽힐 만할까 궁금하다. 어쩌면 널리 읽힐는지도 모르지. 그런데, 널리 읽히는 책이 아름다운 사랑이나 꿈을 밝히는 책일까. 내가 한국말사전 만드는 길을 걷고 싶다는 꿈을 어릴 적에 품은 뒤, 지난 스무 해 남짓 이 길을 걸어온 까닭을 문득 돌아본다. 제대로 빚은 한국말사전은 언제나 책상맡에 놓고 들여다보는 책이다. 제대로 빚은 한국말사전은 꾸준히 들여다보거나 살피면서 넋을 북돋우는 책이다. 늘 책상맡에 둘 수 있을 때에 책이라고 느낀다. 책상맡이 아닌 책시렁에 둔다면 자료라고 느낀다. 책상맡에 두는 책은 '이야기를 배우는 책'이라고 느낀다. 책시렁에 두는 책은 '이야기를 되새기는 책'이라고 느낀다.

2014.7.27 놀 수 있는 책터

도서관에서는 뛰거나 달리면 안 된다고들 말한다. 뛰거나 달리면 안
될 까닭은 없을 테지만, 뛰거나 달리면, 조용히 책을 보는 사람들한
테 거슬리기 때문일 테지. 그런데, 책에 깊이 사로잡힌 사람은 옆에서
누가 떠들거나 말거나 대수롭지 않다. 왜냐하면, 책만 바라보니까. 책
만 바라보지 못하는 사람은 자꾸 다른 데에 눈길이 간다. 스스로 마
음을 가다듬지 못하는 사람은 둘레 흐름에 휘둘린다. 둘레 흐름에 휘
둘리는 사람은 책을 못 읽는다. 손에 쥔 책도 못 읽지만, 애써 손에 쥔
책을 읽는다 하더라도 고갱이나 알맹이를 슬기롭게 못 짚기 마련이
다. 그러니까, 도서관에서 누가 뛰거나 달리거나 대수롭지 않다. 노래
를 하거나 담배를 태우거나 떠들어도 대수롭지 않다. 다만, 하나는 말
할 수 있다. 도서관은 노래를 하는 곳이 아니고 떠드는 곳이 아니다.
노래를 하는 곳은 다른 곳이고, 떠드는 곳도 다른 곳이다. 도서관에서
이것도 저것도 못하게 막을 일은 없지만, 이것이나 저것을 하려면 군
이 도서관에 올 까닭이 없을 뿐이다. 어릴 적부터 둘레 어른들은 으
레 '학교 골마루에서 달리지 말'고 '교실에서는 조용히 있'으며 '도서
관에서는 말소리를 내지 말'라 했다. 학교와 도서관에서는 언제나 귀
머거리에 벙어리가 되어야 했다. 아무것도 하지 말고, 오로지 교과서
만 들여다보아야 했다. 국민학교를 다닐 때이든, 중·고등학교를 다
닐 때이든, 이런 말이 참 거북했다. 동무들이 놀거나 말거나 대수로울
일이 없다. '걔네들이 떠든'대서 내가 할 공부를 못 할 일이 없고, 내
가 읽을 책을 못 읽을 일도 없다. 중·고등학교 적을 돌아보면, 동무들
이 교실에서 와자지껄 떠들거나 말거나 나는 내가 읽을 책을 읽었는
데, 이런 모습을 본 아이들이 "야, 넌 시끄럽지도 않냐? 어떻게 책을

읽냐?"하고 묻기에, "너는 놀면서 책 읽는 사람을 쳐다보니? 책 읽는
사람은 노는 사람을 안 쳐다봐."하고 얘기해 주었다. 우리 집 아이들
이 우리 도서관에서 마음껏 뛰고 달리고 노래하는 모습을 바라본다.
살짝 가슴이 찡하다. 내가 어릴 적에 한 번도 할 수 없던 일을 우리
아이들이 하기 때문일까. 우리 아이들은 언제 어디에서나 늘 놀 수
있고 노래할 수 있다는 기쁨을 누리기 때문일까. 다시 어릴 적을 되
새긴다. 국민학생이던 어느 때이다. 내가 교사한테 물었는지 다른 동
무가 교사한테 물었는지 잘 떠오르지는 않는다. 그러나, 한 가지는 또
렷하게 떠오른다. "야, 이 녀석들아, 복도에서 뛰지 마!" "왜 복도에서
뛰면 안 돼요?" "찰싹!"교사들은 그저 못마땅했을 뿐이리라. 교사들
은 그네들한테 얹힌 행정서류와 갖가지 고단한 일거리 때문에 힘들
었을 뿐이리라. 교사들은 이녁이 맡을 아이가 예순이나 일흔이 넘기
일쑤였으니 언제나 골머리를 앓다가 지쳤을 뿐이리라. 그래서 쉬 손
찌검을 하고, 아이들한테 제대로 말을 안 해 주었을 뿐이리라. 도서관
문간에 기댄 나뭇가지에 풀개구리가 앉아서 쉰다. 작은아이는 걸상
을 가지고 나와서 "나도 볼래! 나도 볼래!"하고 노래한다. 풀개구리
가 함께 사는 도서관이란, 얼마나 멋있고 예쁜가.

2014.7.17 한국말사전 연구실
사진책도서관 둘째 칸을 '한국말사전 연구실'로 꾸미려 한다. 상자에
담은 책을 다시 꺼낸다. 자주 들출 사전과 자료를 손에 닿기 좋은 자
리에 꽂으려 한다. 이러면서, 도서관 문간을 치우기로 한다. 도서관
문간에 동그란 책상을 놓았는데, 책상 옆에 꽂은 곁님 책들을 셋째
칸으로 옮기려 한다. 이 자리에는 도서관 소식지와 내 책들을 두고,

186

여러 가지 엽서와 홍보물을 둘 생각이다. 아버지가 땀을 뻘뻘 흘리면서 책꽂이를 옮기고 책을 나르는 동안, 큰아이는 만화책에 폭 빠진다. 작은아이는 이리 달리고 저리 뛴다. 누나가 함께 놀아 주지 않아도, 이제 작은아이 스스로 뛰고 달리고 누우면서 잘 논다. 아침 열한 시부터 낮 한 시까지 여러모로 손질하고 갈무리한다. '한국말사전 연구실'로 제대로 꾸며서, 이곳을 앞으로 재미나면서 아름다운 이야기책을 길어올릴 터로 삼으려 한다. 천장에서 새는 빗물이 흐르는 첫째 칸 책꽂이도 곧 자리를 옮겨야겠다. 하루에 두세 시간씩 이 일을 하면 며칠쯤 걸려 갈무리를 마칠 수 있을까. 장마가 머잖아 그치고 햇볕이 쨍쨍 나기를 기다린다.

2014.7.3 서울에서 취재 손님

서울에서 취재 손님이 온다. 잡지 〈베스트 베이비〉에서 온단다. 그동안 신문사나 잡지사에서 취재를 하고 싶다는 연락이 오면 손사래치기 일쑤였으나, 어느 때부터인가 '네, 오셔요. 그런데 저희가 어디에 사는 줄 아시지요?' 하고 말하곤 했다. 전남 고흥 우리 도서관까지 취재를 오시려는 마음이라면 얼마든지 취재를 받아들이겠다고 했다. 여수에 있는 문화방송에서 취재를 한 번 왔고, 또 어느 곳에서 한 번 왔지 싶은데, 다른 곳에서는 '서울에서 고흥까지 너무 멀다'고 하면서 안 왔다. 생각해 보면 그렇다. 서울에서 고흥까지 참 멀다. 그렇게 먼 줄 알고 우리 식구는 고흥으로 왔다. 그만큼, 한국에서 고흥은 개발이 덜 되거나 안 되는 곳으로 조용하고도 정갈하게 남을 수 있는 곳이기 때문이다. 아침 여덟 시에 길을 나서서 낮 세 시에 닿은 〈베스트 베이비〉 분들과 이야기를 나누고, 사진을 찍힌다.

187

2014.6.10 책·빛·숲

여러 해를 삭히면서 기다린 책이 올해에 나온다. 2011년에 내려고 그러모은 글을 세 해를 더 삭히고 그러모으면서 비로소 빛을 볼 듯하다. 책을 펴내기로 한 출판사에서 한창 편집과 디자인을 한다 하니까, 곧 교정본을 받아서 살피면 된다. 새로운 책을 선보이면서 이웃한테 선물할 수 있기에 언제나 두근거리면서 즐겁다. 나는 언제나 이웃한테서 받은 사랑을 책을 써서 베풀기에, 책을 새로 내는 일이 보람이면서 삶노래라고 할 만하다. 곧 나올 책을 2011년에 처음 선보이려고 할 적에는 '헌책방 아벨서점 단골 20년'이라는 이름을 붙이려 했다. 2014년에 이 책을 드디어 선보이려는 요즈음, 책이름을 바꾸었다. '헌책방 아벨서점'이라는 이름은 뒤쪽으로 빼고, 앞에 내놓는 굵직한 이름으로 '책·빛·숲' 세 낱말을 넣는다. 지난 2013년에 부산 보수동 헌책방골목 이야기를 책으로 선보일 적에는 '책빛마실'이라는 이름을 썼다. '책·빛·마실' 이렇게 세 낱말을 쓴 셈이다. 헌책방 아벨서점이 깃든 인천 배다리 헌책방거리를 이야기하는 이번 책에서는 '책·빛·숲'이다. 부산 보수동 헌책방골목은 사람들이 이곳을 제대로 즐겁게 '마실'하기를 바라는 마음이었고, 인천 배다리 헌책방거리는 사람들이 이곳을 제대로 즐겁게 읽기를 바라는 마음이다. 헌책방거리이든 헌책방골목이든, 또 헌책방 한 곳이든, 이러한 책터가 마을에서 어떤 '숲'을 이루면서 기나긴 해를 책과 함께 살아냈는가 하는 대목을 읽어 주기를 바란다. 내 마음으로는 '책·빛·숲'인데, 아마 종이에 앉히는 따끈따끈한 책에서는 '책빛숲'처럼 붙여서 이름을 넣으리라 본다. 아무튼, 다 좋다. '책·빛·숲'도, '책빛숲'도 좋다. 다 다른 낱말이면서 다 같은 낱말인 책과 빛과 숲을 우리 이웃과 동무가 모두 기쁘게 얼싸안을 수 있기를 빈다.

2014.5.11 오월 시골 도서관

지난겨울에 아이들하고 어떤 노래를 불렀던가 돌아본다. 봄에는 봄
노래를 불렀고, 여름에는 여름노래를 불렀는데, 곰곰이 헤아려 보니
아이들한테 들려주면서 함께 즐긴 노래는 거의 다 '봄을 그리는 노
래'이지 싶다. 참 그렇다. 봄을 그리는 노래가 가장 많구나 싶고, 다음
으로 여름을 그리는 노래가 많으며, 가을과 겨울을 그리는 노래는 퍽
적구나 싶다. 어른노래는 잘 모르겠고, 어린이노래는 그렇다. 어린이
노래는 으레 봄을 노래하고, 봄꽃을 노래하며, 봄볕을 노래한다. 왜
어린이노래는 봄을 많이 노래할까. 아무래도 어린이를 '봄'으로 여기
기 때문일까. 어린이가 봄과 같은 기운을 가슴에 품고 씩씩하게 자라
기를 바라기 때문일까. 겨우내 부르던 봄노래를 곱씹으면서 아이들
한테 봄날 봄노래를 들려준다. 봄에 부르는 봄노래가 아주 즐겁다. 그
야말로 봄에는 봄노래가 가장 잘 어울린다. 우리 도서관도 봄에 봄빛
이 젖어들면서 싱그럽다. 풀이 새롭게 돋아 풀내음이 가득하고, 나무
에도 나뭇잎이 푸르게 돋으니 해맑다. 더욱이, 딸기밭은 지난해보다
더 넉넉하다. 창문을 열고 햇빛과 바람소리와 새소리에다가 개구리
소리까지 골고루 받아들인다. 오월에 오월을 생각한다. 오월에 환한
꽃빛과 나무빛을 생각한다. 사월과 다른 오월빛을 그린다. 유월과 또
다른 오월을 그린다. 참말 오월이다.

2014.5.10 다시 들딸기 도서관

두 아이를 데리고 도서관에 가는 길에 곁님이 묻는다. "딸기 언제부

터 먹을 수 있어요?" "글쎄, 보름쯤 있어야 하지 않을까?" 아이들과 도서관에 와서 한참 놀다가 딸기밭을 들여다보기로 한다. 도서관 딸기밭이란 우리가 딸기를 심은 밭은 아니다. 들딸기가 스스로 자라면서 해마다 차츰 넓게 퍼지는 밭이다. 해마다 들딸기를 고맙게 얻으면서, 곧잘 딸기알을 곳곳에 뿌렸다. 이듬해에는 더 넓게 퍼지라는 뜻이다. 참말 이렇게 곳곳에 휙휙 던지니 해마다 딸기밭이 늘어난다. 올해에는 지난해보다 딸기꽃이 더 넓게 피었고, 더 많이 나왔다. 올해에는 그야말로 날마다 딸기로만 배를 채울 수 있으리라 생각한다. 새빨갛게 익은 딸기는 아직 얼마 없다. 그래도 몇 알 나온다. 아이들을 불러 손바닥에 얹어 준다. 큰아이도 작은아이도 똑같은 숫자로 준다. 그리고 석 알을 남긴다. 어머니도 맛을 봐야지. 나는 한 알만 먹는다. 앞으로 잔뜩 돋으면 그때에 먹기로 하고, 아이들이 한 알이라도 더 맛을 보기를 바란다.

2014.5.3 사진책 이야기

기무라 이헤이 사진책을 보면서 '사진은 무엇이고 어떻게 찍을 때에 빛나는가'를 돌아볼 수 있다. 하나부사 신조 사진책을 보면서 '사진을 찍는 넋'을 생각하고, 로버트 프랭크 사진책《PERU》를 읽으면서 '사진으로 나누는 사랑'을 생각할 수 있다. 알아보는 사람이 책을 알아본다. 알아보려는 사람이 사진을 알아본다. 알아보면서 마음으로 담고 싶은 사람이 알아보면서 마음으로 담기 마련이고, 알아보려는 넋으로 즐겁게 웃는 사람이 사진기를 손에 쥐면 맑은 빛이 촉촉히 스며들곤 한다. 사람들은 으레 로버트 프랭크 사진책 가운데《les Americanis》를 말하는데,《PERU》를 곁에 놓고 함께 읽으면, 아하 하고 무릎을 치면서 빛과 숨결을 헤아리지 않을까 싶다. 그러나, 못 헤아릴 사람은 끝내 못 헤아릴는지 모른다. 헤아리려는 사람은 《les Americanis》를 보든 《PERU》를 보든 잘 헤아리겠지. 최민식이라는 이름은 알아도 임응식이라는 이름을 모르는 사람이 많은 요즈음이고, 임응식 사진을 본 사람도 차츰 줄어든다. 그러니, 일본에서 현대사진을 일구어 낸 기무라 이헤이라는 이름을 아는 한국 사진가는 얼마나 될까. 일본에서는 '기무라 이헤이 사진상'이 얼마나 대단한 보람이요 꿈이 되는지를 아는 한국 사진평론가는 얼마나 있을까. 토몬 켄이라든지 하나부사 신조 같은 사진가 이름을 꼭 알아야 하지는 않다만, 이들이 빚은 사진책을 찬찬히 찾아본다면, 왜 이런 사진가 이름을 알 때에 사진빛이 아름답게 거듭나도록 나아가는 길을 배울 수 있는가를 깨달을 만하리라 생각한다. 로베르 드와노 사진을 대단하다고 생각하는가? 그러면 로베르 드와노 사진책을 한번 보라. 대단한지 아닌지는 '사진 한 장'이 아닌 '사진책 한 권'으로 생각해 보라. 유진 스미스이든 으젠느 앗제이든 알프레드 스티글리츠이든 '사진 한 장'이 아닌 '사진책 한 권'을 찾아서 보라. 벽에 붙이는 사진 한 장도 아름다울 만하리라 본다. 그런데, 사진가라는 사람은 '벽걸이 사진 한 장'만 찍는 사람이 아니다. '이야기를 찍어서 꿈을 노래하는 사람'이 사진가라고 느낀다. 이리하여 나는 사진책을 읽고, 사진책으로 도서관을 꾸린다. 사진책을 읽으면서 빛과 삶과 사랑을 나누고 싶은 책손이 있으리라 믿으면서 언제나 도서관을 지킨다. 오늘은 사진책으로 빛과 삶과 사랑을 숨쉬려는 책손이 찾아와서 무척 즐겁게 두어 시간 즈음 사진책 이야기를 조곤조곤 떠들었다.

2014.4.30 책에 피는 꽃

책을 알뜰히 간수하면, 책을 읽는 사람들 마음에 이야기꽃이 핀다. 책을 사랑스레 돌보면, 책을 손에 쥐는 사람들 넋에 사랑꽃이 핀다. 책을 곱게 보듬으면, 책을 나누는 사람들 가슴에 웃음꽃이 핀다. 책을 제대로 건사하지 못하면, 책에 곰팡이꽃이 핀다. 책을 사랑스레 읽지 못하거나 곱게 다루지 못하면, 책을 수천 수만 수십만 권 거느린다 하더라도 마음자락에 노래꽃이 피지 못한다. 꽃을 피우려고 읽는 책이라고 느낀다. 이야기꽃도 사랑꽃도 웃음꽃도 피우고 싶기에 읽는 책이라고 느낀다. 꽃을 피우려는 뜻으로 꾸리는 도서관이라고 느낀다. 곰팡이꽃이 아니라 노래꽃을 피우고 삶꽃과 꿈꽃을 일구려는 넋으로 도서관을 연다고 느낀다. 빗물이 우리 도서관 바닥으로 스며서 책꽂이 한쪽이 물에 잠긴 모습을 보았으면서, 나무 책꽂이 바닥을 타고 빗물이 올라가리라 생각하지 못한 채 한참 지냈다. 이제서야 알아챘다. 어쩔끄나. 한 번 곰팡이꽃 핀 책은 돌이키지 못한다. 어쩔끄나. 한 번 들러붙은 책은 되돌리지 못한다. 작은아이가 아버지더러 밀걸레를 달라고 자꾸 부른다. 저도 밀걸레질 하고 싶단다. 한숨을 폭폭 쉬다가 웃는 얼굴을 쳐다보고는 밀걸레자루를 건넨다. 네 살 작은아이는 밀걸레가 무거워 끙끙거린다. 밀지는 못하고 끈다. 머리 좋네. 작은아이는 콩콩 걸어가면서 밀걸레를 끌고, 밀걸레를 끌면서 골마루에 물자국이 남는다. 빗물을 다 치운 뒤 집으로 돌아가는 길에는 작은아이가 자물쇠를 걸겠다고 한다. 손이 야무지다. 개구진 몸짓으로 잘 논다. 멋진 아이이다. 이 아이는 어떤 넋을 타고 이곳에 태어나 우리 집 아이로 살아갈까.

2014.4.28 빗물에 분 책을

도서관 한쪽에 빗물이 샌다. 그래서 그쪽에는 책꽂이를 두지 않았다. 그런데 빗물이 자꾸 넘쳐 만화책을 둔 책꽂이 바닥까지 스민다. 그동안 바닥에 고인 빗물만 닦고 그러려니 하고 지나갔는데, 오늘은 느낌이 무언가 다르다 싶어, 만화책을 꽂은 책꽂이 맨 아래쪽 책을 꺼낸다. 아, 책 바닥이 빗물에 젖어서 불었구나. 곰팡이까지 피었구나. 이 책들을 어쩌나. 다시 사서 갖추어야 하는가. 버릴 수도 다시 살 수도 없이 쓰라리다. 돈으로 다시 살 만하지 않은, 판이 끊어진 제법 묵은 만화책들이기 때문이다. 볕이 나면 바깥에 두고 햇볕에 말려야지. 말리고 또 말린 뒤 곰팡이를 닦아야지. 그러고 나서 다시 말리고 더 말려서 곰팡이가 피지 않도록 해야지. 쓸쓸하다.

2014.4.20 얼마나 읽어야 할까

사람들은 책을 얼마나 읽어야 할까. 사람들은 책을 얼마나 많이 얼마나 오래 읽어야 할까. 아이들은 책을 얼마나 읽어야 할까. 열 살 어린이와 열다섯 살 푸름이는 책을 얼마나 읽어야 할까. 스물다섯 살 젊은이는 책을 얼마나 읽어야 하고, 마흔다섯 살 어른은 책을 얼마나 읽어야 할까. 도시에서나 시골에서나 도서관은 어떤 책을 건사하면서 어떤 이야기를 들려주는 책터 구실을 할 때에 사랑스러울까. 딸기꽃은 하얗고, 하얀 꽃에 내려앉는 나비도 하얗다. 아이와 함께 서재도서관에서 한참 논다. 등꽃을 바라보고, 새빨간 새봄 단풍나무를 마주한다.

2014.4.5　묵은 신문 들추기

살림집과 도서관을 시골로 옮기며 우리 식구가 품은 꿈 가운데 하나
는, 우리 도서관에 찾아오는 책손이 '풀밭에 앉아서 책을 읽'거나 '풀
밭에 드러누워 하늘바라기를 하면서 쉬'도록 할 수 있는 터를 마련하
는 일이었다. 나무로 짠 좋은 책걸상에 앉아서 책을 읽어도 좋고, 풀
밭이나 나무그늘 맨땅에 앉아서 책을 읽어도 좋다. 책은 내려놓고 풀
밭에서 뒹굴며 바람을 쐬어도 좋다. 풀노래를 듣고 풀벌레와 개구리
와 멧새 노래를 가만히 들어도 좋다. 책이란 무엇인가. 지식이나 정보
를 담아야 책이겠는가. 삶을 노래할 때에 책이요, 책을 이야기할 적에
책이며, 삶을 사랑하는 사이에 시나브로 책이다.

2014.4.1　신안군 손님, 도서관 옮길까?

어제 신안군청에서 전화 한 통이 온다. 신안군에 있는 섬(이제 다리가
놓여 섬이 아닌 곳이 되었지만)에 도서관을 하나 꾸리려 하는데, 우리한
테 도움말을 듣고 싶다 하신다. 오가는 길이 가깝지 않을 테지만 즐
겁게 오시라 이야기한다. 그러고 오늘 아침, 신안군청에서 오신 손님
을 도서관에서 만난다. 아이들 먹을 밥을 차리고 나서 일찌감치 도서
관에 나와서 창문을 열고 골마루를 쓸고 닦으면서 생각한다. 신안군
에서 꾀하는 '도서관 만들기'에 어떤 이야기를 들려주면 도움이 될
까? 도서관은 건물로만 도서관이 될 수 없다. 도서관은 무엇보다 책
이 있어야 도서관이다. 그리고, 도서관이 도서관다울 수 있자면, 도서
관 건물 둘레로 숲이 있어야 한다. 주차장보다 숲이다. 주차장이 아닌
숲이다. 도서관에 찾아와 책을 살펴 읽을 분들은 숲에서 퍼지는 푸른
숨결을 마시고, 숲에 깃드는 멧새가 지저귀는 노래를 들으면서, '나무

194

로 만든 책'을 손에 쥐어 이야기 한 자락을 누릴 때에 마음 가득 사랑
스러움과 즐거움과 아름다움이 퍼질 만하리라 느낀다. 우리 도서관
으로 찾아오는 손님들을 살피면, '책을 손에 쥐지 않고 창밖에서 퍼
지는 풀내음과 새소리'를 누리면서 좋다고들 한다. 책도 책이지만, 책
못지않게 숲바람과 숲노래가 우리 마음을 포근히 적시거나 어루만지
는구나 하고 깨닫는다. 책은 지식만 담지 않는다. 책에는 지식만 넣을
수 없다. 책은 삶을 가꾸는 슬기를 담는다. 책에는 삶을 사랑하는 이
야기를 넣으면서 빛난다. 우리 사진책도서관이 인천에 있을 적에는
오로지 책만 있었다. 다만, 도서관 손님과 함께 인천 골목마실을 자
주 즐겼다. 종이책에 있는 이야기는 도서관에서 맛보고, 종이책에 없
는 이야기는 두 다리로 골목을 두 시간 남짓 거닐면서 맛볼 수 있기
를 바랐다. 시골자락에 도서관을 옮겨 뿌리를 내리는 동안 날마다 새
삼스레 생각한다. 도서관 한 곳이 설 적에는 도서관 건물 넓이와 견
주면 열 곱이나 스무 곱쯤 넓게 숲을 이루어야 한다고. 도서관 건물
넓이와 견주어 백 곱쯤 숲을 이루면 참으로 좋으리라 생각한다. 멀리
서 찾아오는 손님이 자동차를 댈 자리는? 도서관 바깥, 그러니까 도
서관을 이루는 숲 바깥 빈터에 자동차를 세우고 도서관까지 십 분 즈
음 천천히 풀바람과 풀노래(숲바람과 숲노래)를 누리면서 걸어와야지.
푸른 숨결을 마시면서 도서관으로 들어오도록 한다. 푸른 내음을 먹
으면서 도서관에 첫발을 내딛도록 한다. 숲으로 이루어진 도서관일
때에는, 숲땅을 두 발로 밟으면서 '흙이란 이렇게 보송보송하구나' 하
고 느낄 수 있다. 보송보송한 흙에 '풀이 아름답게 돋는구나' 하고 알
아차릴 수 있다. 큰나무를 옮겨심는대서 숲이 되지 않는다. 씨앗을 심
어 나무가 자라도록 할 때에 가장 아름답다. 씨앗을 심어서 돌보기

조금 빠듯하다면 다섯 살 어린이 키높이로 자란 조그마한 나무를 심어서 돌보면 된다. 나무는 참 빠르게 자란다. 다섯 해쯤 기다리면 된다. 다섯 해쯤 기다리는 동안 나무가 자라고, 나무 둘레 풀밭이 살아난다. 나무가 살아나고 풀밭이 살아난다. 나무가 해마다 내놓는 가랑잎을 먹으면서 흙이 새롭게 깨어난다. 빈터에서 퍼지는 풀이 뿌리를 내리고 널리 퍼지면서 흙이 깨어나도록 북돋운다. 풀과 나무가 함께 어우러지면서 차근차근 아름다운 숲으로 거듭난다. 다섯 해가 지나고 열 해가 되면, 더할 나위 없이 빛나고 눈부신 숲이 되고, 열다섯 해를 지나 스무 해가 되면, 도서관숲 둘레에서 살아가는 사람들이 이곳을 물끄러미 바라보기만 하더라도 마음이 확 트이고 시원할 수 있는 '사랑터'로 자리잡는다. 스무 해는 어떤 시간인가? 갓 태어난 아기가 어른이 되는 나날이다. 그러니까, 도서관숲을 가꾼다고 할 적에는, 아기를 돌보아 스스로 우뚝 서는 씩씩하고 예쁜 젊은이가 되도록 보듬는 땀방울과 손길을 들인다고 할 만하다. 도서관에 갖출 책을 생각해 본다. 돈이 있으면 만 권 십만 권 백만 권 갖추기가 우습지 않다. 그런데, 돈을 들여 책을 한꺼번에 잔뜩 갖추면 훌륭한 도서관이 될까? 아니다. 돈을 들여 살 수 있는 책은 '새책방에 있는 책'뿐이다. 아름답고 훌륭하다지만 판이 끊어진 책이 얼마나 많은가? 잘 생각해야 한다. 도서관은 도서관이다. 도서관은 대여점이 아니다. 도서관은 공부방이 아니다. 대여점이나 공부방이 할 몫을 도서관이 맡을 일이 아니다. 도서관이 도서관답게 뿌리를 내리자면, 새로 나오는 책 못지않게 '사라진 책을 알뜰살뜰 찾아내어 꾸준히 갖추는 틀'을 마련해야 한다. 지식과 정보를 지키는 도서관이 아니라 '삶과 이야기'를 '사랑스럽게 돌보는' 자리가 도서관이 될 때에 아름다운 책터가 된다. 우리 네 식구는 책은 책대로 알차게 건사하면서 숲은 숲대로 가꿀 수 있기를 바라는 마음으로 전남 고흥 시골자락에 사진책도서관 함께살기를 옮겼다. 인천을 떠나 고흥으로 들어온 해가 2011년이다. 2014년 올해는 우리 도서관이 스스로 빛날 때가 되겠다고 느낀다. 마침 이러할 때에 신안군에서 '우리 도서관을 신안으로 옮기면 어떻겠느냐'고 여쭌다. 곰곰이 생각에 잠긴다. 신안도 시골이니 좋다. 신안은 군청에서 군수와 공무원이 함께 문화에 눈길을 두고 문화를 삶과 얽혀 예쁘게 보듬는 길을 꾸준히 나아가니 멋있다. 신안군처럼 문화와 삶에 마음을 쏟는 지자체는 얼마나 있을까? 문화를 가꾸는 길이란 삶을 가꾸는 길이고, 삶을 가꾸는 길이 바로 복지이다. 이와 같은 얼거리로 문화와 삶과 복지가 한 줄기로 곱게 흐르도록 하는 일이 정치와 경제도 나란히 살린다. 지역 교육에서도 시골 아이들이 모조리 도시로 떠나지 않도록 새 물결을 낼 수 있다. 고흥군을 돌아보면, 고흥 아이들은 '고흥에 남아서 할 일이 없다'고 말한다. 농사짓기도 고기잡이도 양식장에도 마음을 안 둔다. 신안군도 아직 이런 틀과 거의 비슷하리라 느낀다. 그렇지만, 앞으로 신안에서는 신안 아이들이 '우리 고향에 남아서 즐겁게 할 일이 많으리라 생각해' 하고 마음을 돌릴 만하리라 느낀다. 다만, 신안군은 영광군과 가깝다. 영광 핵발전소와 가깝다. 영광 핵발전소가 하루 빨리 문을 닫도록 신안군이 함께 힘쓸 노릇이라고 느낀다. 고흥군은 군수와 군청에서 핵발전소와 화력발전소를 끌어들이려고 엄청나게 힘을 쏟았지만 주민 반대로 물거품이 되었다. 신안군은 행정에서 '생각이 열렸'고 고흥군은 행정에서 '생각이 닫혔'다. 신안군은 자연 환경이 고흥만 하지 못하다. 고흥은 자연 환경이 참 훌륭하지만, 고흥군 행정은 막개발과 시멘트공사에 치우치기만 한다. 신안군은 자연 환경과 바다와 섬을 알뜰히 어루만지면서 손님(관광객)이 끊이지 않는다. 고흥군은 자연 환경도 바다도 들도 섬도 거의 팽개치다시피 할 뿐 아니라, 막개발로 망가뜨리기만 하니, 손님(관광객)이 거의 들어오지 않는다. 조용하고 한갓진 고흥인 터라, 조용히 쉬고 싶은 이들이 찾아올 뿐이다. 우리 도서관은 어디에 있을 때에 아름다울까. 우리 도서관은 지난 세 해에 걸쳐 '숲 가꾸기' 하는 길을 여러모로 찾기도 하고 조금씩 해 보기도 했다. 신안에서는 '책 있는 도서관'을 넘어 '숲 가꾸는 도서관'이라는 앞길을 어느 만큼 어루만지면서 빛낼 수 있을까. 4만 권이 넘는 책과 엄청난 책꽂이를 싸서 옮기는 일이란 너무 고달프며 힘겹다. 그렇지만, 이 책들을 제대로 돌보지 못하거나 이웃마을에서 끝없이 뿌리는 농약바다에서 숨을 고르기도 만만하지 않으며 갑갑하기까지 하다. 다음주 수요일까지 우리 앞길을 골라야 한다. 그대로 고흥에서 이 도서관을 지키느냐, 신안으로 옮겨 새로운 자리에서 새로운 도서관으로 하느냐.

2014.3.28 도서관에서 놀기

아이들과 우리 도서관에 갈 적마다 아이들은 도서관에서 집으로 무엇이든 가져오려고 한다. 이때마다 늘 말린다. "벼리야, 보라야, 우리 집에는 우리 집에서 노는 놀잇감이 있어. 도서관에 오면 도서관에서 놀 수 있도록 이것들은 여기에 두고 가자." 아이들은 못내 아쉽다. 한참 망설인다. 가지고 나왔다가 도로 들어간다. 가지고 나와서 조금 걸어가다가 "갖다 놓고 갈래." 하고 말하며 다시 도서관 문을 열어 달라 한다. 책은 집에도 있고 도서관에도 있다. 어디에서나 책을 볼 수 있다. 놀잇감은 집에도 있고 도서관에도 있다. 어디에서나 놀 수 있다.

어디나 책터요 어디나 놀이터이다. 종이책이 있어도 책을 읽고, 종이책이 없어도 하늘과 들과 숲을 바라보면서 읽는다. 놀잇감이 있어도 놀고, 놀잇감이 없어도 맨손으로 뛰어논다. 나뭇가지를 휘휘 휘두르면서 논다. 돌을 쥐고 흙을 만지면서 논다. 곰곰이 생각해 보니, 내가 어릴 적에 느낀 여러 가지 아쉬움을 우리 도서관에서 하나둘 푸는구나 싶다. 내 어릴 적 '우리 사회 도서관'은 '입시 공부방'이었다. 요즈음에도 이런 빛은 아직 사라지지 않았다고 한다. 우리 도서관은 책을 누리는 곳인 한편, 마음껏 뛰놀 수 있는 곳이 되기를 바란다. 앞으로는 우리 도서관 둘레에 흙집이나 나무집을 알맞게 지어, 한결 조용하면서 오붓하게 숲빛을 누리면서 책터와 삶터를 가꿀 수 있기를 꿈꾼다. 앞으로는 이웃들이 도서관에서 하룻밤이나 여러 날 묵으러 찾아와서 느긋하면서 한갓지게 숲내음을 맡으면서 책내음을 즐기도록 한다면 참 아름답겠지 하고 생각한다.

2014.3.16 도서관 동백꽃

셋째 칸 교실 창밖으로 동백나무를 본다. 활짝 봉오리를 벌린 동백꽃을 본다. 그동안 이 꽃을 못 알아보았을까? 동백나무가 곳곳에 있는 줄 알기는 했는데 이렇게 남다른 빛깔과 무늬로 꽃이 피는 줄 못 알아챘을까? 창문을 타고 바깥으로 나간다. 동백나무 둘레로 퍼진 등나무 줄기를 걷는다. 등나무 줄기가 얽히는데 제대로 건사하지 못했구나. 올해에는 잘 보듬어 줄게. 너도 기운을 내어 등나무 줄기더러 함부로 뻗지 말라고 얘기하렴. 네 고운 빛과 내음을 우리 도서관에 그득 나누어 주렴. 만화책을 보는 큰아이를 부른다. 걸상을 밀며 노는 작은아이를 부른다. "자, 보렴." "음, 저기 꽃이 있네. 아, 예쁘다." 보아 주는 사람이 없어도 꽃은 스스로 곱게 핀다. 보아 주는 사람이 있으면 꽃은 한결 맑게 노래하면서 웃는다. 집으로 돌아가는 길에 큰아이도 수레에 타겠다고 앉는다. 둘이 앉으면 비좁을 테지만 둘이 앉으면 더 재미있겠지.

2014.3.14 도서관일기

도서관일기를 쓴다. 씩씩하게 걸어가는 도서관 이야기를 씩씩하게 쓴다. 도서관을 건사하고 새로운 책을 갖추며 일기를 쓰는 이웃은 얼마나 있을까. 그동안 두 권을 찾아서 우리 도서관에 갖춘《출품하여 입상하려면》이라는 작은 책이 있다. 월간사진 출판사에서 해적판으로 내놓은 작은 사진책이다. 이 작은 사진책을 '사진책'으로 여기거나 헤아리는 사진가나 사진비평가는 거의 없다. 이번에 세 권째 이 책을 찾아내어 도서관에 갖추며 생각한다. 방송통신대 졸업사진책 한 권을 순천에 있는 헌책방에서 만나 고맙게 장만하여 우리 도서관에 꽂으며 생각한다. 사진책이란 무엇인가? '사진책도서관'은 어떤 곳인가? 사진읽기와 사진찍기란 무엇인가? 사진빛과 사진삶은 어떠한 결인가? 그제 내린 비가 도서관 한쪽에 고였다. 밀걸레를 써서 빗물을 훔친다. 빗물로 도서관 골마루를 구석구석 닦는다. 비가 새는 폐교 건물 도서관이지만, 비가 새기에 이 빗물로 도서관 골마루를 깨끗하게 닦기도 한다. 창문을 활짝 열고 빗물로 골마루를 닦는 동안 싱그러운 바람이 훅 분다. 따스한 봄바람이네. 새로 돋는 풀싹내음을 곱게 실은 예쁜 바람이네.

2014.3.13 '사진책 도서관 1호'는 어디?

누리신문 〈오마이뉴스〉에서 지난 3월 5일에 ㄱ이라는 기자가 서울 종로구 통의동에 있는 사진전시관 '류가헌'에서 사진책도서관을 따로 마련한 일을 기사로 내보냈다. 그런데, 이 기사에서 류가헌 갤러리가 "국내 첫 사진책 전문 도서관"이라는 말을 썼다. 참 어처구니가 없다. 한국에서 사진책도서관을 처음 연 사람은 바로 내가 아닌가? 게다가 나는 2000년부터 2010년 12월까지 〈오마이뉴스〉 시민기자로 글을 썼는데, 어떻게 다른 곳도 아닌 이곳에서 이런 잘못된 기사를 내보낼 수 있을까. 류가헌 갤러리에서 스스로 '사진책도서관 1호'라고 홍보를 하거나 소개를 했을까? 〈오마이뉴스〉 기자가 제대로 조사를 하지 않은 채 기사를 썼을까? 한국 사진밭에서는 내가 2007년부터 사진책도서관을 열어서 꾸리는 줄 뻔히 알고, 여러 사진잡지에서 '사진책도서관 관장'이라는 이름으로 사진비평을 쓸 뿐 아니라, 《사진책과 함께 살기》라는 책을 2010년에 내놓을 적에도 '사진책도서관 함께살기'에서 소개하는 사진책 이야기를 들려준다고 보도가 나갔으며, 이렇게 여러 매체에 기사가 나오기도 했다. 내가 연 사진책도서관이 1호이든 2호이든 100호이든 대수롭지 않다. 사진책도서관이 여러 곳에 하나둘 태어날 수 있기를 바란다. 그렇지만 이런 기사가 나오는 일은 달갑지 않다. 사진책도서관을 제대로 알리고 소개할 수 있기를 바란다. 어디가 1호이고 어디가 2호라는 숫자붙이기는 안 하기를 바란다. 2007년에 처음으로 사진책도서관을 열면서, 부디 이런 도서관이 차츰 태어날 수 있기를 꿈꾸었기에 2014년에 두 번째로 문을 연 사진책도서관이 반가워서, 그동안 어렵게 그러모아 간직하던 사진책을 류가헌 갤러리 사진책도서관에 보내 주기도 했다. 지난주에도 사진책 두 권을 류가헌에 보내 주었다. 기자들은 취재를 제대로 하기를 바란다. 서울에서 전남 고흥까지 찾아오기는 어려울는지 모르나, 우리 도서관은 전남 고흥으로 2011년에 옮기기 앞서 인천에서 2007년부터 2010년까지 있었다.

2014.3.2 권정생 님 책을

권정생 님이 남긴 책을 돌아본다. 나는 권정생 님을 1998년에 처음 알았다. 1997년 12월 31일에 강원도 양구 멧골짜기 비무장지대에서 벗어나 고향집으로 돌아온 뒤 《몽실 언니》라는 책을 만났다. 군대에서 벗어나 마음과 몸을 쉬다가 읽은 《몽실 언니》는 내 마음을 크게 울렸다. 이렇게 놀라운 동화책을 왜 1984년이 아닌 1998년이 되어서야 읽을 수 있었나 하고 돌아보았다. 내 어린 날 국민학교에서는 왜 이런 엄청난 동화책을 읽히지 않았을까. 중학교와 고등학교에서도 왜 권정생이라고 하는 분 작품을 하나도 이야기하지 않았을까. 게다가 내 둘레에도 권정생이라는 이름을 아는 벗이 없었다. 다섯 학기를 다니고 그만둔 대학교에 들어가서야 비로소 권정생이라는 이름을 아는 벗을 처음으로 만났다. 1998년 1월 8일 아침에 《몽실 언니》를 손에 쥔 뒤 낮에 눈물을 글썽이며 다 읽었다. 그러고 나서 권정생 님이 쓴 책을 하나씩 찾아나섰고 오래지 않아 모든 책을 다 찾아서 읽을 수 있었다. 헌책방을 다니며 판 끊어진 예전 책을 찾아내기도 했다. 문학이란 무엇일까. 어린이문학과 어른문학이란 무엇일까. 권정생 님이 쓴 글은 어린이문학에 넣곤 하는데, 어린이문학 테두리로만 바라보아도 될까. 삶을 밝힐 뿐 아니라 사랑을 빛내는 이 글이야말로 노벨문학상을 줄 만하지 않은가. 셀마 라게를뢰프 님에 이어 어린이문학으로 노벨문학상을 받을 만한 분이 권정생 님이라고 느꼈다. 그러나, 이런 대목까지 헤아리는 평론가라든지 다른 작가는 얼마나 될까. 어린이부터 할머니까지 두루 읽고 즐길 수 있는 글을 쓴 권정생 님인데, 이러한 그릇과 넋을 얼마나 많은 이들이 헤아려 줄까.

2014.2.26 겨울이 끝나는 비

겨울이 끝나는 비가 내린다. 다 읽고 갈무리한 책을 옮기려고 서재도서관으로 간다. 이번에 새로 나온 내 책《숲에서 살려낸 우리말》도 두 권을 들고 간다. 곱게 나온 책을 얻어 책꽂이 한쪽에 꽂는다. 어느새 내 책으로도 책꽂이 한 칸이 다 찬다. 이제부터 가야 할 길이 멀 테지. 겉꾸밈도 속알맹이도 나란히 고운 책이 태어날 수 있도록 즐거우면서 신나게 이 길을 걸어야겠다고 다짐한다. 봄을 코앞에 둔 들녘은 누런 빛이 아주 눈부시다. 빗물을 머금으면서 더욱 싯누렇다. 이월 끝자락과 삼월 첫무렵에만 만날 수 있는 고운 빛이다. '지는 꽃도 아름답다'와 같은 말이 있으나 '지는 풀도 아름답다'라든지 '시든 풀도 아름답다'와 같은 말을 하는 사람이 있을까 궁금하다.

2014.1.9 강경옥 님 만화책

우리 도서관으로 마실을 오는 분들은 으레 '아직까지 간판조차 안 붙인 낡은 폐교 건물'에 먼저 놀라고, '폐교 건물을 그득 채운 책'에 다시 놀라며, '사진책도서관이라 하면서 만화책이 무척 많다'며 새삼스레 놀란다. 그런데, 그림책이나 국어사전 또한 엄청나게 많은 모습에는 그리 안 놀란다. 수백 가지 국어사전을 갖춘 모습은 어디에서도 본 적이 없을 텐데, 이런 모습에는 왜 안 놀랄까. 아무래도 국어사전을 여느 때에 들여다볼 일이 없어, 저 책들이 국어사전인지 아닌지조차 모르기 때문일까. 여느 때에 그림책을 '책으로 여긴' 적이 없어, 그림책이나 어린이책이 퍽 많은 모습에도 그리 놀랄 일이 없을까. 생각해 보면 그렇다. 책을 좀 읽는다는 사람들치고 '책을 읽는다'고 할 적에 '두툼한 인문책 읽기'만 생각하지, '그림책 읽기'를 생각하지 않는다. '만화책 읽기'를 '책읽기'로 여기는 평론가나 지식인이나 기자는 얼마나 있을까. 그림책이나 만화책을 '책을 읽는다'는 틀에 넣지 않으니, 그림책이나 만화책 한 권이 나오기까지 그림책 작가와 만화책 작가가 얼마나 땀을 쏟고 힘을 들이는지를 하나도 모른다. 그림책 작가가 어린이 눈높이를 헤아려 어린이부터 할매 할배까지 두루 즐길 만한 책 하나 내놓기까지 흘리는 땀빛을 알아채는 어른이 꽤 적다. 만화책 작가가 조그마한 만화책 한 권에 그림으로 이야기를 알알이 엮으려고 얼마나 많은 책과 자료를 읽고 다리품을 팔며 손품을 들이는가를 알아보는 어른이 무척 적다. 강경옥 님 만화책을 새삼스레 들여다본다. 요즈막에 강경옥 님 만화책 《설희》를 표절하여 '재미난 소재'를 가로챈 연속극이 널리 눈길을 끈다. 표절 말썽이 불거진대서 만화책을 씩씩하게 사서 읽는 사람이 얼마나 되겠는가. 그나저나, '사진책도서관'에 왜 만화책이 있을까? 사진책도서관에 왜 만화책을 둘까? 아주 마땅한 소리이지만, 만화책이 있어야 하니까 있고, 만화책을 둘 만하니까 둔다. 만화책 한 권을 엮는 작가들은 사진책도 인문책도 어린이책도 국어사전도 곁에 두면서 '책을 무척 많이 읽'는다. 사진책을 한 권 제대로 내놓으려고 하는 작가라면, 사진책뿐 아니라 다른 그림책과 만화책과 인문책과 어린이책을 두루 알뜰히 읽으면서 우리 삶과 사회와 이웃을 제대로 들여다볼 줄 알아야 한다. '사진책 읽기'를 즐겁게 하자면 '그림책 읽기'를 즐겁게 할 줄 아는 눈매가 있어야 한다. '사진책 읽기'를 사랑스레 하자면 '만화책 읽기'를 사랑스레 할 줄 아는 눈빛이 있어야 한다. 사진책만 들여다본대서 사진책을 잘 읽지 못한다. 사진기만 잘 다룬대서 사진을 잘 찍지 못한다. 돈만 많대서 기부나 이웃돕기를 잘 하지 못한다. 글만 잘 쓴대서 신문글을 잘 쓰거나 우리 이웃 이야기를 널리 알리지는 못한다. 마음이 있어야 사진을 찍고 사진책을 읽는다. 마음이 있어야 아름다운 빛을 글로 담고 이웃들이 쓴 글을 읽을 수 있다. 사진책도서관 함께살기 소식지인 〈삶말〉 11호를 내놓았다. 도서관에 갖다 놓는다.

2014.1.2 시골에 있어 좋은 도서관

겨울 한복판이다. 서재도서관 둘레에서 자라는 학교나무 가운데 가시나무를 빼고는 모두 잎을 떨구었다. 잎을 모두 떨군 나무를 바라보면서 이 나무가 어떤 나무인 줄 알아챌 이는 몇 사람쯤 있을까. 1998년을 끝으로 문을 닫고 만 작은 초등학교 건물에 우리 서재도서관을 마련한 일이란 얼마나 아름다운가 하고 새삼스레 생각한다. 우리가 심은 나무는 아니지만, 우리 식구는 이 나무를 날마다 새롭게 누린다. 벌써 열대여섯 해째 아무런 가지치기를 입지 않고 씩씩하게 자라는 나무를 앞으로도 누릴 수 있으니 얼마나 고마운가.

곁님과 아이들과
책과
시골과
삶

2013년
12월 30일~1월 4일

2013.12.30 겨울 도서관

겨울이 무르익은 십이월 삼십일이다. 햇볕이 잘 드는 한낮에는 문을 모두 닫기만 해도 도서관이 포근하다. 난로도 없고 난방시설도 없지만, 책이 있다. 마음을 덥힐 수 있는 책이 있다. 이 책들을 가만가만 아로새기면서 따사로운 사랑을 보듬을 책벗이 있겠지. 까치떼 날갯짓을 바라보면서 우체국으로 자전거를 달린다.

2013.12.26 책으로 가는 길

책으로 가는 길은 즐겁다. 왜냐하면 내가 마음으로 담는 책에는 이 책을 쓴 사람들이 이 땅에 베푼 따사롭고 아름다우며 착한 빛이 감돌기 때문이다. 나는 책 한 권 손에 쥐어 따사로운 사랑을 읽는다. 책 한 권 손에 들어 아름다운 꿈을 읽는다. 책 한 권 손에 놓고 착한 이야기를 읽는다. 사랑은 오직 사랑으로 빛낼 수 있다. 사랑을 담아 쓴 책은 오직 사랑으로 즐겁게 읽는다. 사랑으로 읽는 사랑스러운 책은 내 삶을 사랑스레 추스르도록 북돋우는 길동무가 된다. 종이 한 장에서 나무를 느낀다. 추운 겨울 씩씩하게 살고 따순 봄에 새눈 틔우는 나무를 생각한다.

2013.10.22 책빛마실 이야기책

부산 보수동 책방골목 열네 해 마실한 이야기를 적바림한 《책빛마실》이라는 책이 나왔다. 이 책은 부산에서 펴냈다. 부산 보수동 책방골목 번영회에서 내놓은 책이라 할 수 있다. 처음 부산 보수동 책방골목으로 책마실을 하면서 '왜 아직까지(2000년) 부산 보수동 책방골목을 이야기하는 책이 하나도 없을까?' 싶어 궁금했다. 그래서 이때(2000년)부터 열 해 뒤까지 다른 어느 누구도 이런 이야기책 내놓지 않는다면 내가 손수 써서 내놓자고 생각했는데, 2013년 10월에 이 뜻을 이룬다.

2013.8.2 '책순이' 사진잔치

'책순이' 사진잔치를 한다. 한국출판문화산업진흥원에서 '지역서점 문화활동 지원사업'을 꾀하는데, 전남 순천 〈형설서점〉도 뽑혀 이곳에서 벌이는 문화활동 가운데 하나로 내 사진잔치를 연다. 진흥원이 '도록 값·엽서 값·포스터 값'을 늦게 치러 주는 바람에 도록과 엽서와 포스터를 8월 2일에야 받는다. 인쇄소에서는 맞돈으로 값을 치러야 인쇄를 해 주니까. 어쨌든 8월 1일부터 8월 31일까지 전남 순천 〈형설서점〉에서 조촐하게 사진잔치를 연다. 우리 아이들 책과 노닐며 살아온 여섯 해 발자국 가운데 지난 이태 사이 모습을 추려서 사진 200점을 그러모았다. 이 가운데 서른 점은 조금 크게 만들어서 붙

인다. 백일흔 점은 조그마한 사진첩에 담아서 책방 곳곳에 두어 느긋
하게 넘겨 보도록 할 생각이다. 진흥원 지원금 백만 원으로 사진 만
들고 도록과 엽서와 포스터를 만든다. 고작 백만 원으로 어디까지 할
수 있으랴 싶기도 하지만, 이만 한 돈을 받으면 이만 한 돈에 맞게 아
기자기하게 할 길을 찾으면 되리라 생각하며 여러 날 머리를 기울여
요모조모 꾸몄다. 아주 적은 돈으로 도록을 만들어야 했기에 딱 16쪽
짜리 A5판 작은 크기로 208부를 찍었다.

2013.4.21 책이랑 앉을 자리

한참 책걸상 먼지를 닦는데 큰아이가 아버지 부르며 손을 잡고 끌어
당긴다. "아버지, '어제' 저기에 딸기 있었어요. 저기 가 봐요.""그
래, '지난해'에 거기에 딸기 있었지. 그렇지만 아직 알이 맺히지는 않
고 꽃만 하얗게 피었지." 지난해보다 올해 딸기꽃 훨씬 흐드러진다.
따먹는 사람 있으니 딸기도 더 힘껏 꽃을 피울까. 올해보다 이듬해
에 딸기꽃 더욱 흐드러지면서 딸기알 또한 훨씬 굵고 달콤하려나. 얘
들아, 딸기꽃들아, 너희들 한꺼번에 터지지 말고 차근차근 터져 주
렴. 한꺼번에 붉게 터지면 너희 다 못 먹잖니. 잘 닦고 여러 날 해바라
기 시킨 큰 책상 하나 들인다. 나무로 짠 큰 책상에 나무로 엮은 걸상
을 둘씩 놓는다. 나무바닥에 나무책꽂이에, 나무한테서 얻은 종이로
빚은 책. 온통 나무로구나. 시골마을도 곳곳이 나무요, 우리 도서관도
둘레로 나무이지. 다만, 이곳을 우리 땅으로 삼을 수 있으면 알맞춤한
나무를 울타리 삼아 차곡차곡 새로 심어야 하리라. 곁님이 문득 말한
다. 건물 안에서뿐 아니라 건물 밖에서 아이들과 책을 볼 수 있도록
땅을 고르고 비닐을 걷어내어 잔디를 심어야 한다고. 그렇구나. 이곳

에 다른 사람들이 뭔가 심는다며 흙바닥에 잔뜩 깔아 놓은 비닐을 걷고는 돌을 고르고 흙을 다지면서 잔디를 입혀 맨바닥에 앉아 햇볕과 나무그늘 누리면서 책을 읽을 자리를 마련하면 아주 좋겠구나. 도서관 건물과 땅이 우리 것(소유)이 아니라 하더라도, 먼 앞날을 헤아려 바깥에서 안을 기웃거리지 못할 만큼, 또 안쪽에서 좋은 나무그늘과 꽃과 열매 누릴 수 있도록, 나무를 차근차근 심어야겠다고 느낀다. 멀리 오래 내다보며 도서관숲 일구는 길 살펴야겠다. 그동안 건사한 책들이란 하루 읽고 버리려는 책이 아니라 아이들한테 물려주고, 이 아이들은 또 저희 아이들한테 다시 물려줄 만한 책일 수 있기를 바라며 그러모은 책이듯, 우리 살림집과 도서관 두 곳 모두 오래오래 아이들이 물려받아 더 푸르고 싱그럽게 돌볼 집숲과 도서관숲 되도록 마음을 쏟아야겠다고 생각한다.

2013.4.7 민들레와 작은 책걸상

도서관 가는 길목은 민들레밭이 된다. 곱구나. 《아니스타시아》라는 책이 나오도록 한 러시아 타이가숲 아나스타시아라는 사람이 말했다. 당신 이야기를 읽으려면 맑은 숲속으로 들어가서 다소곳하게 흙바닥이나 풀밭에 앉아서 읽으라고. 시끌벅적한 자동차 가득한 도시 한복판에서 읽는 책이랑, 숲속에서 읽는 책은 사뭇 다르다. 똑같은 책 똑같은 줄거리라 하더라도, 사람들 마음자리로 파고드는 느낌과 결과 무늬가 참 다르다. 책은 지식이 아닌 삶이다. 책은 지식을 이야기하지 않고 삶을 이야기한다. 책은 지식으로 쓸 수 없고, 오직 삶으로만 쓸 수 있다. 책을 이루는 글을 짓는 사람부터 삶으로 글을 엮어서 내놓지, 지식과 정보를 섞거나 버무려 책을 짓지 못한다. 곧, 책을 쓰는 사람과 책을 읽는 사람 모두, 삶과 삶으로 만난다. 생각하는 삶과 사랑하는 삶이 아름답게 만나는 데가 책터라고 느낀다. 책터는 새책 방이 될 수 있고, 헌책방이 될 수 있으며, 도서관이 될 수 있다. 여느 살림집 마루가 책터 될 수 있으며, 푸른 숲속이 책터 될 수 있다. 도서 관마실 누리는 사람들이 사월 첫머리에 민들레꽃을 즐길 수 있으면 꽃책 잔뜩 읽는 셈이기도 하다. 도서관마실 누리는 사람들이 곧 다가 올 오월 첫머리에 이곳에 찾아오면, 곳곳에서 빨갛게 익는 들딸기 실 컷 즐길 수 있다. 들딸기맛은 어느 책에서도 적바림하지 않는다. 들딸 기맛은 손으로 톡 따서 눈으로 이야 예쁘구나 하고 바라보면서 입에 살짝 넣어 혀로 슬슬 간질이며 야금야금 먹을 때에 비로소 느낀다. 온몸과 온마음으로 누리는 들딸기맛이고 들딸기책이다. 오늘은 사월 첫머리라, 민들레꽃을 온몸과 온마음으로 누린다. 민들레꽃 바라보며 민들레책 읽는다. 아이들은 아버지를 거들며 책걸상 묵은 먼지 벗기 면서 새로운 삶책을 읽는다.

2013.4.3 책을 만지는 맛

큰아이가 "나도 아버지 하는 것 도울래요." 하고 말한다. 대견한 녀 석. 그래, 너도 너 하고픈 대로 해 보렴. 큰 상자에 책을 담아 옆 옆 칸 으로 나를 적마다, 작은아이가 아버지 앞을 가로막듯 섰다가 꺄아아 하면서 내빼는 놀이를 한다. 재미있나 보구나. 그래, 책상자 들어 나 르느라 팔다리 고되지만, 너한테 즐겁다면 조금 힘들어도 그렇게 같 이 놀자. 높이 2미터 큰 책꽂이 넷 옮긴다. 이틀에 걸쳐 옮긴다. 큰 책 꽂이 넷을 빼내어 옮기니, 사진책 두 칸에 빛살 환하게 잘 들어온다. 진작 이리 해 두었어야 했다고 느낀다. 문학책 두 칸은 창가를 빙 둘러 책꽂이를 새로 자리잡는다. 문학책 둔 칸도 이곳대로 아기자기한 짜임새를 새삼스레 갖춘다. 아, 보기 좋아라. 책꽂이도 책도 우리 도서관도, 더할 나위 없이 예쁘구나.

2013.4.1 책꽂이 새로 옮기기

책꽂이를 옮기기로 한다. 옛 홍양초등학교 건물 가운데 넉 칸 빌려서 쓰는데, 맨 오른쪽 칸에 둔 어린이문학과 어린이책을 옆 칸으로 옮긴다. 아무래도 맨 오른쪽 칸에 책들을 너무 몰아놓아서 답답하구나 싶다. 먼저 책꽂이에서 책을 빼내어 옆 칸으로 옮긴다. 옛 학교 교실은 마룻바닥이지만, 두꺼운 골판종이를 바닥에 댄 다음 책을 올린다. 책을 다 비운 책꽂이에 핀 곰팡이를 걸레로 닦는다. 아직 살림돈 모자라 나무를 장만하지 못하지만, 살림돈 어느 만큼 그러모을 수 있으면 좋은 나무를 사서 책꽂이를 새로 짜야겠다고 생각한다. 합판으로 된 책꽂이는 곰팡이가 자꾸 피어서 못 쓰겠다. 바지에 쉬를 두 차례 누며 신발까지 적신 작은아이는 신발 말리려고 벗겼더니, 맨발로 좋다며 뛰어다녔다. 집에 가자 하니까, 두 아이 아버지 곁으로 와서 마룻바닥에서 춤추고 노래한다. 기운이 끝없이 넘치는구나. 놀고 노니까 더 놀 기운이 솟고, 놀고 놀면서 더욱 놀 마음 부풀겠지. 아이들은 못 보았는데, 언제 들어왔는지 노랑할미새 한 마리 한쪽 구석에서 말라죽었다. 에그. 어쩌다 이곳에 들어왔니. 나가려고 나갈 길 찾으려고 애쓰다가 그만 굶고 지쳐서 죽었구나. 부디 너른 들로 돌아가렴. 네 넓은 너른 들에서 마음껏 날갯짓하면서 놀기를 빈다. 가볍디가벼운 주검을 살며시 들어 바깥 풀섶에 내려놓는다. 땅을 파서 묻을까 하다가, 아무래도 묻기보다는 풀섶 푸른 봄풀 곁에 두어야겠다고 느낀다.

2013.3.8 우체국 가는 길

봄날이지만 오늘은 바람이 모질게 분다. 맞바람 드세다. 그래, 마지막 모진 바람이겠거니 여기며 자전거를 달린다. 등판에 땀이 후줄근하게 흐른다. 수레에 앉은 아이는 "아버지 힘들어요? 아버지 왜 힘들어요?" 하고 묻는다. 모르니까 묻겠지. 그래, 너 스스로 더 자라고 더 자라서 네 자전거를 네 힘으로 달려 봐. 게다가, 네 자전거 뒤에 아버지랑 어머니를 수레에 앉혀 태우고 달려 봐. 그러면 알 테니까. 입으로 이야기를 해 준들 알겠니. 사진으로 보여준들 알겠니. 누구나 삶으로 겪으면서 마음 깊이 아로새길 때에 비로소 알 수 있단다. 구름을 바라본다. 하늘을 바라본다. 햇살조각 드리우는 논과 밭을 바라본다. 멧봉우리를 바라본다. 마을을 바라본다. 자동차 거의 안 다니는 호젓한 시골길 달리면서 큰아이가 부르는 노랫소리를 듣는다. 맞바람만 아니라면 아버지도 노래를 하겠는데. 그러다 문득, 맞바람 치더라도 노래는 노래대로 하면 되잖니, 하는 생각이 든다. 노래를 불러 본다. 그런데 큰아이가 아버지는 부르지 말란다. 큰아이 제가 부를 테니까 아버지는 조용히 듣기만 하란다. 쳇. 너만 혼자 신나게 부르면 되니? 같이 좀 부르자고. 우체국에서 집으로 돌아간다. 우체국까지 가는 길이나 우체국에서 돌아오는 길이나, 시골길은 오롯이 우리 차지가 된다. 봄이 되어 봄새 울음소리 온 들판과 마을에 살며시 내려앉는다.

2013.2.24 사진책도서관 첫 모임

사진책도서관 첫 모임을 연다. 2007년 4월 5일에 사진책도서관이라는 이름으로 서재도서관을 연 뒤, 2013년 2월 24일이 되어, 비로소 첫 모임을 연다. 도서관을 연 첫 해인 2007년에는 인천에서 배다리

223

산업도로 말썽 때문에 바깥일 다니느라 바빴고, 이듬해부터는 큰아이가 태어나며 집일과 집살림 꾸리느라 바빴다. 큰아이가 세 살 즈음 될 무렵 살며시 숨통을 트며 모임을 꾸릴까 했으나, 인천을 떠나 충청도 멧골로 옮겨 작은아이를 낳느라 다시금 모임하고는 멀어졌다. 그러고서 2011년에 고흥으로 들어와 뿌리를 내린 지 이태가 지나 작은아이 세 살 먹는 올 2013년 2월에 첫 모임을 연다. 사진책도서관에 깃든 사진책은 함부로 바깥으로 돌릴 수 없다. 바깥으로 들고 나가면 책이 다친다. 무거운 책을 들고 다니며 밖에서 사진강의를 할 수 없다. 우리 도서관에 사람들이 모이도록 해서 이 사진책을 손으로 만지고 쓰다듬으면서 사진이야기를 꽃피울 노릇이다. 아이들 삶 담은 사진책, 물을 다룬 일본 사진책, 세바스타앙 살가도 사진책, 기무라 이헤이 사진책, 토몬 켄 사진책, 일본 사진잡지 아사히카메라, 인간가족 해적판 사진책이랑 1957년에 나온 the family of Man 도록, 일본 식민지사 1번 조선 편, 순천여상 1982년 졸업사진책과 광주농고 1983년 졸업사진책, 정진국 사진비평책, 이렇게 여러 가지 사진책을 한 자리에 놓고 도란도란 이야기를 나눈다. 누가 이야기를 이끈다기보다, 사진을 좋아하는 마음으로 살아온 발자국과 눈길을 하나둘 풀어놓는다. 아직 썰렁한 날이지만, 책 하나 사진 하나 마음 하나 어우르면서 두 시간을 즐겁게 누린다. 사진을 찍는 길은 오직 하나라고 느낀다. 즐거움. 사진을 읽는 길은 오로지 하나라고 생각한다. 즐거움. 즐겁게 찍고 즐겁게 읽는 사진이지 싶다. 즐겁게 찍으면서 사랑이 자라고, 즐겁게 읽으며 꿈을 이루는 삶이 되리라 본다. 삶이 즐거우면, 사진이 즐겁다. 삶이 사랑스러우면, 글이 사랑스럽다. 삶이 재미나면, 노래가 재미나다. 삶이 아름다우면, 눈빛과 몸차림과 생각과 이야기 모두 아름답다.

2013.2.4   스스로 즐기는 책

책은 스스로 즐긴다. 남이 즐겨 줄 수 없는 책이다. 책은 스스로 읽는
다. 남이 읽어 줄 수 없는 책이다. 스스로 즐기며 스스로 삶을 누리도
록 북돋우는 책이다. 스스로 읽으며 스스로 삶을 빛내도록 이끄는 책
이다. 어느 한 사람이 온누리 모든 종이책을 읽을 수 없다. 이제껏 나
온 책을 다 읽어치운다 하더라도, 다 읽어치우고 나기 무섭게, 새로운
책이 또 나오니까, 다 읽어치운 사람이라 하더라도 숨을 거두고 나면,
온누리 모든 종이책을 못 읽고 만다. 도서관은 모든 책을 건사할 수
없다. 게다가, 도서관은 모든 책을 건사할 까닭이 없다. 도서관답게
갖출 책을 갖추면 된다. 아마 한 군데쯤, 웬만한 책을 다 갖추려 애쓰
는 도서관이 있어도 되리라. 그렇지만, 한 군데쯤 빼놓고는, 도서관이
라 할 때에는, 사람들이 즐겁게 읽으며 아름답게 거듭나도록 북돋우
거나 돕거나 이끌거나 가르칠 만한 책을 알맞게 갖추어야 한다고 느
낀다. 때로는, 이 사람이 바라고 저 사람이 바라는 책을 도서관에 둘
수 있으리라. 그러나, 도서관이라 한다면, 사람들이 바라는 책을 갖추
기 앞서, 사람들이 챙겨 읽을 만한 책을 갖추어야 올바르리라 느낀다.
도서관은 대여점이 아니다. 도서관은 복지센터가 아니다. 도서관은
어느 한 갈래나 여러 갈래에 걸쳐 삶을 북돋우는 책을 갖추는 자리이
다. 사람들 스스로 바라는 책은 사람들 스스로 사서 읽으면 된다. 사
람들 스스로 바라는 책은 이녁 스스로 사서 읽은 다음, 도서관에 '기
부'하면 된다. 도서관 사서가 왜 있는가 하면, 도서관이 도서관답게
이어가도록 '도서관에서 갖출 책을 꼼꼼히 살피고 추리고 고르고 건

사하는 몫'을 맡아야 하기 때문이다. 도서관 사서는 공무원이 아니다. 도서관 사서는 '고객 접대에 온몸 바치는 감정노동자'가 아니다. 도서관 사서는 '책을 고르는 이'요, 도서관 사서는 '책을 알아내어 널리 나누는 이'라 할 수 있다. 내가 내 서재로 사진책도서관을 열면서 품은 생각 하나는 이렇다. '나 스스로 사진삶 북돋우려면 어떠한 책을 읽고 갖추어 나눌 때에 아름다울까' 하고 생각했다. 사진을 말하는 책을 모두 갖추려 하지 않는다. 사진책을 몽땅 건사하려 하지 않는다. 삶을 읽고 사랑을 읽으면서, 삶을 즐기고 사랑을 즐기는 길에 반가운 길동무와 같은 책 하나를 고맙게 돌보고 싶다.

2013.1.4 이야기를 싣는 책

글을 쓸 때에는 이야기를 쓴다. 글솜씨나 글재주를 부리려고 글을 쓰지 않는다. 이야기가 있을 때에 글이 된다. 이야기가 있으면 그림도 되고 만화도 되며, 춤과 노래도 된다. 이야기가 없으면 아무것도 못 된다. 곧, 이야기를 찍을 때에 사진이요, 이야기를 찍는 사진을 그러모을 때에 사진책이 된다. 그러나, 아직 한국에서는 이야기를 찍는 사진이 드물다. 겉으로 그럴듯하게 보이는 모습을 찍으려는 사진이 너무 많다. 멋스럽게 찍은 사진에 억지로 이름을 붙이려 하기 일쑤요, 보기 예쁘장하게 찍은 사진에 이래저래 토를 달곤 한다. 이야기를 찍지 못하니까, 어떤 사진장비를 쓰더라도 '사진 읽을 맛'이 안 난다. 이야기를 찍지 못하기에, 제아무리 이름값 있거나 사진경력 길다 하더라도 '사진 나누는 즐거움'을 느끼지 못한다. 이야기는 삶에서 비롯한다. 스스로 살아가는 모습이 스스로 사진으로 담는 이야기가 된다. 스스로 살아가는 하루가 스스로 글로 적는 이야기가 되고, 스스로 빚으

226

며 나누는 삶이 스스로 그리는 그림이나 부르는 노래가 된다. 그러니까, 사진을 좋아해서 사진을 찍고 싶다면, 먼저 '내 삶에서 나 스스로 즐길 이야기란 무엇인가' 하고 생각할 수 있어야 한다. 내 이야기를 내 삶에서 찾으면 내 사진을 찍을 수 있다. 사진은 '남이 안 찍는 모습'을 찍는 사진이 아니다. 사진은 '내가 찍고 싶은 모습'을 찍는 사진이다. 그러나, 적잖은 이론가나 전문가나 교수나 비평가는 자꾸 '자르기'와 '빼기'를 말한다. 사진틀에 '모든 모습 다 넣으려 하지 말고, 무엇을 빼겠는가를 생각하라'고 말한다. 왜 그럴까? 왜 '내 이야기를 사진에 담으셔요' 하고는 말을 못하고, 사진틀에 그럴듯한 모습 집어넣거나 빼는 데에 휘둘리도록 내몰까? 맞춤법이나 띄어쓰기를 틀린대서 글이 엉터리이지 않다. 노래하는 사람이 가락이나 박자를 놓친들 노래가 엉터리이지 않다. 우리는 기계를 바라지 않는다. 맞춤법 기계가 된대서 글이 읽을 만하지 않으며 문학이 되지 않는다. 가락과 박자 잘 맞추는 기계가 된대서 노래가 들을 만하지 않으며 예술이 되지 않는다. 이야기를 담아서 쓰는 글이 되어야 읽을 만하다. 이야기를 실어 부르는 노래가 되어야 들을 만하다. 곧, 이야기를 살포시 싣는 사진이 되어야 사진이요, 이야기 있는 사진을 그러모을 때에 '사진책'이라 말할 만하다. 추운 한겨울, 두 아이 데리고 서재도서관에 들른다. 작은아이가 몹시 졸려 하기에, 새로 장만한 책들을 서재도서관에 내려놓은 다음, 곧장 우체국으로 자전거를 달린다. 서재도서관에 갖다 놓은 책은 다음에 다시 와서 갈무리하면 되지. 그러고 보니, 겨울이 되어 춥다는 핑계로 요새 비질도 거의 안 하며 살았다. 다음에 들르면 비질부터 하고 책 갈무리를 해야겠다.

뿌리내리고 싶은
동백마을

2012년
12월 25일~1월 2일

2012.12.25 사진책 읽기모임

인천에서 사진책도서관을 꾸리며 하고팠던 '사진책 읽기모임'을 아직 못 한다. 집살림과 아이돌보기를 나란히 하면서 사진책도서관까지 지키기란 만만하지 않다. 큰아이가 제법 자라 무언가 해 보려 할 즈음 작은아이가 태어났고, 작은아이가 돌을 지날 무렵 고흥으로 살림살이와 책을 옮기느라, 책을 싸고 풀고 갈무리하는 데에 긴 나날을 보냈다. 이제 작은아이가 제법 씩씩하게 놀 수 있구나 싶으니, 그동안 미룬 '사진책 읽기모임'을 고흥에서 해 볼까 하고 생각한다.

2012.12.24 책에 스미는 빛

나는 1982년에 국민학교에 들어가서 1987년에 마쳤는데, 1학년부터 3학년까지 배운 교실은 나무바닥인 곳, 이른바 골마루였다. 처음에는 나무바닥 골마루 있는 2층짜리 건물만 있다가, 아이들 숫자가 늘며 돌바닥 건물을 4층짜리로 새로 올렸다. 언젠가 가 보니 2000년대에

233

새 건물 하나 들어섰고, 그 뒤 몇 해 지나지 않아 나무바닥 골마루 건물은 사라지면서, 이 자리에 새 건물이 또 올라오더라. 아마, 이제는 나무바닥 골마루 건물은 거의 안 남았으리라 본다. 백 해가 넘었다는 건물을 고스란히 건사한 데가 있으면, 오래된 역사를 바탕으로 골마루가 남을는지 모르지만, 골마루를 뜯어 돌바닥으로 바꾸지 않을까 싶다. 우리 서재도서관 교실이 나무바닥이요, 교실과 교실은 골마루로 이어지는 모습이 무척 좋다. 우리 아이들이 도서관으로 마실을 올적에, 나무바닥을 신나게 뛰어다니며 구르고 길 수 있어 참 즐겁다. 돌바닥 아닌 나무바닥에서는 개구지게 뛰다가 뒤로 자빠져서 머리를 쿵 찧어도 그리 안 아프다. 소리는 되게 크게 나지만, 살짝 띵 하다가 벌떡 일어날 수 있다. 나도 어릴 적 국민학교에서 골마루에서 개구지게 뛰다가 곧잘 뒤로 발라당 자빠지곤 했는데, 이때마다 머리를 쿵 박지만, 머리를 몇 번 쓰다듬으며 싱긋 웃었다.

2012.12.16 책을 지키는 길

서재도서관 책꽂이마다 곰팡이가 올라오기에, 이 곰팡이한테서 책을 지키려고 책을 비닐봉지로 싼다. 따로 어찌저찌 손을 쓰지 못하니, 이렇게라도 하자고 생각한다. 우리 서재도서관은 사진책도서관인 만큼, 어느 책보다 먼저 사진책을 비닐로 싼다. 한낮 빛살이 스며든다. 겨울철에는 창문을 닫으면 교실 안쪽이 퍽 따숩다. 유리창은 바람을 막으면서 햇볕이 곱게 들어오도록 해 준다. 아이들은 따순 교실을 이리저리 내달리면서 논다. 두 아이는 서로 술래잡기를 한다. 작은아이는 아버지 다리에 붙으며 숨는다고 애쓴다. 큰아이는 스티커책에서 종이 딱지를 하나하나 떼어 손가락에 붙인다. 이러다 문득, 손가락에 붙인

종이딱지가 스티커책에 나오는 그림하고 똑같다고 깨달아, 스티커책에 종이딱지를 옮겨 붙인다. 서재도서관에 깃든 책은 내가 이제껏 살아오며 건사한 책이다. 내가 즐겁게 읽으며 장만한 책이요, 두 번 열 번 백 번 되풀이해서 읽은 책이다. 오늘 내가 이 책을 알뜰히 돌보며 지킨다면, 우리 아이들이 무럭무럭 자라 이 책을 누릴 수 있으리라. 종이책이 차츰 줄어들 앞날이 될 테고, 새 도서관이 선다 하더라도 '갓 나오는 책'을 두는 흐름으로 갈 뿐, '예전에 나온 책'을 새삼스레 그러모으는 몫은 안 한다. 나는 새로 나오는 책도 꾸준히 사서 읽지만, 예전에 나온 책도 바지런히 사서 읽는다. 우리가 읽을 책이란 '새로 나오는 책'이 아니라 '삶과 사랑이 감도는 이야기가 있는 책'일 테니까.

2012.11.21 도서관 꾸리는 마음

사람들은 책을 읽으러 도서관에 간다고 말한다. 그러면, '사람들'은 '어떤 책'을 읽으며 '스스로 삶을 북돋울' 뜻으로 '도서관에 간다'고 할 수 있을까. 줄거리를 훑는대서 책읽기가 될 수 없다. 줄거리를 훑을 적에는 '줄거리 훑기'이다. 독후감을 쓰려고 책을 살핀다면 '독후감 쓰기'일 뿐 책읽기라 할 수 없다. 널리 이름나거나 알려진 책을 들춘다 할 적에도 '이름난 책 들추기'일 뿐 책읽기라는 이름은 붙일 수 없다. 신문을 읽을 때에 모두 신문읽기가 되지 않는다. 신문에 어떤 이야기가 실리는가를 '읽고'서, 신문에 어떤 이야기가 왜 실리는가를 다시 '읽고'서, 사람이 살아가는 터전을 새삼스레 '읽고'서, 내 삶을 가만히 돌아보며 하루를 되새길 수 있을 때에 비로소 신문읽기라 할 수 있다. 도서관이란 백만 천만 억만 사람 누구한테나 열린 곳이기는 하지만, 도서관을 누릴 줄 아는 사람은, 스스로 가슴속 깊이 꿈을 사랑스레 품는 사람뿐이라고 느낀다.

2012.11.15 숲과 멧비둘기

책은 무엇일까. 책은 삶을 사랑으로 빚은 이야기꾸러미이다. 삶을 사랑으로 빚은 이야기꾸러미를 아름드리 숲에서 어여쁜 나무를 베어 얻은 종이에 담는다. 책 하나가 대단하다고는 여기지 않으나, 책을 빚은 사람들 손길이랑 책으로 다시 태어난 나무 숨결을 생각할 적에는 참 즐겁다. 나는 책을 책 아닌 이야기동무로, 나무숨결로 여기며 마주한다. 도서관이라 할 때에는 바로 이 두 가지가 어우러진 자리란 뜻이다. 내가 누리면서 나누고픈 서재도서관은 '사람들 사랑 어린 꿈'과 '숲에서 자란 나무들 사랑 깃든 꿈'이 만나는 자리로 보듬는다. 문닫은 지 제법 되어 거의 숲처럼 바뀐 옛 홍양초등학교 건물에 깃든 도서관 창문을 열었더니 멧비둘기 한 마리 들어온다. 이곳에서 나무내음을 맡았니. 그러나 여기에는 네 먹이가 없단다. 조용히 날갯짓하며 네 숲으로 돌아가렴.

2012.11.12 도서관을 말하는 책

언제였는지 가물가물하기까지 한데, 우리 서재도서관을 취재하러 오신 분이 있었다. 올 2012년 2월쯤이었나, 서울에서 먼길을 찾아와 주셨는데, 그분이 돌아다닌 여러 도서관 삶자락을 말하는 책《도서관 산책자》(반비)가 나왔다. 오늘 큰아이를 자전거수레에 태워 마실을 나가려 할 적에, 우체국 일꾼이 우리 집에 가져다준다. 정갈한 겉그림에 알맞춤한 두께로 나온 책을 가만히 펼친다. 우리 서재도서관은 이른

여름쯤 책갈무리는 모두 마쳤다. 다만, 책갈무리는 마쳤되 간판은 아직 안 걸었고, 고흥 안팎으로도 '도서관 생겼어요!' 하고 알리지 않았다. 도서관 소식지《삶말》은 두 달에 한 차례 내놓으며 이곳저곳에 보내기도 하고, 도서관 지킴이한테 띄우기도 하고, 고흥에서 살아가는 이웃한테 드리기도 하는데, 막상 '도서관 여는 잔치'를 하지도 않았다. 이야기책《도서관 산책자》에 실린 우리 서재도서관 모습은 '책갈무리가 까마득하게 남은 예전 모습'이다. 내 전화번호라든지 누리집이라든지 뭐라도 하나 적어 놓았으면, 사진책도서관을 궁금해 하는 이들이 이래저래 알음알이로 찾아오도록 할 만할 텐데, '고흥 도화면 동백마을'이라고 적어 놓으셨으니, 뜻이 있으면 다 알아보고 찾아오시겠지.

2012.11.7 아이들한테 책이란

아이들한테 책이란 무엇이 될까. 아이들은 책을 얼마나 읽어야 할까. 우리 아이들 또래 다른 아이들은 진작부터 보육원·유아원·어린이집·유치원을 다닌다. 다른 아이들은 이런저런 곳에서 텔레비전을 보고 영화를 보며 영어노래를 배운다. 어느 아이는 한글을 벌써 떼고 혼자 그림책을 읽기도 하리라. 우리 집 다섯 살 큰아이는 이제 한창 글놀이를 할 뿐, 나도 곁님도 딱히 큰아이한테 글을 가르치지 않는다. 큰아이는 제 이름을 즐거이 쓰며 놀다가, 이제 누가 제 이름을 따로 적어 주지 않아도 혼자 씩씩하게 쓸 줄 안다. 아버지나 어머니한테 그림책 큰 글씨 읽어 달라 하면서 때때로 하나둘 익히곤 한다. 작은아이가 아직 안 태어난 지난날, 도시에서 살며 자연그림책이나 생태그림책을 되게 많이 사서 보았다. 자연사진책이나 생태사진책도 꽤

나 많이 사서 모았다. 글로 된 환경책도 퍽 많이 사서 읽었다. 그런데 막상 시골로 삶터를 옮겨 보금자리를 이루고 보니, 이런 자연그림책이나 저런 생태사진책이 그닥 쓸모있지 않다. 늘 숲을 보니까 자연그림책이 덧없다. 언제나 숲이 곁에 있으니 생태사진책이 부질없다. 자연그림책이 숲을 더 깊거나 넓게 보여주지 않는다. 자연그림책은 숲하고 동떨어진 채 도시에서 살아가는 사람한테 '숲맛'을 조금이라도 느끼도록 해 주려고 빚는다. 생태사진책도 이와 마찬가지이다. 시골 사람이 시골을 더 살가이 깨닫고 느끼도록 이끄는 자연생태 이야기책은 아직 없다. 아니, 아마 앞으로도 나올 일이 없으리라 본다. 우리 서재도서관으로 뿌리내리면서 집숲으로도 가꿀 수 있기를 바라는 시골 폐교 자리에 아이들과 놀러온다. 이 터를 교육청한테서 우리보다 먼저 빌려 건물 둘레에 나무를 빼곡히 심고 내팽개친 분들은 한 해 내내 한 차례도 이곳에 찾아오지 않았다. '나무 심었으니 이제 내 땅이야!' 하는 듯할 뿐, 조금도 돌보지 않고 건사하지 않는다. 우리 식구는 이 좋은 터에 풀약 하나 안 치고 정갈한 숲과 밭으로 돌보면서 책이 함께 있는 예쁜 마을쉼터를 일구고 싶다. 우리한테는 마음이 있고 책이 있다. 아직 돈은 없다. 날마다 꿈을 꾼다. 머잖아 우리들 주머니에 돈이 들어와 이 터를 '버려진 땅'이 아닌 '싱그럽고 푸르게 빛나는 숲과 책밭'이 되도록 보살필 수 있으리라고 즐겁게 바란다. 그런데, 아이들은 이러거나 저러거나 아랑곳하지 않는다. 저희 아버지가 책을 몇 만 권 건사하든 말든 대수롭지 않다. 어떤 이가 이 터를 돈으로 거머쥐려고 나무를 잔뜩 심든 말든 대수롭지 않다. 그예 재미난 놀이터요, 그저 마음껏 노래하고 뛰거나 구르는 좋은 앞마당이다. 겨울 지나고 새봄 찾아오면 곳곳에서 딸기꽃 피고 들딸 먹는다며 아이들 날

238

마다 마실을 하자고 조르겠지.

2012.9.11 책과 놀이터

도서관이란 책을 갖추는 곳이다. 도서관을 찾아오는 사람들은 책을
읽는다. 어느 사람은 가벼운 읽을거리를 바라고, 어느 사람은 마음을
다스리는 읽을거리를 바란다. 어느 사람은 돈벌이에 도움이 될 무언
가를 바라고, 어느 사람은 지식이나 정보를 쌓기를 바란다. 사람들은
누구나 스스로 생각하는 삶에 따라 책을 마주한다. 스스로 생각한 대
로 살아가기에, 스스로 살아가는 결에 맞추어 책을 손에 쥔다. 스스로
생각하는 삶결이 오직 돈벌이라면, 굳이 책이 찾아들지 않는다. 스스
로 생각을 기울이는 삶자리가 아름다운 사랑이 아니라면, 애써 책이
스며들지 않는다. 흔히들 사람 있고 아이들 있는 데에 도서관이 있어
야 한다고 말하는데, 내가 느끼기로는 무엇보다 숲이 있어야 한다고
느낀다. 숲이 없으면서 도서관만 있다면, 이러한 곳은 책읽기를 못하
고 삶읽기도 못하는 데라고 느낀다. 도서관을 세우려 한다면, 책을 갖
출 건물만 지어서는 안 된다. 책을 둔 건물을 둘러싸고 조그맣게라도
숲을 마련해서, 사람들이 책을 숲 한복판에 앉아서 읽도록 이끌어야
지 싶다. 사람들한테 가장 모자란 한 가지라면, 도시나 시골이나 바로
숲이라고 느낀다. 숲다운 숲이 있어야 한다. 나무가 자라고 풀이 돋으
며 짐승과 벌레가 보금자리를 마련하는 숲이 있어야 한다. 도토리가
뿌리를 내리고 풀씨가 흩날리는 숲이 있어야 한다. 숲은 사람들 삶터
를 살찌운다. 숲은 아이와 어른 모두한테 놀이터가 된다. 숲에서 살고
숲에서 놀며 숲에서 일하는 사이, 시나브로 사람다운 사람으로 다시
태어난다. 사람다운 사람으로 다시 태어날 적에, 비로소 사람들은 스

스로 글을 쓰고 책을 빚을 수 있다.

2012.9.6 태풍이 지난 뒤

저녁에 윗창을 열고 집으로 돌아갔더니, 태풍이 지나가며 윗창으로 나뭇잎이 잔뜩 들어왔다. 바람이 되게 몰아쳤을 텐데, 학교 유리창은 하나도 안 깨졌다. 그러고 보면, 여기 흥양초등학교가 문을 닫은 지 열 몇 해인데, 일부러 깨뜨린 유리 말고는 따로 깨진 데는 없었다. 태풍이 으레 지나가는 마을에 있던 학교였으니 건물이나 유리창은 튼튼하겠지. 바닥에 널브러진 나뭇잎은 다음에 와서 쓸기로 한다. 곰팡이가 잔뜩 피고 만 사진틀은 뒤쪽이 해를 보도록 유리창에 기대어 놓는다.

2012.7.11 사진책과 도서관

나라나 지역정부에서 생각이 있었으면, '국립 사진도서관'이나 '시립 (또는 군립) 사진도서관'을 세우지 않았을까. 꼭 번듯한 건물로 세워야 할 '사진도서관' 또는 '사진책도서관'은 아니다. 자그마한 골목집 하나를 알맞춤한 값으로 사들여서 예쁘게 꾸미면 된다. 나라에서도 지역정부에서도 이 같은 일을 안 하니까, 나는 내 힘으로 이 일을 한다. 사진과 사진책을 사랑하고 싶은 이라면, 전남 고흥이 퍽 먼 시골로 느낀다 하더라도 스스럼없이 찾아오리라. 책과 사진을 누리면서 좋은 숲과 시골과 자연을 나란히 누리리라. 사람은 책만 볼 수 없다. 사람이 책을 보자면, 책이 태어나는 밑바탕이 되는 숲을 함께 보아야 한다. 숲을 느끼며 책을 볼 때에 비로소 삶도 사랑도 사람도 슬기롭게 깨달으리라 본다.

2012.7.6 도서관 가는 길

어버이가 즐거이 놀아 주면 어디에서라도 좋다. 어버이가 즐거이 놀아 주지 못할 때에는 어디에서라도 안 좋다. 아이와 함께 살아가는 나날이란, 아이가 한 사람답게 살아갈 길을 스스로 찾도록 곁에서 이끌거나 가르치거나 보여주는 일이라고 느낀다. 차근차근 좋은 생각을 품으면서 잘 살아 보자. 들길과 숲길 사이를 천천히 헤치면서 책누리에서도 예쁘게 놀 수 있게끔, 또 나부터 들길과 숲길과 책누리에서 예쁘게 노는 어른으로 살아갈 만하게끔, 마음을 곱게 잘 여미자. 한여름이 되어 서재도서관 가는 길은 풀밭 길이 된다.

2012.6.26 1994년 신문, 사진책《뒷모습》

프랑스 사진책《VUES DE DOS》를 찾아본다. 엊그제 읽은 어느 책에서 새삼스레 이 사진책 이야기를 다시금 '잘못' 이야기했기 때문이다. 책을 말하는 사람들은 왜 책을 제대로 살피지 않으면서 책을 말하려 할까. 책을 다루는 글을 쓰는 사람들은 왜 책을 찬찬히 헤아리지 않으면서 책을 다루는 글을 쓰려 할까. 프랑스에서 나온 사진책《VUES DE DOS》는 발레하는 가시내 모습이 겉에 나온다. 한국에서 옮긴《뒷모습》은 웃통 벗어 젖꼭지 보이는 가시내 모습이 겉에 나온다. 프랑스 사진책《VUES DE DOS》를 죽 살피면, 한국판 겉모습 사진은 아주 뒤쪽에 나온다. 사진책《뒷모습》은 '벗은 몸을 슬그머니 보여주려는 훔쳐보기' 이야기를 다루지 않는다. 참말, 뒤에서 바라보는 삶자락을 이야기하는 사진책이다. 한국사람은 한국말로 옮겨진《뒷모습》을 손에 쥐면서 느낌부터 아예 달라지고 만다. 벗은 웃통에 젖꼭지 드러나는 가시내 사진이 꼭 이 한 장뿐이라 하지만, 책겉에 이

241

사진이 드러날 때와 책 끄트머리에 살짝 스치듯 나오는 사진으로 마주할 때에는 느낌이 다르다. 한국에서는 사진을 사진 그대로 받아들이기 힘들까. 한국에서는 사진도 책도 삶도 이야기도 신문도 모두 꾸밈없이 수수하게 살피며 어깨동무할 수 없을까.

2012.6.10 송림공부방 소식지, 둘째 아이

오늘은 어느 해묵은 상자에서 인천 송림동에 있던(또는 아직 있는) '송림공부방' 소식지 하나 나온다. 〈솔밭아이들〉이라 이름붙은 이 소식지를 낸 공부방은 2012년에도 그대로 살았을까. 1988년이나 1989년에 공부방 교사가 등사판으로 만들어 나누던 소식지였을 텐데, 어떻게 이 소식지가 내 자질구레한 물건 사이에 깃들 수 있었을까. 일손을 멈추고 한참 들여다본다. '4332.4.18.해.창영동 아벨서점'이라 적은 글월이 있다. 곧, 내가 이 소식지를 4332년, 이른바 1999년에 인천 배다리 헌책방 〈아벨서점〉에서 장만했다는 소리인데, 아마 이 공부방에 아이를 보낸 어느 집에서 이런저런 책과 함께 이 소식지를 묶어 밖에 내놓아 헌 물건으로 버렸다가 이래저래 흐르고 흘러 헌책방까지 들어왔겠지. 신문이나 잡지와 함께 묶여 폐휴지로 버려졌을 작은 소식지인데, 이런 작은 소식지 하나 알뜰히 건사해 헌책방 책시렁 한쪽에 얌전히 꽂아 주었기에, 나는 이 작은 소식지를 고마우면서 즐겁게 돈 몇 푼 치러 장만할 수 있다. 한참 소식지를 들여다보다가 아이들 웃음소리가 나기에 골마루를 바라본다. 둘째 아이가 뚜벅뚜벅 어설피 걸음을 옮긴다. "아버지, 보라가 걸어요." 하고 첫째 아이가 말한다. 돌날에는 그토록 걸어 보라 해더 안 걷더니, 돌을 지나고부터 제법 씩씩하게 여러 걸음 뗀다. 그래, 신나게 걸으렴. 씩씩하게 걸으렴. 머잖아 뛰고 달리면서 네 누나하고 훨훨 하늘도 날아다니면서 온누리를 사랑으로 보살펴 주렴.

2012.6.4 최진실 사진과 석류꽃 몽우리

멧딸을 따며 놀다가 둘째 아이가 스르르 잠든다. 둘째 아이가 잠든 김에 수레를 끌고 도서관까지 가기로 한다. 둘째 아이는 수레에 앉은 채 깊이 잠들었고, 아주 살짝 도서관 넷째 칸 갈무리를 해 본다. 몇 해째 상자에만 박힌 채 햇볕을 쬐지 못하던 여러 가지를 들춘다. 내가 고등학생 적 모은 최진실 님 사진 여러 장 나온다. 고등학교를 마친 뒤 들어간 대학교에서 오려모은 박재동 님 한겨레그림판도 몇 장 보인다. 다섯 학기를 다닌 대학교 학보가 여러 장 나오고, 이무렵 내 밥벌이를 하며 지낸 신문사지국에서 돌리며 드문드문 모은 신문이 나온다. 1995년에 1995년치 신문을 모으며 '이 신문이 언제쯤 낡은 신문이 될까?' 하고 생각하곤 했다. '금세 낡은 신문이 되겠지.' 하고 여겼는데, 몇 해 흐르면 벌써 스무 해나 묵은 신문이 된다. 헌책방에서 그러모은 1970년대 〈이대학보〉가 보이고, 1970년대 〈조선일보〉와 〈동아일보〉도 꽤 재미나구나 싶다. 아무튼, 1992년부터 1999년까지 그야말로 바지런히 오려모으거나 통으로 갈무리하던 신문꾸러미를 그냥저냥 꽂기도 하고 반듯이 눕히기도 한다. 수레에서 자는 둘째한테 자꾸 모기가 달라붙는다. 도서관 갈무리는 그만하기로 하고 집으로 돌아간다. 첫째 아이는 마을 이웃집 석류나무 밑으로 들어간다. 떨어진 석류꽃을 줍겠단다. 몽우리에서 봉오리로 맺지 못하고 만 누런 석류꽃을 본다. 아이는 석류나무 옆 감나무에서 흙땅으로 떨어진 감꽃을 두 손 가득 주워서 보여준다. 도서관에는 무엇이 있으면 좋을까.

도서관이니까 책이 있어야 할 테고, 이런저런 낡은 신문이 있어도 좋겠지. 그런데, 이런 책 저런 신문 못지않게, 나무가 있고 풀이 자라며 꽃이 피어야 도서관다우리라 느낀다. 아무래도 가장 좋다 싶은 도서관은 숲이 아닐까. 가장 사랑스럽다 싶은 도서관은 어린이가 아닐까.

2012.5.30 마룻바닥에 누워서 놀아라

도서관 바닥을 닦는다. 전기도 물도 쓸 수 없지만, 2008년에 첫째 아이를 낳고 출생신고를 할 적에 동사무소에서 선물이라며 주던 물휴지로 도서관 바닥을 닦는다. 우리 집은 아이들한테 물휴지를 안 쓴다. 여느 집에서는 갓난쟁이가 똥을 누면 종이기저귀를 갈며 물휴지를 쓰는지 모르나, 우리 집은 천기저귀를 쓰고 물로 씻기니까 물휴지를 쓸 일이 없다. 다섯 해 가까이 한쪽 구석에 처박은 물휴지인데, 새삼스레 이제 와서 쏠쏠히 쓸모가 있다. 둘째 아이가 좀처럼 걸으려하지 않으니까, 도서관 바닥을 닦는다. 나는 무릎걸음으로 천천히 이곳저곳 닦는다. 아이가 기어서 다닐 만한 데를 샅샅이 닦는다. 기다가 손을 뻗을 만한 데까지 헤아리며 닦는다. 아이가 기지 않고 걸었으면 도서관 바닥을 샅샅이 닦을 생각을 했을까. 이때에도 맨발로 돌아다니거나 바닥에 드러누울 수 있도록 하고 싶은 마음으로 닦았겠지. 그러니까, 나로서는 두 아이가 하루라도 더 일찍 더 즐거이 뛰놀 터전으로 보듬고 싶으니 바닥을 꼼꼼히 닦는다. 바닥 닦는 아버지를 바라보는 첫째 아이가 묻는다. "바닥은 왜 닦아요?" "동생이 기어다니니까." "동생이 기어다니니까, 동생 손 지저분해지지 말라고 닦아요?" "네." 동생이 기어다녀도 손바닥이 지저분해지지 않을 즈음 되니, 첫째 아이가 다시 묻는다. "왜 신을 신고 다녀요?" "아직 아주 깨끗하지

는 않으니까." 첫째 아이가 슬쩍 신을 벗는다. 맨발로 뛰어다닌다. 이
윽고, 두 녀석은 도서관 바닥에 퍼질러 앉는다. 드러눕는다. 마치 집
에서 놀듯 논다. 그래, 모레에도 글피에도 또 닦고 다시 닦을 테니 너
희들 마음껏 신나게 뒹굴며 놀아라. 여기는 너희들 책터이기 앞서 놀
이터란다. 여기는 우리들 삶터이고 살림터란다. 둘째 아이가 바지에
똥을 한가득 누었기에, 가슴으로 안아 이웃 보건지소 수돗가로 가서
밑을 씻기고 바지를 빨래한다.

2012.5.18 숨맛

좁다랗고 찻길과 건물에만 둘러싸이던 인천에서 도서관을 하던 때하
고 느낌이 사뭇 다르다. 흙이 있고 풀이 자라며 나무가 선 곳에 책터
를 꾸리니 나부터 한결 맑아진다고 느끼며, 우리 책들도 더는 곰팡이
가 피지 않으면서 맑은 숨을 마음껏 들이마시는구나 싶다. 참말, 도서
관은 도시 아닌 시골에 있어야 한다. 참말, 사람은 도시 아닌 시골에
살아야 한다.

2012.5.8 책꽂이 자리 바꾸기

아침에는 식구들 빨래를 하고, 낮이 되기 앞서 식구들 밥을 차려서
먹은 다음, 천천히 짐을 꾸려 서재도서관으로 나와 책을 조금 갈무리
하고서, 슬슬 들길을 걷는다. 들길을 걷다가 멧길로 바뀔 수 있고, 다
시 천천히 집으로 돌아올 수 있다. 들길을 거닐며 들풀을 뜯어먹을
수 있다. 아이들과 노래부르며 노닐 수 있다. 책꽂이 자리 바꾸기를
한다. 이제 꼴이 제법 나며, 어느 만큼 치웠구나 싶다. 자질구레한 짐
은 한쪽으로 몰아놓자. 여름에는 책손을 부르자. 좋은 책을 만나러 좋

245

은 시골로 나들이하면서 좋은 삶을 누리자는 이야기를 나누자.

2012.4.26 책들

책을 장만한다. 책을 읽는다. 책꽂이를 장만한다. 책을 꽂는다. 글을
쓴다. 책을 묶는다. 책을 내놓는다. 사람들은 내 책을 어떻게 받아들
일까 헤아려 본다. 도서관 들머리 자리에 내 책들을 꽂아 본다. 내가
읽던 책을 먼저 꽂고, 내가 쓴 책은 나중에 상자에서 끌른다. 어쩌면,
나는 내 책을 살짝 푸대접한 셈이었을까. 나부터 내 책을 아껴야 할
노릇일까. 튼튼하고 커다란 책꽂이 넷을 들이니 퍽 보기 좋으며 야무
지구나 싶다. 즐겁다. 책을 만지는 손이 즐겁고, 책내음이 배는 손이
즐겁다. 이 손으로 낮에는 흙을 만지고, 저녁에는 책을 만지며, 온 하
루 살붙이들 살결을 만질 때에 더없이 즐거우리라 생각한다. 좋은 삶
을 생각하자. 아니, 내가 즐길 삶을 생각하자. 아이들과 즐겁게 누릴
삶을 생각하자. 곁님과 아름다이 이룰 보금자리를 생각하자.

2012.4.22 뒷산에서 바라보는 도서관

네 식구 뒷산을 오른다. 뒷산에서 멧풀을 뜯어먹고 놀다가 마을 논밭
사잇길을 천천히 걸어 도서관에 들른다. 뒷산에서 도서관을 바라보
니 참 예쁘다. 예전에 이곳이 초등학교였을 적에는 훨씬 예뻤겠지. 그
무렵 이 시골마을 복닥거리는 아이들 노랫소리가 가득 울렸겠지. 그
러나 앞으로 새롭게 아이들과 어른들 노랫소리가 알맞게 울릴 수 있
으면 넉넉하리라 생각한다. 학교도, 도서관도, 집도, 공공기관도, 우체
국도, 회사도, 모든모든 삶터와 집터와 일터는 이렇게 어여쁜 숲과 들
과 멧자락 사이에 알맞춤하게 자리잡아야 즐거울 수 있겠다고 느낀

다. 커다란 책꽂이 하나를 또 옮긴다. 세 차례째 옮기는 커다란 책꽂이는 퍽 수월하게 붙인다. 그래도 이 커다란 책꽂이 하나를 옮기자면 마치 밥 한 그릇 먹는 기운이 들어가는구나 싶다. 무게도 덩치도 대단하다. 속 빈 나뭇조각 아닌 통나무를 잘라서 마련한 책꽂이는 무게도 덩치도 대단한데, 이만 한 책꽂이가 되어야 백 해이든 이백 해이든 고이 이어갈 테지. 오늘 만화책 자리는 얼추 새로 갈무리했다. 다른 자리도 찬찬히 갈무리하자면, 앞으로 몇 달쯤 더 있어야 할까. 차근차근 갈무리하자. 한두 해 살아갈 마을이 아니니, 오래오래 지내기 좋도록 천천히 사랑하고 아끼자.

2012.4.19 큰 책꽂이 옮기기

아주 커다란 책꽂이를 스무 개쯤 얻은 지 석 주가 지났다. 혼자서 이 책꽂이들을 나르고 자리잡는다. 두 사람이 나란히 마주잡고 들면 그리 어렵잖이 나르거나 자리잡을 수 있지만, 혼자서 하자니 힘이 무척 부친다. 그러나 아이 어머니더러 도와 달라 할 만한 무게가 아니다. 혼자서는 등짐을 질 수 없을뿐더러, 너비와 길이 모두 참말 크다. 두 짝을 맞붙여 세우면 책을 신나게 꽂을 만큼 좋은 녀석인데, 들어 나르기 참 버겁다. 줄자로 길이와 너비를 잰다. 교실 문을 지나갈 수 있겠다고 느끼며 혼자 나른다. 골마루 한쪽에 세운 녀석을 십 미터 남짓 끌다가는 한쪽으로 눕히며 낮은 문턱 사이를 지나 밀어넣는데, 이동안 등판과 이마에 땀이 비오듯 쏟아진다. 머리와 등짝과 두 손을 몽땅 써서 무거운 책꽂이를 밀어넣고 나서 한숨을 돌린다. 눕혀서 넣었기에 천천히 일으켜세운다. 그냥 일으켜세우면 천장에 닿는 만큼 옆으로 돌려 눕히며 세운다. 이러다 책꽂이 무게에 그만 손을 놓쳐

쿠웅 하고 넘어진다. 아래쪽 뒷판이 조금 깨진다. 마지막에 놓치다니. 하나를 들였으니 다른 책꽂이도 이처럼 들이면 되겠구나 하고 생각한다. 여러모로 높고 넓어 먼저 들인 책꽂이 자리하고 어떻게 어울리도록 해야 할까 싶기도 하다. 창문 쪽에 맞붙이면 해가 너무 잘 들어오니 책이 바래어 안 된다. 창문을 좀 가릴 테지만, 돌려서 붙여야 할까. 책꽂이 사이를 지르는 나무 한쪽으로 천장하고 이어 보는데, 이렇게 해서는 무게를 못 버틴다. 작은 나무토막으로 네모상자를 만들어 책꽂이가 천장하고 꽉 끼도록 넣어야겠다고 생각한다.

2012.4.18 단풍나무 푸른 빛깔

사람들은 단풍나무라 말하면 으레 붉게 물든 잎사귀만 떠올린다. 나도 시골에 보금자리를 마련해서 살아가기 앞서까지는 단풍나무는 붉은잎으로만 생각했다. 이러다가 시골에 보금자리를 마련한 뒤 단풍꽃과 단풍씨를 보면서, '그래 내가 국민학교 다니던 때 학교에서 날마다 보던 단풍나무는 봄부터 가을까지 다른 빛깔이었잖아. 게다가 단풍씨앗으로 얼마나 재미나게 놀았나.' 하고 떠올렸다. 4월 15일께만하더라도 새 잎사귀가 돌돌 말린 채 살짝 푸른 점처럼 보이던 단풍나무였는데 4월 17일이 되니 새 잎사귀는 거의 풀린 모습이고, 4월 18일을 맞이해 단풍잎이 모두 활짝 펼쳐진다. 푸른 잎사귀가 싱그럽다. 푸른 잎사귀 사이사이로 봄맞이 단풍꽃이 새로 피려고 한껏 기지개를 켠다. 책 갈무리 하고 책꽂이 자리잡고 하는 일로 바쁘지만, 한참 단풍나무를 바라보며 봄을 생각한다.

2012.4.8 사람이 읽는 책

나로서는 날마다 새롭다. 나로서는 우리 집 두 아이 크는 모습이 날마다 새롭고, 우리 도서관 살림새 날마다 말끔해지는 모습이 언제나 기쁘다. 나는 스스로 얼마나 새롭게 거듭나는 사람일까. 나는 내 삶을 얼마나 잘 읽는 사람일까. 나는 내 살붙이들 꿈과 사랑을 얼마나 잘 읽는 사람일까. 책을 읽는다면 사람을 읽고, 책을 좋아한다면 사람을 좋아해야 마땅한 사랑길이라 할 만하지 않을까. 이제 찬찬히 숨통을 트면서, 누군가 손님을 불러 도서관을 보여줄 수 있으리라 생각해본다. 내가 이곳을 좋아하고 아낄 때에 손님도 이곳을 좋아하며 아낄 테지. 내가 우리 살붙이들을 좋아하며 아낄 때에 서로서로 좋아하며 아끼는 우리 집이 될 테지.

2012.4.4 봄햇살 책시렁

봄햇살이 책시렁으로 스며든다. 겨울에는 골마루 쪽으로는 햇살이 들지 않았다고 느꼈는데, 아마 봄부터 가을까지는 골마루 쪽으로도 햇살이 드는구나 싶다. 옛 초등학교 건물이기 때문일까. 햇살이 아주 포근하게 스며든다. 곁님이 보던 책을 골마루에 새로 세운 커다란 책꽂이에 꽂자고 생각하며 하나하나 꽂는데, 곱게 스며드는 저녁햇살을 느낀다. 하루에 한두 시간 바지런히 꽂는다. 한두 시간쯤 책을 꽂노라면, 조금 더 조금 더 하는 생각이 들지만, 날마다 조금씩 하노라면 어느새 일을 마무리짓겠지.

2012.3.31 서재도서관

도서관에 새로 놓을 책꽂이를 3.5톤 짐차에 가득 실어 가져왔다. 순천

249

에 있는 헌책방 사장님이, 순천 쪽 어느 도매상이 문을 닫을 때에 책
꽂이를 통째로 빼냈다고 한다. 문닫은 도매상에서 책꽂이랑 7톤어치
책을 빼내는 데에 일꾼을 이백만 원어치 썼다는데, 책꽂이를 나누어
받아 짐차에 싣고 도서관에 부리고 보니, 일꾼들 일삯으로 그만 한
돈을 쓸밖에 없겠다고 느낀다. 책꽂이는 참 크다. 생각해 보건대, 이
제 문닫고 만 도매상이 처음 문을 열면서, 가게 안쪽에 나무를 쌓아
벽과 가게 너비에 맞게 짠 책꽂이였을 테지. 한 번 짜서 벽과 가게 안
쪽에 촘촘히 붙이고 나면, 두 번 다시 이곳에서 빠져나갈 일이 없도
록 했을 테지. 벽과 바닥에 단단하게 붙은 채 서른 해 남짓 수십 수백
만 권을 얹었을 책꽂이는 거의 다친 데 없이 떨어졌다. 높이와 너비
가 꽤 되어 둘이 마주 들어도 팔다리가 덜덜 떨리는 커다란 녀석 또
한 휘어지지 않고 우리 도서관까지 왔다. 그러나 가장 커다란 녀석
은 문짝을 다 떼내고 창문을 다 떼어도 들이지 못할 만큼 크다. 하는
수 없이 벽에 기대 놓는다. 못을 빼고 나무칸을 뜯은 다음 다시 못질
을 하고 싶지 않으나, 이렇게 떼지 않고서야 안으로 들일 수 없으리
라. 커다란 책꽂이 하나를 교실 벽에 대 본다. 벽을 높직하게 잘 채운
다. 못을 박는다. 나 또한 이 책꽂이가 다시 떨어지지 않기를 꿈꾸며
벽이랑 바닥에 못질을 한다. 골마루 바닥인 교실이기에 못이 잘 박힌
다. 도매상에서 쓰던 책꽂이는 책을 더 많이 꽂도록 빈틈 거의 없을
만큼 알뜰히 짰다. 칸이 휘어지지 않을 만큼 사이를 댄다. 서른 해 남
짓 책을 받쳤다지만 휜 자국이 거의 안 보인다. 그래도, 나는 이 책꽂
이를 뒤집어서 박는다. 어느 책을 꽂을까 생각하다가, 내가 픽 아끼는
손바닥책을 꽂기로 한다. 정음문고이든 박영문고이든 을유문고이든
중앙문고이든 전파과학문고이든 신구문고이든 삼성문고이든, 헌책방

을 돌며 호를 빠짐없이 맞출 수 있는 노릇이지만, 나는 그때그때 내가 즐겁게 읽을 만큼 하나씩 사서 모았다. 내가 읽을 수 없는 책이라 한다면, 굳이 사서 어떤 쓸모가 있을까 생각한다. 내가 못 읽은 책을 내 아이가 읽을까. 내가 못 읽은 책을 다른 사람더러 읽으라 내밀 수 있을까. 내 도서관은 내 서재라고 느낀다. 내 서재는 내 도서관이라고 느낀다. 새로 옮긴 이곳에서 아직 '새 봉투'와 '새 이름쪽'을 마련하지 않았는데, '사진책도서관'이라는 이름을 그대로 쓰는지, 아니면 '사진책 서재도서관'이라고 새롭게 이름을 붙여 보는지 찬찬히 헤아려 본다. '사진책 서재'라고만 해 볼까. '도서관'이라는 말은 아예 덜고, 다른 이름을 붙일까.

2012.3.11 실장갑 끼고 매듭 풀고 맺기

지난해에 마지막으로 책짐을 꾸리자며 책을 묶을 때까지 맨손으로 책을 묶었다. 맨손으로 책을 묶으면, 여느 때에 으레 집일을 많이 하느라 꾸덕살 딱딱히 박힌 내 손은 더 투박하고 더 딱딱하게 바뀐다. 지난해까지만 하더라도 실장갑을 낀 손으로는 책을 묶거나 풀면 손느낌이 썩 와닿지 않았다. 올들어 이 책들을 끌르며 곰곰이 생각한다. 실장갑을 낀 채 아주 가뿐하게 책을 묶기도 하고 끈을 끌르기도 한다. 끌른 끈을 실장갑 낀 손으로 슥슥 펴서 휘리릭 매듭을 짓고는 빈상자에 휙 던져서 톡 넣는다. 내 나이를 돌아본다면 책을 읽은 햇수가 꽤 길다 할는지 모르겠는데, 여태껏 책을 읽은 햇수 못지않게 책을 만진 햇수도 길다. 1995년부터 해마다 살림집을 옮기느라 책짐을 늘 묶고 끌르고 다시 싸고 또 풀고 하기를 되풀이했다. 나는 언제나 내 등짐으로 책을 날랐다. 출판사에서 영업부 일꾼으로 한 해 동안 일하며 창고 책을 갈무리하느라 또 책을 수없이 만지기도 했다. 언젠 가는 한나절 동안 등짐으로 마흔 권짜리 전집 상자 270개를 혼자 등 짐으로 나른 적 있다. 이오덕 님 남은 책을 갈무리한다며 또 책을 끝 없이 만지작거렸다. 몇 만 권에 이르는 이오덕 님 책을 내 머릿속에 찬찬히 아로새기며 어디에 어느 책이 있고 어디에 어느 원고가 있는 가를 외우고 살았다. 두 아이와 살아가기에 하루 한나절 겨우 책 갈 무리에 쓸락 말락 한다. 고작 한나절 책을 만지는데 실장갑이 새까맣 다. 집에서 건사하며 곱게 돌보려 하는 책들인데, 이 책들을 한나절 만지는 데에도 실장갑은 새까맣다. 내가 읽어 건사한 책들은 헌책인 가 새책인가 그냥 책인가. 책을 털고 쓰다듬으며 제자리에 꽂느라 막 상 책을 읽을 겨를을 내기 힘들지만, 오늘 하루는 이 책들을 만지작 거리는 겨를을 냈다는 대목을 고맙게 여기며 싱긋 웃는다.

2012.2.4 두 아이와 함께
잘 듯 말 듯하는 둘째를 안는다. 첫째는 손을 잡는다. 둘 모두 낮잠을 잘락 말락 하면서 안 자며 버틴다. 낮잠을 자고 나서 신나게 놀면 좋 으련만. 어떻게 할까 생각하다가 도서관으로 간다. 첫째는 마음껏 달 리면서 놀고, 둘째는 아버지 품에서 논다. 도서관에 닿아 포대기로 둘 째를 업는다. 포대기로 업으니 둘째는 곧 곯아떨어진다. 잠든 아이를 바닥에 살며시 눕힌다. 첫째 아이도 졸음에 겨워 옆에 눕는데, 졸리면 서 끝까지 버틴다. 그래도 한 아이는 잠들고 한 아이는 엎드려 그림 책 읽으며 놀아 주니, 이동안 도서관 책을 조금 갈무리한다. 아이들이 도와줄 때에 도서관 책 갈무리를 할 수 있다. 내가 아이들하고 즐거 이 놀 때에 아이들은 마음껏 놀다가는 스르르 잠들거나 조용히 쉰다.

2012.1.29 시나브로 꼴을 갖춘다

석 달째 그럭저럭 갈무리하고 치우면서, 사진책과 그림책과 어린이 책과 교육책 두려는 교실은 꽤 꼴을 갖춘다. 인천에서 도서관을 꾸리며 만든 사진틀 꾸러미가 꽤 많아, 이 꾸러미를 어디에 두나 하고 생각하다가, 책꽂이 벽에 붙이기로 한다. 책꽂이 벽에 못 자국이 생기니 싫지만, 즐기자고 생각한다. 빛깔 고운 사진을 붙여 책꽂이도 살고 도서관도 살리자고 생각한다. 어른 눈높이에 사진틀 하나, 어린이 눈높이에 사진틀 하나. 요 밑에는 나중에 조그마한 종이쪽을 붙일까 싶다. 이를테면, 고흥군 군내버스 '종이 버스표'를 널따란 판에 하나씩 그러모아 붙일 수 있으리라. 인천에 살던 어린 날 모은 '종이 버스표'라든지 음성에서 지내며 모은 '종이 버스표'도 그러모아 붙일 수 있겠지. 좋은 길을 생각하자. 예쁜 꿈을 품자. 도서관은 도서관대로 살림집은 살림집대로 아름다이 얼굴 사랑을 헤아리자. 오늘 한 시간 반쯤 갈무리하니 제법 꼴을 갖추네, 하는 말이 절로 나온다. 아직 어수선하거나 어지러운 잡동사니가 곳곳에 있는데, 이튿날 아이들 데리고 나와서 놀며 설레설레 치우면 되겠지. 나 혼자 흐뭇해서 사진 몇 장 찍는다. 다음에 와서 더 붙일 사진틀을 앞에 놓는다. 문간 옆 책상과 책꽂이도 다음에 올 때에는 다 치울 수 있으리라 믿는다. 참말 시나브로 꼴을 갖추니 시원하고 개운하며 좋다.

2012.1.14 바닥에 두꺼운종이 깔고 앉기

바닥깔개가 틀림없이 있는데 보이지 않는다. 집에도 도서관에도 없다. 어디로 사라졌을까. 아이가 느긋하게 앉아서 책을 읽으며 놀 자리를 마련해야 하는데 참 힘들다. 그러다 문득, 두껍고 큰 골판종이가 있다는 생각이 난다. 커다란 골판종이를 바닥에 깔아 본다. 꽤 괜찮다. 여러 겹 깔아 본다. 썩 좋다. 깔개를 바닥에 대어 찬바람이 올라오지 않도록 막은 다음 골판종이를 위에 깔면 훨씬 좋겠다고 느낀다. 내가 쓰는 책으로 글삯을 많이 벌면, 이리하여 이 초등학교 건물과 운동장을 통째로 장만할 수 있을 때에는, 바닥을 새로 하면서 불을 넣는 무언가 마련해서 누구나 신을 벗고 들어와서 드러누워 책을 읽을 자리를 꾸미면 얼마나 좋겠느냐 하고 꿈을 꾼다. 그때까지는 이렇게 어설프나마 책갈무리를 하면서 아이가 놀 자리를 꾸미자. 이렁저렁 하루치 책갈무리 마치고 집으로 돌아오면서 논둑길을 걷는다. 조금 돌아 찻길을 거닐 수 있지만, 난 이 길이 더 좋다. 흙을 밟을 수 있는 길이 즐겁다. 흙을 밟을 때에는 발바닥부터 머리끝까지 아주 싱그러운 기운이 올라온다고 온몸으로 느낀다. 우리 아이들부터 좋은 흙기운을 듬뿍 누릴 수 있기를 꿈꾼다. 나는 늘 꿈을 꾼다. 이 꿈 저 꿈 신나게 꾼다. 생각해 보라. 꿈을 꾸었기에 사진책도서관을 열었고, 좋은 곁님을 만났으며, 아이를 둘 낳고, 시골에서 살아갈 수 있잖은가.

2012.1.2 그림책 하나하나 꽂으며

새해를 맞이하고도 온갖 집일이 나를 부른다. 그러나 나는 이 일거리에 치이지 말자도 다짐하고 또 다짐한다. 나를 부르는 집일을 예쁘게 맞이하자고 다짐한다. 나 스스로 기뻐하면서 집일을 해야, 비로소 우리 집식구를 예쁘게 사랑할 수 있다고 생각한다. 아니, 이렇게 느낀다. 내가 사랑하면서 집일을 건사할 때에, 내가 사랑하면서 얼싸안는 우리 집식구 아닌가. 집안에 짐이 쌓이지 않게 하자며 빈 상자랑 다읽은 책을 자전거수레에 차곡차곡 싣는다. 날이 차니 혼자 도서관에 가서 책을 갈무리하기로 한다. 두 시간 즈음 땀 뻘뻘 흘리며 상자를 끌러 책을 꽂는다. 꽂히기를 기다린 책들을 하나하나 쓰다듬는다. 그림책 꽂을 책꽂이도 모자라겠다고 느끼지만, 꽂는 데까지 꽂자. 빽빽하게 꽂지 말고 손이 들어갈 틈은 남기자고 생각한다. 아침에서 낮으로 넘어가는 햇살이 포근하고 보드라우며 맑다. 어느새 한낮이 가깝다. 이제 부지런히 집으로 돌아가 밥을 차려야지. 아이가 배고프다며 어머니 괴롭히겠다. 아이가 좋아할 만한 그림책 두 권 뽑는다.《로타와 자전거》가 여기에 있었군. 아버지부터 대단히 좋아해서 아끼며 읽던 그림책이요, 아이를 무릎에 앉히고 이 그림책을 얼마나 많이 읽어 주었나. 이제 아이는 이 그림책 글을 새로 읽어 주면 예전보다 훨씬 잘 알아듣겠지. 아스트리드 린드그렌 님 글책이나 그림책이 꽤 많이 번역되는데,《로타와 자전거》만큼은 다시 나오지 못하는 일이 안타깝다. 내 오래된 책은 자꾸 낡으며 때가 타는데, 새로운 책은 그예 안 나오려나.

전남 고흥
시골마을로
다시 옮기다

2011년
12월 30일~10월 13일

2011.12.30 책꽂이 걱정

도서관 책꽂이가 아주 많이 모자란다. 그런데 어떤 책꽂이를 마련해야 할는지 선뜻 생각을 갈무리하지 못한다. 커다란 책꽂이 마흔 개는 있어야 교실 두 칸에 널브러진 책들을 꽂을 수 있다. 이 널브러진 책을 꽂아야 비로소 도서관 꼴이 나서 사람들한테 둘러보라고 할 수 있고, 교실 한 칸에 그럭저럭 꽂은 책도 이래저래 자질구레한 것을 치울 틈이 생긴다. 그러나, 살림집 끝방부터 아직 제대로 치우지 못했고, 살뜰히 건사하지 못하는 집일을 돌아보느라 몸이 그만 지쳐, 도서관 책꽂이 일을 자꾸 뒤로 미룬다. 나 스스로 책꽂이를 짤 겨를을 낸다면 모르나, 책꽂이를 짤 겨를이 없다면 목돈이 들더라도 하루 빨리 새 책꽂이를 마련해야 한다. 면내 우체국에 소포꾸러미 보내러 가는 길에 살짝 들러 한 시간 즈음 책 갈무리를 한다. 하루에 한 시간이라도 이렁저렁 치워서 교실 한 칸이나마 어설프더라도 열어 놓을 수 있도록 해야 하나 하고 생각해 본다.

2011.12.4 아톰 책 있어

아침에 아이 손을 잡고 도서관에 나온다. 여느 날처럼 늘 일찍 일어난 아이하고 아침에 한 시간 즈음 책을 갈무리할까 하고 생각한다. 오늘은 논둑길을 걸어 들어온다. 이 논둑길을 지나면, 우리가 빌려쓰는 옛 홍양초등학교 운동장이며 빈터이며 온통 나무를 심은 데를 가로질러야 한다. 나는 그럭저럭 지나가지만, 아이 키로 보자면 이 나뭇가지는 우람한 나무들 덤불이나 수풀일는지 모르겠다. 이 길을 지나다가 아이 허벅지가 좀 긁힌다. 바지를 좀 입고 나오지. 아버지가 책짐을 끌러 제자리에 꽂는 동안 아이는 만화책 놓은 데에서 아톰 만화책을 알아본다. "아버지 나 이거 하나 꺼내 줘." 상자에 꽉 긴 아톰 만화책을 아이가 제 힘으로 꺼내지 못하니 나한테 꺼내 달라 한다. 가만히 바라보다가, 한 권 따로 떨어진 일본판 아톰 한 권을 건넨다. 너는 한글도 일본글도 아직 모르니 더 정갈하고 깨끗한 판으로 된 일본 아톰으로 보렴. 오늘은 읍내 장마당에 가기로 해서 살짝 책을 추스르고 나오려 한다. "자, 이제 집으로 갈까?" 그런데 아이가 무얼 찾는 낌새이다. "아버지, 나 사진기 찾아 줘." 응? 아이가 목걸이로 하고 온 작은 사진기를 어디에 두었는지 못 찾겠단다. 이런. "어디에 두었는지 잘 찾아 봐. 아버지는 안 만졌으니 모르잖아." 한참 이곳저곳 살펴보지만 안 보인다. 참말 어디에 두었을까. 어디 구석진 데에 숨기지 않았겠지만, 아이가 얼결에 어딘가 올려놓고는 이 자리를 못 찾으리라. 나도 도무지 못 찾겠다. 나중에 다시 와서 찾기로 하고 집으로 돌아간다.

2011.11.28 책 말리기

책짐을 나를 때에 바깥벽에 맞추어 쌓았는데, 슬슬 바깥벽 쪽에 붙은 책을 끄집어 내어 끌르다 보니, 바깥벽에 붙은 상자가 축축하게 젖은 줄 느낀다. 벽에 붙인 책은 바깥벽을 타고 물기가 스민다. 깜짝 놀라 부랴부랴 벽 쪽에 붙은 상자와 책을 모두 들어낸다. 상자는 얼른 벗기고, 바닥부터 물기 올라오는 책꾸러미는 창턱에 쌓아 볕바라기를 시킨다. 많이 젖은 책은 하나씩 떼어 따로따로 말린다. 벽에 붙이지만 않으면 괜찮을까. 이곳에서는 곰팡이가 필 걱정은 없다고 느끼지만, 교실 안팎 온도가 크게 달라 물기가 올라오며 젖을 수 있다는 생각을 해야 하는구나. 늑장을 부리다가 그만 책을 아주 망가뜨리고 말 뻔했다.

2011.11.24 손수레 끄는 어린이

아버지가 도서관에서 책을 갈무리하는 동안 아이는 제 마음대로 뛰논다. 사다리를 타기도 하고, 아버지 세발이로 사진찍기 놀이를 하기도 한다. 우리 손수레 바닥에 나무를 대자고 생각하며 집으로 끌고 오기로 한다. 아이는 제가 손수레를 끌겠단다. 판판한 길에서는 용을 쓰며 조금 끌기는 하지만 흙길이나 오르막은 아이 힘으로는 못 끈다. 아이보고 손잡이 안쪽으로 들어가라 이른다. 나는 뒤에 서서 민다. 아이가 앞에서 영차영차 끈다. 씩씩한 아이야, 너는 머잖아 이 손수레에 동생을 태우고 네 힘으로 이끌 수 있겠구나. 몇 해쯤 있으면 되려나.

2011.11.22 열쇠 따는 아이

도서관 문을 딸 때에 아이는 늘 "저가요, 저가요, 저가 할게요." 하면서 콩콩 뛴다. 아이가 열쇠를 따고, 사이에 낀 긴못을 꺼내겠단다. 딱 아이 눈높이 자리에 있는 긴못이기에 아이가 꺼내기 좋고, 아이가 자물쇠를 따고 채우기 좋을는지 모른다. 차근차근 책더미를 끌르고 제

265

자리를 찾고, 또 새 책꽂이를 들여 찬찬히 갈무리하면 아이가 신나게
이리 달리고 저리 뛸 책놀이터가 되리라.

2011.11.10 드디어 책 옮긴 지 이틀째

11월 8일 드디어 책을 옮겼다. 아침 일곱 시 반부터 책을 짐차에 싣는
다. 두 시간 남짓 들여 짐차에 책을 다 싣는다. 짐차에 책을 워낙 많
이 실은 탓에 충청북도 음성에서 전라남도 고흥까지 짐차가 닿는 데
에 여덟 시간 즈음 걸린다. 책꽂이와 책을 내려 등짐으로 옛 흥양초
등학교 교실로 나르는 데에 다섯 시간 남짓 걸린다. 새벽 네 시 넘도
록 등짐을 나르는데 밤에 실비가 뿌리기까지 한다. 어찌 되든 다 옮
겼다. 책은 다 왔을까? 사이에 새거나 사라지지 않았을까? 샌 책이 있
든 사라진 책이 있든 어쩌는 수 없다고 느끼나, 이 큰 덩이를 모두 옮
길 수 있기에 홀가분하다. 이제부터 나는 사랑스러운 책들로 사랑스
러운 삶을 누리는 이야기를 차근차근 쓰고 싶다. 아이들과 살아가는
시골자락에서 곁님이 마음밭과 흙밭을 예쁘게 일구는 나날을 즐거이
누리고 싶다. 잔뜩 쌓인 책을 갈무리하는 일은 이제부터 기쁘게 하기
만 하면 된다. 재촉하거나 다그치는 사람이란 없다. 해코지하거나 헐
뜯거나 등칠 사람 또한 없다. 나는 내 삶을 아끼면서 내 책을 아끼면
넉넉하다.

2011.10.21 시골집 벽종이 붙이기

네 식구 새로 살아갈 시골집 작은방 한 곳에 벽종이를 붙입니다. 얼
마 안 되는 자그마한 방인데, 이 방 하나에 벽종이를 붙이느라 하루
해가 넘어갑니다. 벽종이를 붙이는 품보다 낡은 벽종이를 긁어서 떼

느라 훨씬 오래도록 더 많이 품을 들여야 합니다. 하룻밤 묵히고 이 튼날 새벽에 들여다봅니다. 저녁에는 좀 들뜬다 싶던 자리가 하룻밤 자면서 제법 가라앉았습니다. 썩 볼 만하지 않으나 그럭저럭 괜찮습니다. 어제 작은방 하나에 벽종이를 붙여 보았으니 오늘은 곁달린 작은 방에도 벽종이를 잘 붙일 수 있을까 궁금합니다.

2011.10.13 '집숲' 마련하는 책터 꿈꾸기
누구는 어버이한테서 물려받은 돈이나 땅이 있어서, 곧, 아니 처음부터 따사로우며 넉넉한 '집숲'을 마련하거나 누리겠지요. 가장 아름답고 좋은 일이에요. 모든 사람이 가장 아름다우면서 좋게 살아갈 때가 참 즐거우리라 느껴요. 그러나, 둘째로 좋거나 막째로 좋다 하더라도, 이 길 저 길 거치거나 에돌면서 차근차근 '집숲'을 일굴 수 있으면, 이대로 또 예쁘면서 사랑스러우리라 믿어요. 우리 네 식구부터 좋은 마을자락 한켠에 깃들면서 고운 사람들 이웃으로 맞이하는 착한 일꾼으로 살아가려 합니다.

멧골집에서 지내며 둘째를 낳다

2011년
5월 20일~3월 1일

2011.5.20 사다리 놀이

새 책꽂이를 스물 들인다. 새 책꽂이는 형과 음성 어버이한테서 얻은 돈으로 장만했다. 내 팍팍한 살림돈으로는 도무지 새 책꽂이를 장만할 수 없었다. 새 책꽂이를 들이는 만큼 아침부터 저녁까지 도서관 문을 모두 열어 냄새를 뺀다. 지난 2007년에 주한미군 도서관에서 쓰던 책꽂이를 얻을 때에도 퍽 오랫동안 문을 열어 냄새를 뺐다. 주한미군 도서관 책꽂이에서는 노린내가 뺐는데, 한국사람이 쓰는 책꽂이에는 무슨 냄새가 밸까. 새 책꽂이를 들이는 만큼, 바닥에 널브러진 물건과 책을 알뜰히 갈무리할 수 있다. 신나게 치우며 갈무리한다. 아이는 집과 도서관 사이를 뜀박질하면서 오간다. 한창 뛰고 달리며 놀다가는 사다리에 올라탄다. "버리, 올라갈 수 있어요?" 하고 묻는다. 벌써 사다리에 다 올라간 다음 이야기한다. 제 키보다 훨씬 높이 올라가면서 안 무섭나 보지? 아이는 아버지가 빗자루를 들어 바닥을 쓸 때에는 "버리 빗자루 어디 있어?" 하고 묻는다. 저도 함께 비질을 하

273

겠단다. 아버지가 쓰레기를 주으면 저도 쓰레기를 줍겠다며 달려든다. 아버지가 짐을 나르면 저도 나르겠다며 손을 내민다. 참 귀여우면서 사랑스러운 아이가 어느덧 네 해째 이 집에서 함께 살아간다. 곧 태어날 둘째는 얼마나 귀여우면서 사랑스러울 아이일까.

2011.5.16 도서관이라는 곳은

살림을 시골자락으로 옮긴 지 한 해가 가깝다. 책짐은 살림을 옮기고 나서 두 달 뒤에 옮겼으니 시골자락 도서관이 된 지 한 해가 되려면 조금 더 남은 셈이기는 한데, 꽤 오래도록 책살림을 알뜰히 갈무리하지 못한다. 그렇지만 날마다 조금씩 갈무리하면서 차츰차츰 꼴이 나고, 오래도록 바라보며 천천히 갈무리하기 때문에 이 책들 한 번 더 만지작거리면서 생각할 수 있기도 하다. 사람들은 시골자락 사진책 도서관으로 찾아왔을 때에 무슨 책과 어떤 이야기를 스스로 건져올릴 수 있을까. 사진을 보는 눈길과 삶을 붙잡는 손길을 어떻게 다스릴 수 있을까. 생각하고 생각할수록, 도서관이란 더 많은 사람들한테 책을 나누는 일이 된다기보다, 이 도서관을 마련한 사람 스스로 제 삶을 책과 엮어 한결 사랑스레 돌보고프다는 뜻이 되지 않느냐고 느낀다. 도서관이란 무엇을 하는 곳일까. 이 책 저 책 그저 잔뜩 들여놓아도 될 곳인가. 널리 사랑받는 책을 갖추어야 하는 곳인가.

2011.4.15 오늘 못 읽는 책들을

날이 제법 따뜻해진데다가 집에서 물을 쓸 수 있는 터라 모처럼 서너 시간 도서관에서 책 갈무리를 합니다. 아이는 이오덕학교 언니 오빠 들을 따라 조잘조잘 혼자서 노래하면서 학교로 올라갑니다. 널찍

한 데에 자리를 얻어 넉넉하게 꽂아 놓는 책들인데, 집일과 학교일과 책 내는 일에 얽히다 보니 막상 도서관 책들을 찬찬히 꽂은 다음 자질구레한 짐을 치워 문간에 간판 하나 달고는 두루 알리는 일은 하나도 못합니다. 곧 둘째가 태어나면 아기 돌보랴 집일 하랴 하면서 도서관 살림 돌보기는 더 못할 텐데, 겨울이 지나갔기에 이불 빨래에도 마음을 써야 하는 만큼, 도무지 어느 하나 갈피를 못 잡는구나 싶습니다. 그저 쌓인 채 겨울을 보낸 책을 뒤늦게 끌릅니다. 아직 못 끄른 책이 좀 있습니다. 끌렀으나 제자리에 못 꽂은 책이 꽤 됩니다. 책꽂이 바닥에 신문지를 한 장 깔고 책을 차곡차곡 얹거나 세우거나 눕힙니다. 오래도록 둘 책이라면 세우지 말고 눕히라는데, 눕히면 꺼내어 읽기가 좀 번거롭습니다. 첫째가 조금 더 크고, 둘째가 곧 태어나서 첫째만큼 나이를 먹어야 이 도서관을 제대로 꾸린다고 이야기할 수 있을까 궁금합니다. 오늘 하루부터 제대로 꾸리지 못하면 앞으로도 제대로 꾸리지 못하는 셈 아닌가 궁금합니다. 집일을 하는 사람들이 읽을 수 있는 책은 무엇일까요. 집일을 안 해도 되는 사람들이 읽는 책은 무엇일까요. 애써 내 도서관까지 찾아올 사람들은 무슨 책을 집거나 살피거나 돌아볼까요. 사람들은 무슨 책으로 마음밥을 삼을까요. 사람들은 딱히 마음밥으로 삼을 책을 읽지 않아도 괜찮을까요. 나부터 내 삶에 마음밥 하나 살포시 놓는가를 곰곰이 헤아려야지요. 나부터 바쁘거나 고되다는 삶 탓이나 투정만 하지 말고, 이렇게 바쁘거나 고된 나날에 어떠한 책을 손에 쥐면서 내 마음밥으로 삼는지 살펴야지요. 심심풀이 책도 틀림없이 있습니다. 마음밥 책도 어김없이 있습니다. 두 아이와 곁님을 모두 보살피면서 살아야 하는 한 사람으로서 책까지 손에 쥐려 한다면, 집식구들 사람책 아닌 뭇사람 종이책

275

에서 무엇을 느끼거나 얻거나 받아들일 만한가를 깨달아야지요. 오늘 읽을 수 있으면 오늘 읽을 수 있어 반갑습니다. 오늘은 못 읽고 나중에 아이들이 대여섯 살 열대여섯 살 스물대여섯 살 즈음 될 때에 읽을 수 있다면, 그때에는 그때대로 내 마음도 한결 자라면서 더 깊이 읽을 수 있는지 모릅니다. 앞으로 열 해나 스무 해 뒤에는 어느 새책방이나 헌책방이나 도서관에서도 만나기 힘들 책을 이렇게 일찌감치 장만해서 시골마을 도서관을 꾸렸다는 뜻이라고 생각하자고 고개를 끄덕이며 봄날 한 자락 땀을 쏟습니다.

2011.3.11 그림책 읽기

어린이책을 만드는 출판사에서 일한 뒤부터 그림책에 눈을 떴습니다. 그림책을 처음 알아본 때는 대학교를 그만두고 신문돌리기로만 먹고살던 1999년 봄이었고, 이무렵 나온 그림책 하나를 동네책방에 주문해서 받아보고 넘기면서 '우리한테도 이만 한 그림책이 있구나.' 하며 놀랐고, 내 어릴 적에는 왜 이만 한 그림책을 이 나라 어른들이 여태 안 그렸는가 싶어 슬펐습니다. 어쩌면 고작 몇 해 사이라 할 만하지만, 몇 해 사이를 두고 누구는 퍽 좋은 그림책을 전집으로라도 만날 수 있었으나, 누구는 낱권으로든 전집으로든 그림책다운 그림책을 만날 길이 없이 지내야 했습니다. 좋은 그림책을 읽는다 해서 좋은 마음이나 좋은 사랑이 싹트지는 않아요. 그러나 좋은 마음과 사랑을 담은 좋은 그림책을 어린 나날 가까이하면서 '그림으로 담는 우리 삶자락 이야기'에 찬찬히 눈길을 둘 수 있습니다. 사람은 누구나 몸으로 움직이거나 부대끼며 배우지만, 몸으로 무엇을 어떻게 얼마나 왜 부대끼면 즐거울까를 헤아리는 길에 좋은 그림책은 아름다운

276

길동무 노릇을 합니다. 스물대여섯 살 나이부터 혼자서 그림책을 읽으니, 둘레에서는 아이라도 낳았느냐고 묻지만, 혼인을 하지 않고 홀로 지내던 이무렵부터 그림책을 즐거이 찾아 읽었습니다. 혼인을 한 뒤로는 더 자주 찾아 읽으며, 아이를 낳아 함께 기르는 때부터는 퍽 많이 찾아 읽습니다. 잘 빚은 그림책은 그림책답습니다. 잘 빚지 못한 그림책은 '사진을 찍어 옮긴 티'가 물씬 드러납니다. 사진을 볼 때에도 잘 찍은 사진은 사진다운 사진이지만, 엉성하게 찍은 사진은 '그림 느낌을 흉내낸다'든지 '글이 붙지 않고서는 사진으로 이야기를 들려주지 못하'기 일쑤입니다. 사진길을 걷는 사람이라면 좋은 그림책을 좋은 사진책과 함께 꾸준하게 만나야 참으로 즐거웁지 않겠느냐 생각합니다. 그림을 보는 눈이란 그림으로 어느 한 가지 모습이나 어느 한 사람 삶을 담을 때에 아주 오래도록 살가이 바라볼 뿐 아니라 구석구석 그림쟁이 손길이 닿아야 하는 만큼 아주 따사로우며 넉넉해야 합니다. 사진은 기계 단추만 누른대서 나오는 사진이 아니에요. 구석자리 자잘한 모습까지도 사진기를 손에 쥐어 단추를 누르기 앞서까지 모두 살피며 받아들일 수 있어야 합니다. 사람을 찍을 때에는 눈썹떨림이나 손끝떨림이라든지, 손톱에 햇볕이 튕기는지, 눈알에 어떤 그림자가 어리는지, 머리카락은 바람결에 따라 어떻게 움직이는지 들을 살살이 느껴야 합니다. 살내음을 느끼고, 사랑스러움을 받아들이며, 이야기 한 자락 길어올리는 흐름을 좋은 그림책 하나에서는 짙고 구수하게 담습니다. 좋은 그림은 좋은 사진을 도와주고, 좋은 사진은 좋은 그림을 이끕니다. 좋은 글은 좋은 그림이 태어나는 밑거름이 되며, 좋은 사진 때문에 좋은 글 하나 태어나곤 합니다.

2011.3.9 만화책과 사진책

나는 도서관을 열면서 '사진책도서관'이라는 이름을 내걸었다. 처음부터 '사진책도서관'을 생각하지는 않았으나, 문득 사진책으로 도서관을 꾸려야겠다는 느낌이 들었다. 나는 사진책을 즐겨 사서 읽지만, 사진책만 즐겨 사서 읽지 않는다. 인문책이든 국어사전이든 과학책이든 문화책이든 만화책이든 어린이책이든 환경책이든 믿음책이든 교육책이든 딱히 가리지 않는다. 내가 읽어야 할 책이라고 여기면 기꺼이 사서 읽는다. 내가 굳이 안 읽어도 될 책이라면 애써 사지 않으며, 내 삶하고 동떨어진 이야기를 다룬다면 애써 읽을 까닭이 없다고 여긴다. 그런데 왜 사진책이었을까. 더구나 왜 인천이었을까. 사람들은 이 '사진책도서관'에 찾아오면서 "책이 많다"고 말하기도 하지만 "다른 책도 많다"고 말하기도 한다. 사진책도서관이기에 사진책만 있으리라 생각하는 사람이 있는데, 사진책도서관이 아니라 그림책도서관이라 하더라도 그림책만 갖출 수 없다. 그림책 하나가 이루어지기까지 읽으며 받아들일 수많은 책을 함께 갖추어야 한다. 다만, 그림책도서관이라면 한복판에는 그림책을 놓겠지. 사진을 하는 사람들이 만들거나 읽는 사진책이란 사진을 담은 책이다. 사진을 담은 책을 들여다보면 '사진으로 무언가 찍어야' 이 책이 태어난다. 그러면, 사진쟁이는 무엇을 찍는가. 사진쟁이가 찍는 사람이나 자연이나 사물은 어떤 사람이나 자연이나 사물인가. 사진쟁이는 사진기를 쥐기 앞서 오롯한 한 사람으로서 온누리를 껴안아야 한다. 내 사진감이 될 사람이 어느 곳에서 어떻게 살아가며 무슨 생각을 하는지 알아야 한다. 이리하여 사진쟁이는 여러 가지 사진책뿐 아니라 인문책과 문학책을 읽어야 한다. 어린이를 사진으로 담으려 하는 사람이 어린이 넋과 삶과 꿈을 모르고서 어린이를 사진으로 찍을 수 있겠나. 그저 예쁘장한 모습을 담으려 한다면 어린이 삶을 모르고도 찍을 수 있을 테지만, 어린이 삶을 모르며 찍는 예쁘장하기만 한 사진도 사진이라 일컬을 수 있을까 궁금하다. 이 도서관에는 사진책 옆에 만화책이 있다. 인천에 있을 때에도 사진책 곁에 만화책이 있고, 옆에 그림책이 있으며, 한쪽에 국어사전 수백 가지하고 인문책이 나란히 놓였다. 왜냐하면 사진길을 걸어가면서 이 모든 책을 두루 살피지 않고서야 사진쟁이 꿈을 이루지 못하니까. 멧골자락으로 옮긴 뒤에도 사진책 옆에는 만화책을 놓는다. 이웃한 이오덕학교 어린이들은 사진책은 거들떠보지 않는다. 아마, 사진책이 있는 줄조차 못 느끼리라. 어린이들은 만화책만 읽는다. 앞으로는 그림책이나 동화책도 읽을 테고, 다른 글책도 읽을 테지. 아마 도서관에 찾아올 사진쟁이라면 사진책만 보일 텐데, 사진책과 함께 만화책도 읽을 수 있을까. 만화에 담는 꿈과 넋과 눈길을 곰곰이 살피면서, 사진으로 담는 꿈과 넋과 눈길이 어떠할 때에 더없이 사랑스럽거나 아름다울는지를 느낄 수 있을까. 도서관을 인천에서 연 까닭은 고향이 인천이기도 했지만, 예전에 출판사 영업부 일꾼으로 일할 때에 낸 통계를 보면, 우리 나라에서 책을 가장 안 읽는 곳이 인천이었기 때문이다. 책을 지지리도 안 읽는 인천사람한테 책 선물을 하듯이 책 나눔을 하고 싶었다. 그러나 새책이든 헌책이든 그닥 장만하여 읽지 않는 인천사람인 탓에 도서관을 연대서 더 즐거이 찾아와서 책하고 사귀지는 못할 수밖에 없다. 언제나 서울 등쌀에 시달리고, 늘 서울 들러리 노릇을 하는데다가, 좁은 우물인 인천을 벗어나 큰물인 서울에서 놀고픈 인천사람인 나머지, 인천이라는 터전을 고이 사랑하면서 인천사람 넋을 키우기란 만만하지 않다. 그래도 인천에서 예쁘게 뿌리내리는 사람들 가운데 몇몇한테는 책이라는 씨앗 하나가 깃들었을까. 나는 고향마을 이웃한테 책씨 하나 남기고 멧자락으로 도서관을 옮겼을까.

2011.3.7 책과 책꽂이

내가 연 도서관은 내가 주머니를 털어 장만한 책으로 마련했다. 누가 거저로 준다든지 잔뜩 보내준 책으로 연 도서관이 아니다. 그러나 책꽂이만큼은 내가 장만하지 않았다. 아니, 나는 책꽂이를 장만할 생각을 하지 못했다. 책을 사느라 바빠 언제나 주머니가 쪼들렸으니까. 인천집에 살던 고등학생 때에는 아버지한테서 얻은 책꽂이가 둘 있었다. 형이 쓰던 책꽂이는 형이 인천집을 떠나면서 나한테 물려주었다. 아버지가 쓰시던 장식장이나 책꽂이는 아버지가 인천집을 떠나면서 나한테 넘겨주었다. 내가 인천을 떠나 서울에서 신문배달을 하며 지내던 때에는 자전거로 신문을 돌리며 '버려진 책꽂이'가 있는지 눈여겨보았고, 제아무리 먼 데에 버려진 책꽂이라 하더라도 신문을 다 돌린 뒤 부리나케 달려가서 남들이 먼저 손을 쓰기 앞서 낑낑거리며 날랐다. 깊은 새벽, 신문배달 마치고 땀에 옴팡 젖은 후줄근한 젊은이는 무거운 책꽂이를 홀로 이리 들고 저리 지며 날랐다. 거의 다 혼자 들기 어려운 큰 책꽂이였는데, 서너 번쯤은 혼자서 한 시간쯤 낑낑대로 날라 오는 동안 팔뚝 인대가 늘어나서 자전거 타며 신문을 돌릴 때에 몹시 애먹었다. 이러다가 두 차례 책꽂이를 여럿 얻는다. 먼저, 충북 충주에서 이오덕 님 글을 갈무리하는 일을 하던 때에 스무 개 남짓 얻는다. 다음으로, 인천에서 드디어 도서관 문을 열던 때에 헌책방 아주머니가 알음알음하여 장만한 미군부대 도서관 책꽂이를 서른 개

남짓 얻는다. 날마다 책이 조금씩 늘어나니까 책꽂이 또한 날마다 늘어나야 하는데, 나는 책꽂이를 새로 살 생각을 늘 안 하면서 살았다. 인천에서 문을 연 도서관을 충북 충주 멧골마을로 옮기면서도 책꽂이를 새로 장만하지 못한다. 책짐을 옮기느라 돈이 무척 많이 들었고, 시골집 둘레에서는 책꽂이를 주워 올 데라든지 살 데를 찾기가 힘들기 때문. 멧골마을로 도서관을 옮길 때, 멧골자락에 도서관 자리를 내어주신 분이 삼 미터 남짓 되는 벽을 따라 단단한 책꽂이를 가득 마련해 준다. 이리하여 나로서는 또 책꽂이를 얻는다. 그런데 이 자리에 책을 꽂으면서 살피니, 이만큼으로도 책을 다 꽂아 놓지 못한다. 책꽂이가 모자라다. 가만히 생각한다. 나는 이제껏 내 책을 책꽂이에 알뜰히 꽂은 채 지낸 적이 한 번도 없다는 소리일까. 책꽂이가 조금은 빈 채, 그러니까 책들이 조금은 넉넉히 꽂힐 수 있도록 마음을 쓴 적이 없다는 이야기일까. 그렇지만, 책꽂이가 꼭 모자라기 때문에 책을 제대로 못 꽂는다고는 볼 수 없다. 곁님은 말한다. 내가 책을 이곳저곳에 늘어놓기 때문에 책이 얼마나 되는지 모르기도 하지만, 차곡차곡 제자리에 두지 않으니까, 이곳저곳에 잔뜩 쌓이기만 한다고. 어서 날이 풀려 저녁나절에도 도서관에서 얼른 책 갈무리를 마무리짓고 싶다. 아직 저녁에는 손이 시려서 책 갈무리를 오래 하기 힘들다. 얼른 날이 풀려야 우리 집 물이 녹을 테고, 물이 녹아야 걸레를 빨아서 그동안 쌓인 먼지를 닦으면서 집이며 도서관이며 건사할 텐데. 이제는 부디 따스한 날이 온 멧자락에 가득하기를 빈다.

2011.3.4 추운 날 책읽기

이오덕학교 어린이와 푸름이가 우리 도서관에 책을 읽으러 온다. 아직은 만화책만 신나게 읽는다. 그러나 만화책만으로는 제 눈높이에 맞다 싶은 책을 찾기가 만만하지 않은 만큼, 다른 책을 바라기도 한다. 나이가 가장 어린 아이는 그림책 꽂힌 자리에 가서 이것저것 살핀다. 나이가 조금 있는 아이는 이제 글책 있는 자리에 가서 이것저것 살피겠지. 그나저나 지난겨울도 그렇고 아직까지도 그렇고, 한 주에 한 차례 모든 어린이와 푸름이가 찾아오는 때에는 한 주 가운데 가장 날이 춥다. 전기난로를 켜 놓지만 이 난로로 따뜻하기는 힘들다. 칸막이 있는 방이 아니라서 따스함이 고이 남지 못한다. 그래도 차가워지는 손으로 만화책이든 그림책이든 글책이든 잘 읽는다. 아이들이 쥐는 책이 아이들한테 재미나지 않다면 손이 시린 데에도 읽을 수 없겠지. 손이 시려도 놓지 않을 만큼 재미나야 비로소 읽을 만한 책이라 여길 수 있겠지. 나는 내 도서관에 갖춘 책을 겨울날에는 두 손이며 두 발이며 몸뚱이며 꽁꽁 얼어붙으면서 한 권 두 권 살피면서 장만했다. 책을 장만하고 집으로 돌아가는 길에도 몸과 손발은 얼어붙었고, 집에서도 시린 손을 비비면서 읽었다. 맨 처음 책을 장만하는 사람부터 손발이 얼어도 꼭 사야겠다 느끼는 책이기에 장만하며 살아간다.

2011.3.1 책값과 살림돈

좋다고 여기는 책이라면 망설이지 않는다. 살림돈을 덜어 책을 산다. 요사이는 썩 좋다고 여기지는 않으나 내가 하는 일 때문에 사야 한다고 느끼는 책을 산다며 살림돈을 덜곤 한다. 지난 2007년부터 '사진책도서관'이라는 이름으로 '서재도서관'을 열었기 때문이다. 사진책을 한 자리에서 돌아볼 수 있는 자리가 마땅히 없는 우리 나라인 만큼, 다른 개인도서관보다 '사진책도서관'을 해야 한다고 생각했다. 내 삶은 내가 읽을 책을 사서 즐기는 삶이기도 하지만, 내가 꼭 읽지 않더라도 앞으로 사라지고 말 듯하다고 느끼는 책까지 살림돈을 털어 장만하는 삶이다. 서재도서관을 꾸리기 앞서부터 이렇게 책을 장만했다. 도서관을 시골로 옮기면서 책을 사기 퍽 힘들다. 인천에서 살아가며 도서관을 꾸릴 때에는 인터넷으로 책을 사는 일이 없었다. 늘 다리품을 팔아 책방 이곳저곳을 다니며 책을 샀고, 가방이 미어터지도록 책을 사들여 집까지 낑낑거리며 날랐다. 시골집 가운데에서도 멧자락에 깃든 두메에서 지내다 보니, 책방마실이 몹시 힘들 뿐 아니라, 한 달에 한 번 마실하기도 벅차다. 새로 책을 갖추자면 인터넷을 하는 수밖에 없다. 시골집에서는 인천 골목집에서 살 때처럼 달삯 집 때문에 버겁지 않다. 그러나 시골집에서 살아갈 때에는 인천에서 살아갈 때와 달리 '돈을 벌 일감'이 거의 없다. 도시에서 살아가면 '글 써 달라'는 일감이든 '몸을 써서 도와 달라'는 일감이든 흔히 있다. 시골에서는 이런 일감이 싹 끊어진다. 마땅한 노릇이다. 몸을 써서 돈을 벌 일자리야 마땅히 도시에 몰리며, 서울에 가장 많다. 글을 써서 돈을 버는 자리 또한 도시에 있으며, 거의 모두 서울에 몰린다. 서울사람들은 서울에서 살아가는 사람이 쓰는 글을 좋아하지, 서울 바깥 도시라든지 시골에서 살아가는 사람이 쓰는 글을 좋아하지 않는다. 아니, 서울사람은 시골사람 글을 좋아할 수 없다. 삶과 삶터가 다르기 때문에 '시골사람 글이 무엇을 말하거나 밝히는지 알아채지 못한'다. 이는 시골사람이 '서울사람이 쓰는 글을 못 알아채는' 흐름하고 똑같다. 시골사람은 쓰레기를 만들지 않을 뿐 아니라, 깨끗한 바람과 물을 마시면서 살아간다. 나무하고 멧짐승하고 벗을 삼는다. 시끄러운

283

노래가 아니라 멧새가 지저귀거나 멧쥐가 집구석에 기어들어 찍찍거리는 소리로 하루를 열고 닫는다. 풀이든 벌레이든 스스로 잡아먹는 닭이 새벽마다 홰 치는 소리를 듣는다. 자동차 소리라든지 장사꾼 짐차가 내는 소리를 듣지 않는다. 비가 오니 빗소리를 듣는다. 눈이 오면 온누리가 고요해지는 소리를 듣는다. 인천 골목집에서 살아가는 동안 빗소리와 눈소리를 느끼기는 했다. 골목 안쪽에 깃든 집에는 자동차가 거의 안 다니거나 못 다닌 만큼 참으로 호젓하다. 그러나 이런 골목동네를 어쩌다 한 번 지나가는 차가 있으면 되게 시끄럽다. 전철길하고 맞붙은 옥탑집에서는 새벽부터 밤까지 전철소리에 시달렸다. 억지로 사람이 만든 소리에서 벗어나 빗소리는 빗소리대로 듣고 눈소리는 눈소리대로 받아들이는 사람이 쓰는 글은, 어수선한 마음을 다스리려고 골목마실을 날마다 몇 시간씩 하던 사람이 쓰는 글하고도 다르다. 우리 집은 아이를 어린이집에 넣지 않는다. 내 이웃이나 동무 가운데 아이를 어린이집에 안 보낸 사람은 아무도 없다. 내가 잘 모르는 사람 가운데에도 아이를 어린이집에 안 맡기고 집에서 키운다는 사람은 요사이 본 적이 없다. 모두들 '아이를 어린이집에 넣으며 드는 돈'을 걱정한다. 정치하는 이들이 '어린이집 배움삯'을 도와주어야 한다고 말한다. '일터에 어린이집을 마련해야 한다'고 바라거나 여러 가지 '아이돌봄 정책'을 마련해야 한다고 외친다. 이러한 바람은 옳다. 나라살림을 꾸린다는 분들은 이러한 문화와 복지를 하려고 세금을 거두어야지, 전쟁무기를 만들거나 군대를 크게 부풀리려고 세금을 거두어서는 안 된다. 그런데, 아이를 왜 어린이집에 넣어야 할까. 우리는 우리 아이들을 왜 우리 손으로 돌보거나 사랑하지 못할까. 우리는 돈을 얼마나 많이 벌어야 하기에 아이를 어린이집에 넣고 돈을 버는 일터로 나가야 할까. 우리가 돈을 번다는 일터는 우리 땅과 삶터와 자연을 얼마나 아끼는 일터인가. 내가 버는 돈이란 어떤 돈인가. 내가 번 돈을 나는 어떻게 쓰면서 살아가는가. '사진책 도서관'을 시골로 옮긴 뒤 겨우겨우 버티는 살림돈으로 먹을거리를 마련한다거나 몇 가지 세금을 내거나 불때는 기름값을 대다 보면 어느새 바닥이 난다. 그래도 새로운 책을 사야 한다. 도서관 이름에 걸맞게 새로운 사진책을 사야 한다. 사람들이 함부로 보는 바람에 다치고 만 책을 다시 사기도 해야 한다. 인터넷으로 책을 사는 데에서 '이 책을 사야겠다'고 생각하며 장바구니에 담지만, 이 책들을 사다 보면, 우리 살붙이 이달치 살림돈은 거덜나겠다고 느끼며 선뜻 마지막 단추를 누르지 못한다. 며칠 더 기다리자고 생각한다. 하루만 지나도 이 책을 누군가 사 가리라 느끼지만, 며칠 더 기다리자고 생각한다. 며칠이 지나지만 아무도 이 책을 사지 않을 때에 내가 사자고 생각한다. 하루가 지난 뒤, 내 장바구니에 담은 책은 깔끔히 팔린다. 나는 또 장바구니에 있던 책들 이름을 지운다. 마음으로 사고 눈으로 살 뿐이다.

고향
인천을 떠나
멧골로 가다

2010년
9월 17일~1월 7일

2010.9.17 멧골마을 새 도서관

어제 낮과 밤과 새벽에 도서관 책을 풀고 새 자리에 꽂으면서 생각을 한다. 이제 멧골마을에 자리한 이 도서관 이름을 어떻게 일컬어야 할까. 예전 그대로 쓰나. 새 이름을 붙이나. 새 이름을 붙인다면 '메꽃 책쉼터 함께살기'쯤으로 해 보면 되려나. 무릎이 시큰거리다 못해 자리에 앉아 다리쉼을 할 수 없을 때까지 일을 하고 집으로 들어오다. 책을 다 끌러 제자리를 잡을 때까지 무릎앓이는 그칠 수 없다.

2010.4.22 도서관은 인천을 떠난다

사진책도서관이라는 이름으로 2007년에 인천 골목동네 한켠에 자리를 틀었다. 오래오래 잇고픈 꿈은 그만 접기로 한다. 버거운 달삯이야 어찌어찌 내면서 버틸 수 있으나, 인천이라는 곳에서 책을 나누기에 알맞춤한 자리를 마련하기란 아직은 머나먼 노릇이 아닌가 싶다. 아픈 집식구 몸을 헤아리면서 인천 같은 도시가 아닌 흙 밟고 숲이 있는 시골마을을 찾아서 들어가야겠다. 5월 15일, 또는 5월 31일, 또는 6월 15일에 옮길 생각으로 자리를 잡고 짐을 꾸려야지. 인천을 떠나기 앞서 '마무리잔치'를 벌일 수 있을까.

2010.2.13　일과 청소

늦게까지 칭얼거리는 아이하고 어울리면서 한창 짜증을 많이 부리다가 잠들고, 이튿날에도 아침 일곱 시 반이나 되어서야 겨우 깨어나며, 아침에 부랴부랴 일손을 잡으려 하지만 아이는 어김없이 일찍 일어나니 아무것도 할 수 없다. 곁님이 집안을 치우자고 한다. 함께 쓸고 닦는다. 어느덧 아이는 배가 고플 때이다. 이제 밥을 해서 함께 먹어야 한다. 그러면 또 오늘 하루도 금세 아침이 지나가고, 아침이 지나가면서 아무 일도 못한 셈이며, 이대로 낮을 맞이하고 저녁까지 치닫겠지. 하루에 글 한 줄 끄적이기가 이렇게 고되고 벅찰 줄이야.

2010.1.25　보름만 견디자

이제 이주와 다음주 보름을 견디면, 한글학회 일에서 풀려나 홀가분하게 돌아다닐 수 있다. 주마다 고단하게 회의를 하고 보고서 마무리 손질을 해 주는 일은 더없이 싫다. 깊이 따지고 보면 고단하게 하는 만큼 일삯을 받는다고도 할 수 없다. 부디 제자리를 찾으며 나와 곁님과 아기 모두한테 제대로 품과 사랑과 손길을 나눌 수 있는 삶으로 돌아가고 싶다. 이러면서 우리 도서관도 알맞고 즐거이 뿌리내릴 터전을 찾을 수 있으면 좋겠다. 이제 슬슬 인천 '골목길 이야기'를 오붓하게 나눌 만큼 눈이 트인 셈인데, 눈을 트자마자 떠나야 한다면 슬프지만, 인천이라는 삶터와 골목길이라는 터전을 있는 그대로 읽어

내지 않는 사람들로 가득한 이 나라에서, 아니 이 인천에서 무얼 할 수 있겠는가. 골목길뿐 아니라, 우리 말과 헌책방과 책 이야기에서도 매한가지이다. 자전거 이야기에서도 똑같다. 나는 픽 자주 싸우듯이 일을 해 왔지만, 속내를 따지고 보면 싸운 삶이 아니라 즐기는 삶이다. 나로서는 온몸을 바치면서 이 모두와 함께 살고 있는걸.

2010.1.18 인천이라는 삶터
2009년을 끝으로 2010년에는 도서관 문을 열지 않으려고 속으로 다짐했습니다. 이제 인천을 떠날 수밖에 없기 때문입니다. 제가 무슨 대단한 운동가라도 되어 인천을 지킬 힘이 있지 않습니다. 그저, 인천이라는 곳만큼 책 안 읽는 바보가 많은 데가 없다고 느껴, 제 고향마을을 저버릴 수 없어 인천으로 돌아와 도서관을 열어 놓고 있었습니다. 곁님 몸이 몹시 나쁘기 때문에, 저 혼자 욕심을 내어 인천에 머물 수 없습니다. 다문, 인천이라는 곳을 인천에서 뿌리를 내리며 살아가는 사람들이 덜 아파하며 덜 슬퍼하는 가운데 더 기뻐하며 더 웃을 수 있는 이야기를 나누고자 하는 마음은 놓지 않을 생각입니다. 속으로 생각합니다. 살림집과 도서관은 인천을 떠나더라도, 나중에 다달이 한두 번씩이라도 골목사진 찍으러 찾아와서 머물 값싼 달삯방 하나는 얻을 수 있으면 좋겠다고. 달삯방을 얻으려면, 지난 2009년에 새로 나온 책들이 웬만큼 팔려 2쇄는 찍어 주어야 이 돈으로 달삯방을 마련할 텐데 하고.

2010.1.7 아픈 사람과
곁님이 아픈 줄 알면서도 제대로 보살피지 못하는 하루하루이다. 아프기에 더 마음을 쏟고 더 사랑해야 할 텐데, 있는 힘껏 용쓴다고 하다가도 나 또한 지치고 고단해지면서 그냥 드러눕기 일쑤이다. 옆에서 돌본다는 사람보다 돌봄을 받는 아픈 사람이 얼마나 힘겹고 고달플까. 그러나, 이런 푸념도 곁님과 아기가 고이 잠든 때에도 쉽사리 늘어놓기 어렵다. 이런 푸념을 할 겨를에 다리라도 주물러 주든가 모자란 잠이라도 챙겨야 할 판이니까.

첫째 아이
맞이한
책살림 꾸리기

2009년
12월 14일~2월 7일

2009.12.14 집에서 보내는 하루하루란

한글학회에 나가지 않고 집에서 아기와 곁님이랑 보내니 골목마실을
할 겨를을 넉넉히까지는 아니나 즐겁게 낼 수 있다. 이렇게 마음이 홀
가분하며 몸이 홀가분하고, 저절로 사진 또한 홀가분하다. 그러나 하
루가 다르게 인천 골목길은 재개발과 철거 때문에 무너지는 터라 마
음은 무겁다. 우리는 왜 더 넉넉하고 아름답게 살아가지 못하는가.

2009.11.5 아픈 몸

지난 토요일부터 아픈 몸이 조금도 낫지 않는다. 쉴 겨를이 없이 서
울로 일을 나와야 하기 때문이겠지. 어지러워서 드러누워 쉬어 주어
야 하는데 쉬지 못한다. 다가오는 주말에는 아무쪼록 잘 쉬면서 몸이
제자리를 찾아갈 수 있으면 얼마나 좋을까 하고 꿈을 꾼다. 그래야
아기를 데리고 가을 끝물 골목마실을 하면서 사진 몇 장 남길 텐데.

2009.9.11 도서관은 언제까지

서울에 있는 한글학회에 일을 나오고 나서부터는 골목길 사진찍기도 버겁지만, 도서관 지키는 일에서도 힘이 달린다. 그만큼 도서관 달삯은 손쉽게 낼 수 있겠지. 그러나 이러한 만큼 도서관을 동네 한켠에 연 뜻과 보람은 줄어들겠지. 그래도 어쩌겠는가. 이렇게 똥줄을 타듯 가까스로 도서관을 버티면서 달삯은 달삯대로 나가는 하루하루도 있을 때가 있기도 하니까. 그러려니 하고 견뎌야지, 지켜야지, 받아들여야지.

2009.7.19 학익동과 용현동

아이를 돌보면서 골목마실 떠나기가 만만하지 않다. 학익동과 용현동 같은 데는 혼자서 자전거를 타고 나가야 하고, 가정동과 가좌동, 그리고 선학동이라든지 산곡동과 계산동 또한 자전거를 타고 가야 하는데, 곁님 혼자 집에서 아이를 보니까, 좀처럼 가 보지를 못한다. 언제쯤 느긋하게 마실을 할 수 있을까. 또는, 언제쯤 아이와 함게 마실을 다닐 수 있을까. 길그림책을 펼쳐 놓으면서, 내 어린 지난날 이 길을 거닐던 모습을 헤아려 보기만 한다.

2009.7.4 네이버캐스트 '인천 배다리골'

네이버캐스트라는 데에 나온 '인천 배다리골' 기사를 읽었다. 생각없이 살아가며 겉스치는 구경꾼 목소리로 '남이 버젓이 살아가는 마을'을 엉뚱하게 이야기하는 일을 볼 때면 늘 성이 난다. 그러나 성낼 일은 아닐 테지. 그네들은 구경꾼이지 마을사람이 아니니까. 이 마을을 구경 삼아 지나가 볼 일은 있어도, 적어도 이 마을에서 한두 달이나

마 살아 볼 마음은 없을 테니까. 마음이 없는데 사랑이 꽃필 수 없다. 사랑이 꽃피지 않는데 눈이나 생각이 옳게 열릴 수 없다.

2009.5.17 좋은 책 많이 있네요

도서관에 찾아오는 책손 가운데 "좋은 책 많이 있네요." 하고 말씀하는 분이 퍽 많다. 아무렴, 나 스스로 내 삶을 북돋우거나 살찌우려고 하나씩 사서 읽은 책이니, 나 스스로 '안 좋은 책'을 사다 읽을 까닭 없다. 참말 나는 스스로 '좋은 책'을 사다 읽는다. 도서관이라서 이것저것 닥치는 대로 책을 갖추지 않는다. 나 스스로 즐겁게 읽으며 아름답게 돌아볼 만한 책을 사들이고 읽은 뒤 책시렁에 둔다. 그러니까, 누가 보더라도 "좋은 책 많이 있네요." 하는 말을 들을 만하다. 그러고 보면, 나처럼 내 힘으로 홀로 서재도서관 꾸리는 이들이라면 누구나 "좋은 책 알뜰히 갖추는" 셈이리라.

2009.5.15 자전거 이야기책

어제 새책이 하나 나왔다. 이태쯤을 기다렸던가? 아무튼 이제 마무리가 되어 햇볕을 본다. 책이름은 《자전거와 함께 살기》. 아직 인터넷책방에는 뜨지 않아 겉그림이 어찌 생겼는지 모르며, 책값이며 쪽수며 하나도 모른다. 이토록 궁금하게 나오는 책이란 사람을 얼마나 두근거리게 하는지. 어서 이 책을 받아 보며, 둘레에 선물도 하고 팔기도 하면서(나도 먹고살아야 하니까) 자전거 이야기를 나누어 보고 싶다. 언제나 그렇게 해 왔지만, 돈 주고 사 주는 사람한테만 '글쓴이 서명'을 해 줄 테다. 새책이 하나 나왔기 때문에 배가 고프지 않다.

2009.5.2 책 만지기

도서관 책꽂이 자리를 바꾸려고 어젯밤부터 끙끙거렸다. 아직 마무리를 짓지 못했다. 더 옮기고 추슬러야 하는데, 도서관 한켠에 쌓은 집살림을 새 살림집에 옮겨 놓아야 비로소 도서관 추스르기도 마칠 수 있다. 그래도 웬만큼 크게 자리를 바꾸었다. 나는 전기공사는 할 줄 몰라 전등을 더 달지 못하는데, 몇 군데 자리에 작은 등불을 달아 놓을 수 있다면, 책을 읽는 데에 더 좋을 수 있겠지. 이렇게 책을 만지고 책꽂이를 옮기는 동안 손바닥은 다시 딱딱해진다. 이 딱딱해지는 느낌이 더없이 좋다고 느끼다가 문득, 어쩌면 나는 이런 느낌 때문에 여태껏 수없이 살림집을 옮기지 않았느냐는 생각이 든다.

2009.4.24 물값

도서관 깃든 건물을 손보는 '건물임자네 건물을 돌보는 아저씨'가 와서, 이 건물에 물이 새는 자리를 알아본 끝에, 이 건물 물값은 물이 새면서 애꿎게 많이 나오는 줄 새삼 안다. 이리하여, 우리 집은 그동안 적으면 2만 원에서 많으면 4만 원 가까이 애먼 물값을 낸 셈이다. 내가 집삯 내고 사는 사람이라, 이렇게 알아보지는 않았다. 내가 집삯 받는 건물임자라 하더라도, 어느 누구도 애먼 물값을 치르지 않도록 해야 하지 않았겠는가. 애먼 물값을 떠나, 애먼 물이 버려지는 일은 우리 삶터를 얼마나 슬프게 하는가. 어쩌면, 내 살림이 한 달 이삼만 원에도 허덕이면서 아쉬워서 그러하다고 이야기할 수 있다. 그러나 나는 돈이 없기 때문에 오로지 몸을 더 쓰면서 세탁기를 안 쓴다든지 다른 기계를 안 쓴다든지 자가용을 안 몰지 않는다. 왜냐하면, 없는 살림에도 사진을 찍고 책을 사서 읽기 때문이다. 할 일은 할 뿐이며,

쓸 돈은 써야 한다.

2009.4.16 잠 안 자고 일하기

엊저녁 열 시쯤 잠들었을까? 저녁을 먹고 졸음이 쏟아져서 자리에 드러눕고 곧 일어나야지 했더니 깨록 잠들었다가 새벽 한 시 반에 깨었다. 그러고 나서 새벽 여섯 시 반까지 살림집 짐을 싸고 도서관으로 옮기고 하다가 새벽 여섯 시 반에는 자전거를 끌고 나와 골목마실을 하면서 사진을 찍었다. 집으로 돌아오니 열 시 반쯤. 이리하여 네 시간 가까이 자전거를 타고 돌아다닌 셈인데, 찻길을 따라 내처 달린 자전거질을 아니지만, 야트막하다고 하더라도 오르내리막이 끊이지 않는 인천 골목길을 자전거로 다니다 보니, 두 시간 넘고 세 시간 가까울 무렵부터는 허벅지가 당기면서 페달을 밟기 어려웠다. 네 시간 가까이 되면서 집으로 돌아오니 배고픔이 가시면서 몸에 힘이 쪼옥 빠진다. 그러나 그 뒤로 한잠도 못 자고 쉬지도 못하며 저녁 나절까지 그대로 있는다. 오늘 하루 동안 찍은 사진을 갈무리한다. 길그림책을 뒤적이며, 어느 동네 사진인지를 다시금 헤아려 본다. 동과 동을 넘나드는 집이 많아서 헷갈리곤 했는데, 아직 내가 그 집하고 익숙해지지지 않으니 이렇지, 더 다니면서 길눈이 또렷하게 트인다면 굳이 길그림책을 들춰볼 일이 없을 테지. 생각해 보면, 아직까지도 길그림책을 뒤적이며 동이름을 알아내야 한다는 데에서, 나 스스로 인천 골목길 사진을 제대로 못 담는다고 할 수 있겠다. 내 살갗으로 받아들이고 내 온몸으로 삭여낸다 한다면 사진을 찍는 그때그때, 아니 두 다리로 걷고 자전거로 달리는 그때그때 어디인가를 깊이깊이 새기지 않겠는가. 오늘 돌아다닌 동은 다음과 같다.

유동, 율목동, 신흥동2가, 신흥동1가, 선화동, 도화동, 숭의3동, 송림동, 송림3동, 도화2동, 창영동, 만석동, 송월동1가, 송월동3가, 북성동3가, 선린동, 관동2가, 송학동2가, 전동, 송림1동, 경동, 율목동

2009.4.14 이제부터 짐 나르기

아침부터 세 시간쯤 쉴 새 없이 글을 여러 꼭지 썼다. 이제는 우체국에 가서 책을 부쳐야겠고, 그런 다음 부지런히 짐 꾸리고 도서관으로 내리는 일을 해야겠다. 오늘 하루는 아주 바쁘리라. 그래서 어제는 일부러 푹 쉬어 두었다. 내일 하루도 참으로 바쁘리라. 모레는 어떻게 될까. 4층 살림집을 빼면서 도서관을 한결 알뜰히 다스리기로 마음먹는다. 그러고 보니, 책상 셋을 도서관에 새로 놓은 셈인데, 아직까지 이 책상 앞에 앉아서 조용히 책을 즐기는 도서관 손님은 없다. 날이 따뜻해지면, 책상 앞에 앉아서 책에 살며시 빠져드는 사람들 발길이 하나둘 생겨 날 수 있겠지.

2009.4.9 눈이 빠지게 사진 들여다보기

어제 낮에 달팽이 출판사 사장님을 만나, 5월 첫주에 나올 자전거 이야기책 교정을 보다. 그리고 이 책에 덧붙일 사진을 고르려고 인천집으로 돌아와서 여러 시간째 사진을 들여다보다. 골목길에 깃든 자전거 사진 하나와 헌책방에 깃든 자전거 사진 하나를 찾는다. 모두 174장을 골라낸다. 이 가운데 덧붙일 사진은 몇 장 안 될 테지만, 어차피 보는 김에 책에도 실을 만한 파일이 되는 녀석을 헤아리는데, 생각 밖으로 많이 찍었다고 느끼는 한편, 이제 와 돌아보니 재미난 모습을 담은 사진도 새삼스레 보인다. 지난날 필름스캔을 제대로 하지 못

해 파일이 영 안 좋은 모습도 깨달으면서, 아무리 좋은 기계를 쓴다 하여도 제대로 다룰 줄 모르면 값싼 기계를 쓸 때하고 하나도 다르지 않다고 느낀다.

2009.4.1 사진책 하나 장만하고 돌아오는

사진잡지 〈포토넷〉에 사진책 한 권 가져다주어야 한다. 다달이 사진책 이야기를 쓰기에, 이 책을 가져다주어야 이곳에서 책 사진을 찍어 신는다. 글을 쓰는 사람으로 보자면, 잡지사에서 다달이 우리 집으로 찾아와 글도 받고 책도 받아서 실은 다음 책을 도로 가지고 와서 돌려주어야 맞다고 느끼는데, 이와 같은 일은 아직 생기지 않는다. 내가 사는 집이 인천 아닌 서울에 있어도 이와 마찬가지가 되리라 싶다. 요즈음 잡지사에서는 다리품 많이 팔면서 책을 엮지는 않으니까. 노고산동 헌책방 〈숨어있는 책〉에 들러 사진책 여러 권을 장만한다. 미군부대에서 흘러나온 사진책을 고맙게 여러 권 챙길 수 있었는데, 주한미군은 이 나라에 끔찍한 짓을 많이 했지만, 주한미군 도서관에서 흘러나오는 책을 보면 무척 놀랍기만 하다. 더구나 주한미군 도서관 책은 뒤에 '대출표'가 고스란히 남는데, 우리 나라 같으면 거의 빌려볼 듯하지 않은 책들 대출실적이 꽤 된다. 언제였더라, 주한미군 부대에서 흘러나오는 책이 왜 이토록 많이 보이나 하는 이야기를 들은 적이 있는데, 미군은 세계 여러 나라에 마련한 부대마다 도서관을 아주 잘 갖추어서 언제나 여러 만 권이 넘는 훌륭한 책을 갖추는데, 이 책들을 '꾸준히 그 나라 헌책방에 내놓으'면서 그 나라 사람들한테 미국 문화를 퍼뜨린다고 했다. 이 이야기를 들으며 소름이 끼치기도 했고 짜증스럽기도 했는데, 그러는 한편 우리한테 없는 책을 볼 수 있기도 하고, 우리로서는 아직 모자란 책을 고개숙여 배워야 하기도 할 터인지라, 앞으로 우리 스스로 더 나아질 때까지는 조용히 곱씹어야 하지 않느냐 생각했다. 저녁 아홉 시 오십 분쯤 신촌역에서 지하철을 타고 신도림에서 동인천 급행으로 갈아탄다. 술 마시고 노는 사람은 아직 몰려들지 않을 때라 그럭저럭 널널하지만 주안역에 닿을 때까지 사람이 꽤 많아 아픈 다리 쉴 겨를을 내지 못한다. 주안역에서 살짝 자리에 앉아 알 배긴 종아리를 주무르면서 숨을 돌리며, 오늘 고른 책들을 집에까지 잘 들고 가자고 생각한다. 어머니한테 전화를 걸어 전세 보증금을 빌려 주십사 하고 말씀을 여쭐까 하고 한 달 앞서부터 생각하나, 차마 전화를 걸지 못한다. 그러면서 안부 전화조차 걸지 못한다.

2009.3.29 살림집

4월 15일까지 살림집을 빼야 한다. 그러나 새로 옮길 살림집을 아직 얻지 못했다. 동네에 마땅히 들어갈 만한 작은 방이 나타나지 않기도 하지만, 나타났어도 붙잡지 않았다. 그 집은 보증금 100에 달삯 15였는데, 도서관 달삯을 묶어서 헤아리면 너무 버거웠기 때문이다. 보증금 200에 10이라든지, 보증금 500에 5짜리 집을 찾기란 이제는 거의 꿈 같은 노릇일 테지. 4층 살림집에 있는 책을 꾸리고, 책꽂이 몇을 도서관으로 내려보낸다. 정 마땅한 집이 나오지 않는다면 살림살이는 죄다 도서관 한쪽 구석에 차곡차곡 쌓고 집없는 살림을 꾸려야 한다. 그러나, 이렇게라도 하지 않으면 안 된다. 몸이며 마음이며 느긋하게 쉬기란 아직까지 너무도 힘든 나날이다.

2009.3.21 고등학교 아침모임

이웃한 고등학교에서 토요일만 되면 '애국조회'란 이름으로 아침모
임을 한다. 때때로 월요일에도 한다. 이때마다 빽빽대는 어느 교사 목
소리가 온 동네로 울려퍼지는데, 저 학교 그 교사는 제 목소리가 율
목동과 경동과 유동과 창영동과 금곡동과 도원동까지 쩌렁쩌렁 퍼져
나가는 줄 알까? 어쩌면 신흥동과 선화동까지 퍼질는지 모른다. 그
새되고 거친 목소리로 온 동네 사람 귀청을 울리는 줄 알까? 아직까
지도 이 나라 아이들은 학교에서 '일제강점기 군대와 마찬가지'로 줄
을 반듯이 맞추어 서야 하며, 애국가를 부르고 국기를 앞에 두고 다
짐을 해야 하며, 교장 선생한테 가르침말을 들어야 한다. 아이들은 초
등학교 때부터 참된 나라사랑이 아닌 겉핥기 나라사랑에 길들어야
한다. 싱그러운 넋이 아닌 틀에 매인 꽉 붙잡힌 몸뚱이가 되어야 하
는 아이들한테 사진기를 쥐어 줄 때, 이 아이들은 무엇을 담아낼까.
홀가분한 얼이 아닌 사로잡힌 좁은 울타리에 갇힌 몸뚱이가 되어야
하는 아이들한테 붓과 연필을 쥐어 줄 때, 이 아이들은 무엇을 그리
거나 쓸까. 학교 교사들은 당신들이 아이들을 가르치지 않는 줄, 아이
들을 바보로 주눅들게 하는 줄 언제쯤 깨우칠 수 있을까.

2009.3.5 집과 책과

도서관에 나들이를 오는 분들은 '책을 보며 마음에 새기기'보다 '책
을 내 것(소유 물건)으로 삼아서 돌아가기'를 바라곤 합니다. 물건으로
집안에 모셔 두는 일이 나쁘지는 않습니다. 그러나, 마음에 먼저 새기
지 못하는 책을 물건으로 가지려 한들, 이러한 물건이 이녁 삶에 어
떻게 자리매길 수 있을는지 궁금합니다. 헌책방 나들이를 하다 보면,

때때로 헌책방 일꾼이 '이 책은 아직 안 팔려고 하는데' 하면서 '당신이 집에서 좀 차근차근 읽어 보려고 한다'는 책을 만나곤 합니다. 우리는 우기고 달래고 하면서 그 책을 물건으로 사들일 수 있습니다. 그런데 굳이 그 책까지 더 장만하여 읽어내어야만 마음밭이 넉넉해지는지 궁금합니다. 한 사람을 만나 사랑을 한다면, 그이와 한집에서 언제까지나 고이 살아내어야만 그이를 사랑하는 셈은 아니라고 느낍니다. 내 마음이 사랑을 하면 사랑입니다. 손을 잡아야만, 입을 맞추어야만, 살을 부벼야만, 아이를 낳아야만, 함께 죽어야만 사랑이지 않습니다. 저는 돈이 되는 사진을 안 합니다. 돈이 되도록 하라는 소리를 자주 듣지만, 굳이 돈을 일찌감치 붙잡을 마음이 없습니다. 먹고 살 만큼 돈을 벌기는 하지만, 우리 먹고사는 틀을 넘어서면서까지 돈을 쌓아둘 마음이 없습니다. 내 삶이 묻어나는 사진을 오래오래 즐기면서, 이러한 사진을 우리 두 사람과 아이한테 살며시 남기고 흙으로 돌아가고픈 마음입니다.

2009.2.22 봄에는 책꽂이를 바꾸자

봄이면 어느덧 도서관도 이태를 넘긴다. 이태라는 시간에 걸쳐서 사진책을 그러모은 도서관으로 동네 한켠에 자리잡은 일이 모두한테 보람이 있었을까 생각해 본다. 이제 이태가 흘러가는 만큼, 새봄과 새여름에는 새모습으로 도서관을 꾸며 보고자 한다. 아기 치다꺼리와 함께 도서관 돌보기를 하기란 몹시 힘들지만, 어찌어찌 해 보아야지. 날이 따뜻해지면 좀 나아지겠지. 믿어 보자.

사진을 하는 사람이라고 스스로 밝히지 못하면서 살아왔습니다. 글을 써 온 지 열여섯 해째가 되는데, 이동안 거의 한 번도 '글쓰는 사람입니다' 하고 이야기하지 못했습니다. 그러다가 지난해부터 띄엄띄엄 '글을 쓰고 사진을 찍고 동네 도서관을 하는 사람입니다' 하고 이야기하곤 합니다. 스스로 글쟁이 사진쟁이 도서관쟁이라고 밝히는 이름이 부끄러울 수 없습니다만, 우리 나라에서 글쓰고 사진찍고 도서관 꾸리는 매무새를 헤아리면, 저 스스로 이런 분들하고 똑같은 자리에 서기 부끄럽기 때문에 섣불리 밝히지 못했습니다. 제가 잘나서 하는 말씀이 아니라, 우리 스스로가 너무 못났기에 드리는 말씀입니다. 이달 2009년 2월에 나온 사진잡지를 죽 넘기면서, 처음부터 끝까지 제 눈길을 사로잡는 글이나 사진을 하나도 보지 못합니다. 눈이 붙잡히지 않습니다. 요즈음이 아닌 꽤 앞서부터 나라안에는 '만드는 사진'이 널리 퍼졌습니다. 대학교에서 교수들은 아이들한테 '만드는 사진'을 많이 가르치고, 아이들도 '만드는 사진' 아니고는 배우지 않습니다. 디지털사진과 포토샵만이 아닌, 사진감부터 만들어내고, 사람과 삶터와 자연마저도 억지로 꾸미거나 만들어냅니다. 젊은 사진쟁이들 작품을 가만히 들여다보면서 참으로 슬프다고 생각합니다. 왜 이렇게 있는 그대로 바라볼 줄 모르나 싶습니다. 그러나 조금 더 생각하니, 아이들이 그 대학생이 되기까지 저희 삶을 있는 그대로 꾸리도록 놓여나지 못했습니다. 어버이나 교사뿐 아니라 이웃들까지도 아이들이 아이다움을 갖추도록 돌보지 않았습니다. 아이 스스로도 나다움을 갖추고 북돋우고 키우고자 하지 못한 탓이 있다고 말할 수 있겠습니다만, 우리 어른들이 아이들을 판박이로 키운 탓보다 클 수 없습니다. 무엇보다도 우리 어른들은 아이들이 저마다 다 다른 생각과 꿈으로 다 다른 일과 놀이를 즐기는 한 사람으로 여기지 못한다고 느낍니다. 나이 일흔이더라도 배워야 하는 책이며 사진입니다. 나이 스물이라면 훨씬 더 배우고 생각해야 하는 책이며 사진입니다. 그런데 배움이란 성가신 일인가요. 배움이란 귀찮은 짓인가요. 배움이란 부질없는 노릇인가요. 배움이란 돈드는 마당인가요. 배움이란 따분한 얽매임인가요. 그러고 보면 제가 바깥에서 만나는 사람 가운데 참 많은 이들이 사진을 찍는다고 하거나 사진과 얽힌 일을 한다고 하는데, 어깨에 사진기를 메는 분을 만나기 퍽 어렵습니다. 어딘가 가방 깊숙하게 사진기를 숨기십니다. 사진가방을 들어도 꺼내어 쥐어들기까지 퍽 오래 걸립니다. 제 둘레에서 글쓰기를 한다는 분들조차 수첩과 연필을 꺼내기까지 퍽 오래 걸립니다. 때로는 아무것도 안 든 빈 몸이곤 합니다. 어쩌면 이분들 머리가 뛰어나게 좋고 이분들 눈썰미가 대단히 깊기 때문인지 모릅니다. 그때그때 적지 않아도 다 떠올려 내고, 그때그때 찍지 않아도 언제라도 만들어낼 수 있는 사진인지 모릅니다. 그렇지만 저는 그렇게 안 됩니다. 그때그때 적지 않으면 글을 못 씁니다. 그때그때 찍지 않으면 사진이 나오지 않습니다. 그래서 슬픕니다. 아기 기저귀를 빨고 다리고 하면서 눈꺼풀이 무겁지만, 아기는 밤이 깊어도 잠들 줄 몰라 어떡하나 하고 한숨을 쉬면서 잠도 못 자고 안고 어르며 놉니다.

배다리 보살피고
골목동네
사진 찍다

2008년
9월 29일~8월 23일

2008.9.29 시린 무릎

인천에서 부산으로 나들이를 다녀왔습니다. 무릎이 몹시 시립니다. 서른네 해 제 삶에서, 책하고 가까이 살아온 나날은 열일곱 살부터이니 꼭 반토막입니다. 반토막 굴린 무릎이 제 몸과 마음한테 말을 거는구나 싶습니다. '이제 좀 작작 하시지?' 또는 '앞으로도 네 마음을 파고드는 책을 오래오래 읽고 싶으면 가방을 좀 가볍게 하시지?' 하고. 인천에서 부산으로 가는 길, 부산에서 열 사진잔치에 쓸 사진꾸러미에다가 안내종이를 한 바리 쌌습니다. 24일까지 인천에서 사진잔치를 한 다음 곧바로 부산으로 옮겨서 해야 했기에, 손수 벽에서 사진을 떼어서 챙기고 손수 가방에 바리바리 넣었습니다. 그동안 제가 지은 책을 부산에 계신 벗님들한테 나누어 주려고 또 몇 꾸러미 꾸역꾸역 묶었습니다. 작은 노트북 하나와 반바지와 민소매옷 하나, 여기에 도시락 하나. 이렇게 짐을 챙기는데, 50킬로그램이 훌쩍 넘는 책짐을 가방에 메고 어깨에 걸치고 두 손에 들고 했습니다. 그리고 가슴팍에는 사진기 두 대와 필름 스물다섯 통. 집에서 전철역으로 걸어가는 길, 전철역에서 내려 영등포역에서 기차로 갈아타는 길, 무릎이 덜덜 떨리긴 떨립디다. 다섯 시간 반 남짓 달릴 무궁화 열차에서 읽을 책을 미처 못 챙기고 나온 터라, 영등포역에 있는 '재고책 싸게 파는 곳'에서 책 대여섯 권 삽니다. 이 가운데 두 권은 부산에서 잠을 재워 줄 분한테 드리려고 고릅니다. 이러구러 부산에 닿아 사람 만나고 볼일을 본 다음, 하루 나들이를 마친 뒤 저녁나절 잠자리에 들려고 언덕받이 집으로 찾아가는데, 계단 많고 가파른 언덕길에서 길을 헤매느라 무거운 짐을 잔뜩 이고 지고 든 채로 오르락내리락 하면서 기운이 다 빠지기도 합니다. 겨우 집을 찾아서 들어가니, 가방과 짐을 내려놓으니, 무릎이 무릎 같지 않습니다. 내 무릎이 맞나 싶더군요.

부산 일을 마치고 인천 집으로 돌아와서 쌀과 콩 씻어 안치고 찌개 끓이는 때에, 동네 헌책방 아주머니한테서 연락. 낮에 서울 홍대에서 '와우북페스티벌'이라는 책잔치에서 하는 '한국적 책마을을 꿈꾼다'는 어떤 대담 자리에 가야 하는데, 어떤 이야기를 하면 좋을까 갈무리를 해야 한다면서 함께 이야기를 해 보자고 하십니다. 그렇구나, 그 일이 있었지. 잊었네. 밥은 나중에 먹기로 하고, 찌개는 불어버린 채 가스렌지에 놓고 아래층 도서관으로 내려가서 도란도란 이야기를 나눕니다. 고픈 배이지만, 헌책방 아주머니하고 나누는 이야기는 고마운 마음밥이 되어 마음을 푸근하게 채워 줍니다. 문득문득, 지난 열일곱 해 동안 헌책방 나들이를 즐기는 동안, 어느 한때라도 밥때를 제대로 챙긴 적 없다고 떠올립니다. 몸에서 찾는 밥을 잊게 해 주는 책을 만났고, 몸은 고프고 가난했어도 마음은 부르고 넉넉했던 발자국을 하나둘 되돌아봅니다. 아주머니는 당신 일터로 돌아가시고, 저는 위층으로 후다닥 올라와서 불어터진 찌개에 밥을 푹푹 퍼 담아서 뱃속으로 냠냠짭짭 집어넣습니다.

　이튿날 서울 가는 빠른전철은 일요일에는 드문드문. 여느 날에는 출퇴근할 사람 때문에 자주 있는 빠른전철이지만, 일요일에는 멀뚱멀뚱 오래도록 기다려야 해서, 그냥 여느 전철을 타기로. 쉰아홉 헌책방 아주머니는 앉고 저는 섭니다. 서서 가며 이야기를 나누다가, 새벽 다섯 시 반에 일어나서 시청 앞에 일인시위를 가고 또 내내 책을 만지며 쉴 틈이 없던 아주머니는 사르르 잠듭니다. 저도 잠들고 싶습니다만, 잠들 수 없기에 가방에서 책을 꺼내어 읽습니다. 그야말로 눈을 부릅뜨며 읽습니다. 억지로 버티고 버틴 끝에 신도림역에 닿고, 미어터지는 사람 사이에서 갤갤거리다가 홍대역에서 내립니다. 동교동 모퉁이에 있는 헌책방에 들르고 건너편 짬 버스정류장 둘레에 있는 헌책방에 인사한 다음, 〈공씨책방〉에 들러 아주머님하고 인사를 나눕니다. 가야 할 길이 바빠 짧게 인사만 하고 노고산동 헌책방에 들러 책방 아저씨 안부를 여쭌 다음, 부랴부랴 걸어서 홍대 주차장 골목. 먹고 마시고 쓰고 버리고 하는 가게만 잔뜩 몰린 사이사이, 출판사에서는 돗데기시장 저리 가라 할 만큼 '싸게 팔아치우기' 장터가 벌어진 틈바구니에서 숨이 막히면서 행사장이 어디인가를 두 번씩 전화를 하고 와우북페스티벌 안내 자원봉사자한테 여러 번 묻고 다시 걸고 헤맨 끝에 온몸이 땀에 젖어서 겨우 찾아갑니다. 한 시간 사십 분. 책을 모르고 책방을 모르고 헌책과 헌책방을 모르는 사람들 사이에서 무엇을 말할 수 있었을까 궁금하지만, 헌책방 아주머니는 한 가닥 실마리를 보았다고 말씀합니다. 백 가지에서 아흔 가지가 못났어도 열 가지 좋은 대목이 있으면 그 열 가지를 칭찬하고 북돋우고 받아

315

들여야 한다고 말씀합니다. 밤을 잊은 채 시끄러이 술판 벌어지는 신촌 골목길에서 조금 허름한 밥집 하나 겨우 찾아서 맵기만 한 순두부찌개를 억지로 집어넣습니다. 언제부터 순두부에 고추와 고추가루를 시뻘겋도록 범벅을 해대었는지. 하이얀 순두부는 이제 두 번 다시 구경할 수 없는 노릇인지. 밥을 먹었어도 먹은 듯하지 않고 속만 쓰린데, 다시금 전철에 시달리면서 부평역을 지나고 주안쯤 되어서야 자리에 앉습니다. 삐걱거리는 무릎을 느끼며 엉거주춤 앉아서 무릎을 만지니, '이놈아, 네가 아무리 내(무릎) 임자라고 하지만, 이렇게 돌아치고 다녀도 되나?' 하는 소리가 끊이지 않습니다. 동인천역에서 내려 털레털레 집으로.

집에 닿아 그대로 마룻바닥에 쓰러져서 넋잃고 잠들기. 새벽 두 시 반에 퍼뜩 잠에서 깨어 주섬주섬 이불자락 챙겨 방으로 들어가 다시 자리에 눕기. 그리고 여덟 시 십육 분. 모처럼 여섯 시간 가까이 내처 잠들 수 있었나. 그러나 하나도 개운하지가 않네. 며칠 동안 찍은 스무 통 가까운 필름은 어느 날에 찾고, 어느 날에 스캐너로 긁나 하는 걱정에다가 택배로 날아올 책은 또 어느 세월에 읽고 갈무리하느냐는 근심. 그래도 이제는 우리 집이다. 미우나 고우나 우리 집이다. 새벽부터 밤까지 시끄럽게 전철과 기차가 지나가며 귀청을 때리지만 우리 집이다. 아기 낳고 뭐 하느라 방이고 집이고 온통 어질러져도 우리 집이다. 따르릉. 부산 보수동 헌책방골목 〈고서점〉 아저씨한테서 전화. 〈고서점〉 아저씨는 칠월에 딸아이를 낳았다고 합니다. 그러니 우리 집 사름벼리하고 동갑내기 동무. 이런저런 이야기를 나누다가 "어제 (책방골목잔치 마치고) 막걸리잔치 하셨어요?" "아뇨, 힘들어서 못했어요." 아무렴. 참말 힘드셨겠지요. 밥보다 잠이 더 고픕니다.

316

좀 드러누웠다가 일어나서 밥해 먹고 방바닥 훔치고, 친정댁에서 올 곁님과 아기 맞을 준비를 해야겠습니다.

2008.8.23 <small>아이 키우는 아저씨 작가</small>

2008년 8월 16일 새벽 다섯 시 사십육 분에 딸아이를 낳았습니다. 낳기는 곁님이 낳고, 저는 곁님 진통을 함께 받았습니다. 스물네 시간 진통을 하는 동안 옆에서 부축이고 주무르며 양수와 피를 닦았습니다. 아이를 낳은 뒤에는 곁님이 찬 기저귀를 빨고 밥을 떠먹였습니다. 이제 곁님은 이녁 손으로 밥과 국을 떠먹을 수 있을 만큼 되었지만, 아기를 안아 올리기에도 힘이 모자란 형편. 얼추 한 주쯤 지나면서 혼자서 뒷간에 가서 볼일을 볼 수는 있으나 다른 일은 하나도 할 수 없습니다. 또, 다른 일을 시켜서도 안 되지요. 예부터 세이레라는 말은 괜히 하지 않았습니다. 아이를 낳는 아픔과 아이낳기와 아이 돌보기를 옆에서 지켜보면서, 또 제가 손수 거들면서, 아이를 낳은 어머니들을 넉넉한 겨를에 걸쳐 느긋하게 쉬도록 마음을 기울이고 돌보아 주지 않으면, 나이 들어서 어머니뿐 아니라 아버지며 다른 집식구들이 애먹을 수밖에 없겠다고 새삼 느낍니다. 예전에는 머리에 깃든 지식으로만 알던 이야기를, 이제는 온몸으로 부대끼는 삶으로 깨닫습니다. 처음 진통을 하던 8월 15일 새벽부터 오늘 8월 23일 아침까지, 제가 잠든 시간이 얼마나 되나 손꼽아 봅니다. 한 주 동안 다문 열 시간이나마 잠을 잤나 모르겠습니다. 자리에 눕기로는 열 몇 시간은 누운 듯하지만, 제대로 잠든 시간은 하루에 한 시간쯤밖에 안 된다고 느낍니다. 아기를 낳는 동안 아파하는 곁님을 돌볼 때에는 돌본다고 잠을 잘 수 없습니다. 아기를 낳은 뒤에는 몸을 쓰지 못하는 곁님을 돌본다며 잠을 잘 수 없습니다. 아기한테 젖을 물리는 이즈음은 곁님과 아기 시중에 잠을 잘 수 없습니다. 그나마 곁님이 기운을 차려서 조금 움직이며 아기 기저귀를 갈아 주는 낮나절 살짝 눈을 붙일 뿐, 이 앞과 뒤로는 쉴 겨를이 없습니다. 아니, 쉴 겨를이 아니라 잠들 겨를이 없습니다. 하루에 열둘~스무 번 똥과 오줌을 지리거나 누는 아기입니다. 좀 자라면 덜할는지 모를 텐데, 그때는 덜하더라도 누는 똥과 오줌이 늘 테지요. 오늘로서는, 젖을 먹으면서도 오줌이나 똥을 누고, 젖을 먹고 잠든 다음에도 오줌이나 똥을 누며, 칭얼거려서 가슴에 안아 줄 때에도 오줌과 똥을 지립니다. 아기 낳기 앞서, 동네 이웃 할머님 댁과 곁님 집에서 천기저귀를 얻어서 갖추었습니다. 아기 사타구니에 차는 하나와 등에 받쳐서 싸는 하나, 이렇게 두 장을 날마다 열두 번에서 스무 번을 써야 하니까, 날마다 빨아야 하는 기저귀는 스물 넉 장에서 마흔 장입니다. 곁님은 앞으로 한 달 남짓 아랫도리에서 피를 흘릴 터이니, 곁님 기저귀도 날마다 두어 장씩 빱니다. 기저귀만 빨면 그래도 낫지만, 아기가 드러눕는 바닥 담요와 포대기도 빨아야 합니다. 처음에는 죄다 빨다가 너무 힘들고 빨래감이 많구나 싶어, 포대기는 하루에 한 번만 빨기로 하고 똥오줌 지린 데만 물로 헹구고 살짝 빨아서 다림질로 말린 뒤 다시 씁니다. 담요는 한 주쯤 쓴 다음 빨아야지요. 담요도 젖는 틈틈이 다림질을 해서 말립니다. 이러는 동안, 곁님이 배고프다고 하면 밥을 해서 먹여야 하니 밥을 합니다. 밥을 하는 사이 "여보, 아기가 오줌 쌌어요." 하고 부르면, "네." 하고 쪼르르 달려가서 기저귀를 갈고 아기 엉덩이 닦고 바닥 포대기 살짝 빨아서 다림질을 합니다. 그러고 다시 밥을 해서 쟁반에 받쳐서 대접을 하고, 그런 다음 뒷간 빨래통에 담가 놓은 기저귀를 빱니다. 빨아도 빨아도 끝이 없기는 하지만, 어제는 비가 내내 그치지 않아 집안에 널어 놓은 빨래가 좀처럼 마르지 않았습니다. 안 마르는 빨래에 부채질을 하고 다림질을 하는데, 이러고 있으면 또 "여보, 아기가 똥 쌌어요." 하고 부릅니다. "네." 하며 포르르 달려가서 기저귀 갈고 엉덩이 닦고 포대기 또 빨아서 다림질을 하고 내려놓는데, 이십 분 뒤에 또 오줌을 지립니다. 오늘 아침에도 새로 갈아 준 기저귀를 사타구니에 받치고 누운 지 이십 분 뒤 또 오줌을 지렸습니다. 곁님이 웃으면서, "벼리야, 아빠 이제 막 자리에 누웠는데 또 일으켜서 기저귀 갈아야 한다. 아빠 보고 한 번 웃어 줘라." 하고 말합니다. 푸석푸석한 얼굴로 아기를 째려보다가는 코로 볼을 한 번 눌러 준 뒤 기저귀를 갈고 포대기를 빨아서 다림질을 한 다음 눕힙니다. 곁님 어머님이 며칠 아기 돌보기를 도와주었을 때에도 일감은 많았는데, 곁님 어머님도 당신 살림살이를 돌봐야지요. 곁님 어머님이 가신 뒤에는 일감이 훨씬 많습니다. 하루 스물네 시간이 왜 이리 짧으냐 싶습니다. 일은 고되게 하면서도 밥맛이 돌지 않아 밥을 못 먹습니다. 제대로 말하자면, 밥때를 챙기지 못합니다. 밥때를 챙기지 못하니 어느새 배고픔이 가라앉고, 나중에는 힘이 빠져 먹을 마음을 잃습니다. 하루이틀 아닌 여러 날 잠을 못 자면서 빨래하고 뭐 하고 하느라 몸 균형이 깨진 듯합니다. 여느 때 71~72킬로그램 하던 몸무게가 오늘 아침에는 65.5킬로그램까지 줄었습니다. 오늘 새벽 네 시 오 분에 기저귀를 갈고 나서 다섯 시 십구 분까지 빨래를 하고, 다섯 시 사십오 분까지 다림질을 하다가 아기 기저귀를 또 한 번 갈면서 문득 이런 생각이 듭니다. '사람은 아는 만큼 보지 않는다. 유홍준 님은 아는 만큼 보인다고 말했으나, 이 말은 옳지 않다. 사람은 겪은 만큼 볼 뿐이다.

겪지 못했으니까 지식으로 머리에 있어도 살갗으로 파고들지 못하고 느낌(감동)이 없다. 때때로, 겪어 보지 않고도 (사물 속살을 꿰뚫어) 보는 이가 있는데, 이녘 스스로 바로 그 일을 겪지는 않았으나, 이녘이 겪은 다른 일을 미루어 살갗으로 받아들이기 때문이다. 가슴이 살았기 때문이다. 아는 만큼 보는 사람은 지식으로 보는 사람이다. 겪은 만큼 보는 사람은 삶으로 온누리를 보고 가슴으로 지구별을 껴안는 사람이다. 우리(나와 곁님)이 천기저귀를 마련해서 손빨래를 하고 아기한테 어머니젖을 먹이는 까닭은, 돈을 아끼고 싶기 때문이 아니다. 아이를 생각하기 때문이요, 우리 삶을 가꾸고 싶기 때문이다. 천기저귀와 어머니젖으로 자란 아이하고, 1회용 기저귀와 가루젖으로 자란 아이하고 몸이며 마음이며 같은가. 하루를 온통 바쳐도 모자랄 만큼 갖은 일에 허덕이지만, 이렇게 보내는 나날은 우리 아이가 앞으로 살아갈 나날과 우리가 앞으로 살아갈 나날과 견주면 얼마 되지 않는다. 이 얼마 안 되는 나날을 아이와 우리 자신을 더 헤아리면서 이처럼 보낼 수 있다면, 서로한테 더욱 힘이 되고 즐거웁지 않겠는가.' 아기 기저귀를 또 갈고 다시 빨래를 하고 다림질을 하니 여섯 시 삼십이 분. 이제 잠깐이나마 눈을 붙일까 했으나, 곁님이 "여보, 나 배고파요, 밥 줘요." 하고 부릅니다. "네." 하고 대꾸하며 미역국을 뎁힙니다. 잠자는 방에서 날뛰는 모기를 잡고 이렁저렁 있는 사이 아기는 다시 똥을 지리고, 저는 다시 기저귀 빨래를 하니 여덟 시 사십사 분. 히유, 하고 한숨 돌리며 바닥에 드러누워 허리를 펴지만, 또다시 밀려드는 '기저귀 갈기와 빨기와 다림질'. 아기와 함께 산 지 오늘로 엿새째인데, 이제 아기가 어떤 소리를 내느냐에 따라서, 기분이 좋은지 꼬리한지, 또는 오줌을 지렸는지 똥을 누었는지 알아차립니다. 아기는 긴 소리를

320

내지 않습니다. '윽' '끙' '끄' 외마디를 아주 나즈막하고 짧게 내뱉습니다. 마루에서 다림질을 하다가 이 소리를 듣고 후다닥 달려와서 이불 밑으로 손을 넣으면 촉촉하거나 물컹합니다. 기저귀 안 젖은 쪽으로 손을 닦고 다른 쪽으로 엉덩이를 살살 닦으면서 기저귀를 갈아 줍니다. 생각해 보면, 또 이야기를 들으면, 이런저런 돌봄이 노릇은 고단하고 힘든 일입니다. 다른 사람 말이 아닌 제가 겪는 일을 돌아보아도 참으로 고단하고 힘듭니다. 그러나 이 고단하고 힘든 일을 누구한테 맡길 마음은 없습니다. 빨아 놓은 기저귀는 안 마르고 아기는 또다시 오줌과 똥을 지리면 그지없이 까마득해서 부리나케 덜 마른 기저귀를 부랴부랴 다림질을 해서 대어 주는데, 꼭 '아버지가 되는 느낌'이어서 달갑게 받아들이지 않습니다. 내 삶이구나, 사람 삶이구나, 우리 삶이구나, 하는 느낌이어서 스스럼없이 받아들입니다. 지난주에는 곁님 양수 냄새가 제 몸에 듬뿍 배었고, 이주부터는 아기 똥오줌 냄새가 제 몸에 잔뜩 뱁니다.

아기가 아버지한테 살짝이나마 '평화'를 선물해 주는 아침 열 시 반 무렵. 조용히 옆방으로 와서 셈틀을 켭니다. 잠을 자고 싶지만, 이때에 잠을 자면 아예 셈틀을 켤 수 없기 때문에 눈 둘레를 주무르고 등허리를 주무릅니다. 뒷간에 갈 때를 빼놓고는 책장 한 번 펼치기 힘든 요즈음, 셈틀을 켜고 글 한 줄 쓸 틈은 엄두조차 내지 못합니다. 걸려오는 전화 받기는 귀찮을 뿐더러 짜증스럽기까지 합니다. 한창 기저귀를 가는데 전화가 오면 짜증부터 덜컥 납니다. 맞은편에서는 제 형편은 아랑곳하지 않고 자꾸 길게 이야기를 하려고 하면 얼른 끊고 싶으나, 당신 볼일을 마쳐야 전화를 끊어 주려고 합니다. "제가 한창 아기 기저귀를 가느라 전화 받기 몹시 힘들어요." 하고 말해도 '얼마나 힘든 줄' 거의 못 느끼지 싶습니다. 어릴 적을 돌이켜보면, 우리 어머니가 책을 읽는 모습은 거의 못 보았습니다. 언제나 일하는 모습 만 보았습니다. 집에만 계신 어머니이지만, 어머니가 해야 할 몫은 늘 끝이 없었지 싶습니다. 제가 철이 든 뒤에도 이러했으니, 제가 막 태 어난 아기였을 때에는 일감이 훨씬 많았으리라 봅니다. 그때 우리 어 머니께서는 아무런 '육아책'을 못 보셨으리라 생각합니다. 볼 겨를도 없지만, 볼 꿈도 못 꾸었겠지요. 그리고, 당신이 살아온 이야기를 글 로 적어 볼 마음을 품어 본 적이 있으셨을까요, 없으셨을까요. 있으셨 어도 하루하루 바쁘고 고단해서 연필 들어 일기장 적을 힘이 없지 않 았으랴 싶습니다. 연필을 들 힘이 있으면 빨래 한 점을 더 하거나 걸 레질 한 번을 더 한다는 마음은 아니었을까 싶고, 몸져누운 할아버지 를 여러 해 동안 수발을 들어야 했기에, 어머니 당신한테 '작가가 되 는 꿈'이 있었다고 해도, 좀처럼 뜻을 이루지 못했으리라 봅니다. 이 웃 동네에 사는 할머니 시인 정송희 님 말을 들으면, 시부모님이 모 두 돌아가시고 막내 아이가 혼인하기까지 '시인이라는 이름은 젊은 날에만 걸친 이름일 뿐, 정작 당신은 시를 쓸 틈과 힘이 없었다'고 합 니다. '시인이라는 이름을 서른 해 남짓 접어놓은' 채 사셨더군요.

여기까지 쓰는데 아기가 울어서 안아서 어르고, 조용해지면 밀린 기저귀를 빨고 다림질을 하고, 모처럼 해가 나서 빨래를 앞마당에 옮 겨 널고, 곁님 수박 잘라 주고, 똥 눈 아기 엉덩이 씻기고 하니까 세 시간이 훌쩍 지나갑니다. 아버지도 밥을 먹어야 하건만 밥때를 챙길 겨를이 없고, 밥을 챙겨 줄 손이 모자랍니다. 이제 막 곁님이 아기 젖 을 물렸으니 이십 분이나 삼십 분은 숨통을 틀 듯합니다. 후다닥 저잣 거리 마실을 다녀와서 제 먹을거리를 챙기고, 남은 기저귀를 빨고 다려야겠습니다. 새삼스레 생각합니다. '아줌마 작가'는 드물고 '아이 키우기와는 멀리 떨어진 채 살아가는 남성 작가'만 많은 우리네 모습이 떠오릅니다. 저는 '아이 키우는 아저씨 작가'로 살아가고 싶습니다.

사진책 도서관,
이제
문을 열다

2007년
9월 29일~6월 29일

2007.9.29 내가 생각하는 도서관

제가 생각하는 도서관은 열린 터입니다. 날마다 찾아갈 수 있어도 좋지만, 한 주에 한 번 찾아갈 수 있어도 좋고, 한 달이나 한 해에 한 번 찾아갈 수 있어도 좋습니다. 다만 늘 그곳에 있어서, 우리 마음을 쉬러 나들이 할 수 있으면 됩니다. 어릴 적이나 어른이 된 오늘이나, 이웃집을 찾아갈 때면 맨 먼저 그 집 책시렁을 둘러봅니다. 마음을 가꾸고 살찌우는 책읽기는 어떻게 하시는지, 책은 어떻게 대접받는지 살펴봅니다. 제 생각뿐인지 모르겠으나, 우리는 틈나는 대로 이웃집에 나들이 가야 한다고 봅니다. 아이를 데리고 갈 수 있으면 더 좋고, 아이들만 가도 좋습니다. 어른이 없어도 아이들은 저희끼리 잘 놉니다. 아이들은 누군가 같이 놀아 주어도 좋으나, 머리통이 조금씩 굵어지면서 혼자 노는 재미도 느낍니다. 이리하여 아이들은 차츰차츰 책나라로 빠져듭니다. 이웃집 나들이는 우리와 다른 사람들 삶을 만나고 함께하는 '열린 구멍' 느끼기라고도 봅니다. 이웃집과 우리는 다르기 때문에, 서로 좋아하는 책이 다르고, 사서 갖춰 놓는 책이 다르며 살림새와 집안 꾸밈새 모두 다릅니다. 어른이나 아이나, 이웃집 나들이를 하면서 '여태껏 보던 책과는 다른' 책을 느끼고, '이제껏 부대끼던 사람과는 다른' 사람을 헤아립니다. 도서관이란, 무엇보다도 다 다름을 느끼도록 돕고, 다 다른 것(사람과 책과 온누리와 겨레와 나라와 숲과 목숨)이 어떻게 어우러지는가를 굽어살피며, 이 다 다름이 어떻게 있을 때에 아름답겠는가를 우리 스스로 묻고 얘기하도록 깨우쳐 주는 배움터는 아닐까요. 우리 집 대문을 열어 놓으면, 바로 우리 집이 도서관이 됩니다. 놀이터가 되고 사랑방이 됩니다.

2007.9.1 '사진책'이란 무엇인가

우리 도서관은 아직 문연 지 얼마 안 된 탓도 있어서, 느긋하게 책을 즐기려는 분보다 분위기를 구경하려는 분이 더 많습니다. 아무래도 도서관 즐기는 지역 문화를 뿌리내리는 데에는 시간이 걸리기도 하지만, 도서관 앞에 붙인 말 '사진책' 앞에서 망설이시는구나 싶어요. 생각해 보면, 사진을 배우는 분이나 사진으로 먹고사는 분들 가운데 꾸준하게 다른 이 사진을 담은 책을 사서 갖추는 사람이 많지 않은 우리 나라입니다. 그저 사진을 좋아해서 틈틈이 찾아서 보는 분도 적어요. 그래서 우리 나라에서 사진잡지 하나가 살아남기는 힘들고 새로운 사진잡지 나오기도 벅차요. '읽는 사람'뿐 아니라 '사는 사람'도 있어야 하거든요. 여성잡지, 여성해방 이야기 잡지, 문학잡지, 문학비평잡지, 시사잡지, 운동경기 소식 잡지, 연예인정보 잡지, 만화잡지와 마찬가지로 사진잡지도 있습니다. 문학책 도서관, 또는 어린이책 도서관이라고 할 때, 이곳에서는 어떤 책을 갖출까요. 밑바탕으로, 문학을 다룬 책이나 아이들이 읽을 책을 갖추겠지요. 문학과 어린이책을 비평하는 책, 문학을 둘러싼 이야기를 다루는 책, 어린이 삶을 둘러싼 이야기를 다루는 책도 갖출 테고요. '사진책'이라고 할 때에는, 사진기로 찰칵 찍어서 담아내는 작품을 실어 모은 '사진작품모음'은 밑바탕입니다. 다음으로 사진비평이 있을 테며, 사진 문화를 둘러싼 이야기를 다루는 책이 있습니다. 사진을 한복판에 놓고 이야기를 펼치는 백과사전이나 도감도 있겠지요. 숲과 시골 삶터를 다루는 책이라면 으레 사진을 곳곳에 알뜰살뜰 써야 합니다. 아이들 그림책을 사진으로 엮을 수 있습니다. 사건이나 역사를 사진으로 엮어낼 수 있고, 마을 한 곳이나 나라를 두루 알리고 싶어서 소개책이나 홍보책으로 사진을 쓸 수 있습니다. 문화재를, 사람을, 삶터를 사진으로 그려낼 수 있고요. 사진은 딱 한 장만 쓰는 사진책이 있고, 사진을 잔뜩 넣었지만 사진책 갈래에 넣을 수 없는 책이 있어요. 마지막으로 졸업사진책이 있고, 여느 사람들이 당신 사진이나 집식구나 동무들 사진을 간직하던 사진첩이 있어요. 저는 이 가운데에서 졸업사진책과 개인사진첩을 무척 좋아하고, 국민학교 졸업사진책이 매우 재미있습니다.

2007.8.12 '읽는' 책
공부하려고 읽을 수 있는 책이고, 시간 죽이려고 읽을 수 있는 책이며, 무엇인가 세상 이치를 깨달아 당신 자리에서 올곧게 살아가고자 읽을 수 있는 책입니다. 우리 도서관에서는, 책손 나름대로 책을 읽을 수 있습니다. 공부를 하고 싶으시면 책상 한 자리 내어드려서, 여러 갈래 책을 쌓아 놓고 살필 수 있습니다. 시간 죽이려고 읽는 책이면 그냥 서서 죽 훑어도 되겠지요. 때로는 깔개에 드러누워서 즐길 수 있습니다. 저도 도서관에 있을 때면 가끔 깔개에 드러누워 지내는데, 누운 채 올려다보는 책꽂이며 책이며 퍽 새삼스럽습니다. 돌이켜 보면, 저는 그동안 '새로운 책'을 찾아나서고 제 품에 맞아들이는 데에만 지나치게 힘을 썼지 싶어요. 같은 책을 열 번이나 스무 번 읽어도 새로움을 느낄 수 있는데, 아니, 새로움이란 책 줄거리나 꾸밈새가 아닌데, 새로움이란 숲과 사람과 사물을 남다르게 느끼는 한편, 꾸밈없이 받아들일 줄 아는 내 눈길인데, 내 마음에 깃든 움직임을 느껴야 비로소 새로워지는데. 바삐 돌아다니거나 책이라는 물건을 '내 것'으로 삼는 데에 참 깊이 빠져 지냈구나 싶어요. 그래서 우리 도서관은 다른 책손님보다도 저 스스로를 돌아보며 가꾸는 곳이라고 느낍니다. 주머니 털어 사들이거나 물질로 가지는 책이 아니라, 찬찬히 읽고 곰삭이면서 마음으로 받아안아 제 삶을 추스르는 책. 깔끔히 꽂아 놓고 멋들어져 보이도록 하는 전시장이 아니라, 가벼운 옷차림으로 찾아와 가볍게 책을 가까이하고 구경하면서 '앞선 이들이 우리한테 남겨 준 그네들 슬기와 삶'을 느끼는 곳. 도서관 책도 모두 새책이면서 헌책입니다.

2007.8.4 책시렁 짜임새 바꾸기

〈조선일보〉 기자한테서 전화 한 통 걸려왔습니다. 찾아와서 취재하고 싶다던 그분은 '이곳에 아직 간판이 없다고 하던데' 하고 여쭙니다. 그래서 저는, '간판은 예전부터 있었는데, 안 보이는 사람한테는 안 보이겠지요.' 하고 이야기합니다. 전화를 끊고 살림집으로 올라가 빨래를 합니다. 가만히 생각합니다. 크다고 간판이요, 작다고 안 간판이 아니라고. 작든 어설프든, 이 간판을 살펴보지 못하는 이라면, 우리

328

도서관에 찾아와서도 책시렁에 꽂힌 책을 제대로 알아보기 힘들겠다고. 우리 도서관은 '찾기 힘든 자료'를 찾아내는 곳이 아니라, 언제나 이녁 마음을 느긋하게 다스리면서 이웃사람을 바라볼 수 있도록 이끄는 곳이요, 이녁 삶길을 고이 느껴서 더딘 걸음이라해도 즐길 줄 알도록 손길 내미는 곳이며, 두고두고 이어갈 수 있는 아름다운 마음결을 스스로 헤아리며 곰삭힐 수 있게 책을 열어 놓는 곳입니다. 도서관지기 두 사람이 책손한테 추천도서를 가르쳐 줄 수 없으며, 필독도서는 더더욱 알려줄 수 없습니다. 그저 오늘 이곳에 있는 그대로를 보고 듣는 동안 우리가 선 자리를 돌아보도록 자리 하나 내어주는 책마당입니다. 엊그제부터 책시렁 짜임새를 바꿉니다. 그동안 미처 못 꽂던 책을 꽂을 자리를 마련하는 한편, 앉거나 누워서 책을 즐길 자리를 넓힙니다. 우리 도서관을 처음 찾아오는 분한테는 '갈무리 안 되고 어수선한 곳'처럼 보일는지 모르는데, 틈틈이 찾아오는 분한테는 '조금씩 새로워지고 움직임이 그치지 않는' 곳으로 보일 수 있을까요? 책시렁 자리 다시 잡으면서, 여태 안 끌르던 책짐 몇 가지를 끌러 보았습니다. 그러면서 스무 해쯤 앞서 제가 모아 놓은 갖가지 물건과 신문기사가 눈에 뜨입니다. 배다리 골목 1991년 모습도 하나 찾았습니다. 역사는 이렇게 흐르는 나날이 저절로 만들어 주네요. 2020년에는 어떤 역사가 이루어질까요?

2007.7.21 무슨 책을 읽을까?

조금 앞서 〈경인일보〉 기자 한 분이 다녀갔습니다. 처음 이 도서관에 들어오니 헌책 냄새가 짙게 느껴졌다고, 여기에서 가장 애착이 가는 책으로 어느 책을 꼽을 수 있는지 묻습니다. 그래서, "여기는 도서관

이에요. 헌책이든 새책이든 모두 책이잖아요. 물건으로만 다를 뿐이
지요. 도서관에서 더 귀하고 덜 귀한 책은 없어요. 제가 사람들한테
어떤 책 읽어 보시라 말할 수 없잖아요. 스스로 맞는 책을 손수 알아
서 보셔야 하니까요. 여기 있는 책들이 다 얘기해 주어요" 하고 말했
습니다. 도서관에 오셨으니 도서관을 느껴 보시기 바라는 마음으로
죽 둘러보시라고 한 뒤, 저는 제 일을 합니다. 기자님은 취재하러 왔
기에 이야기를 여러모로 듣기 바라실 테지만, 도서관이라는 곳은 딱
히 홍보할 수 있는 곳이 아니니까요. 그저 이 자리를 고이 지키며 기
다리는 곳이니까요. 책이 고프고, 책을 느긋하게 즐기고 싶은 이들이
조용히 찾아와서 차분히 책삶에 빠져들도록 자리를 마련하는 곳이니
까요. '자, 여기 몇 만 권에 이르는 책을 갖춘 도서관이 문을 열었습
니다! 누워서 책을 보셔도 좋습니다. 배다리 살리는 뜻으로 열었습니
다!' 하고 홍보를 해야, 홍보가 되어, 사람들이 책을 구경하러, 아니
가만가만 읽으러 올까요? 저는 제 나름대로 제 마음을 움직이고 제
모자람을 일깨우는 한편, 제가 즐겁게 살아가는 오늘 하루를 꾸밈없
이 느끼도록 이끌거나 이야기를 들려주는 책을 좋아합니다. 딱히 어
떤 갈래를 나누어 읽지는 않아요. 고맙거나 반가운 책이 꼭 성경이어
야 하거나 박완서·조정래·헤세 책이어야 하지 않거든요. 손이 가는
대로 집어듭니다. 펼쳐서 눈이 가는 대로 읽습니다. 그날그날 깜냥이
닿는 대로 헤아려서 받아들이고 곰삭히며 똥오줌으로 내어놓습니다.

2007.7.7 비가 새는 도서관

지난 한 주는 끔찍하도록 고달팠습니다. 지난달에 방수페인트 입힌
뒤로 비가 안 새는가 싶더니, 지난 장마에 다시 새 버리더군요. 한 번

다시 새니 더 많이 새며 도서관 바닥이 빗물로 흥건히 고였습니다. 통 놓고 물 받으랴, 밀대질 하며 물기 없애느라 바쁜 한편, 이 비가 어서 그쳐 방수공사, 아니 비막이 공사를 할 날만 손꼽았습니다. 그렇지만 장마비가 고분고분 그쳐 주던가요. 계단과 벽을 타고 흐르는 빗물을 보며 애간장 태우기 여러 날. 드디어 그제 비가 그쳤고, 하루 말린 뒤 어제 투명페인트로 밑바르기를 했습니다. 오늘은 아침에 실리콘 쏘아 틈새를 메운 뒤, 낮에 풀빛페인트로 덧바르기를 했습니다. 겨우 한숨 돌렸어요. 그나저나 이틀 동안 신나랑 페인트랑 끼고 지내다 보니, 속이 메슥거리고 머리가 아픕니다. 글을 쓰기도 힘들고, 책도 못 읽겠어요. 어서 씻고 누워 쉬고프기만 하더군요. 그래, 그동안 머리로만 생각하던 일을 몸으로 부대끼며 새삼스레 뇌우칩니다. 우리 누리에서 글쓰고 책내는 일이 어느 쪽에, 어떤 눈높이와 눈길에 맞추면 좋은가 하는. 제가 꾸리는 도서관에서는 어떤 책을 갖추어 누구한테 어떻게 책을 나누려 하는가 하는. 손가락과 몸통과 팔다리이며 얼굴에 묻은 페인트가 잘 안 벗겨집니다. 오늘은 모자를 써서 머리카락이 엉겨붙지 않았습니다. 배가 많이 고픕니다.

2007.6.29 '사진책 도서관'을 열었습니다

이제부터 주마다 한 차례 소식지를 내며, 우리 도서관 〈함께살기〉 이야기를 나누려 합니다. 2007년 4월 15일과 22일에 충청북도 충주에서 인천으로 책살림을 옮겼어요. 3.5톤 짐차로 모두 석 대입니다. 짐차 한 대에 책 1만 권쯤 싣는다더군요. 책짐을 모두 옮기고, 새 책꽂이를 서른 개쯤 새로 마련해서 꼴을 갖춘 끝에 6월 1일, 드디어 문을 열었습니다. 그렇지만 아직 간판도 제대로 내걸지 못했어요. 길에서 보시면, 이곳이 도서관인지 빈집인지 무언지 알 길이 없답니다. 첫째 책, 둘째 몸, 셋째 마음, 이 세 가지로 여는 도서관이지요, 배다리(송림동, 금창동)를 가로지르는 너비 50미터짜리 산업도로에 맞서는 길, 헌책방을 국가보안법에 옭아매는 못난 대한민국 정부에 맞서는 길에도 함께하는 도서관이라 일거리가 많습니다. 모든 일을 한꺼번에 이루려기보다 하나씩 가다듬어 이루려고 하는 〈함께살기〉 도서관이니만큼, 너그러이 헤아려 주시면 고맙겠습니다. 우리 〈함께살기〉 도서관 살림은, 1인잡지《우리 말과 헌책방》을 펴내는 돈으로 꾸릴 생각입니다. 모쪼록 요 잡지도 사랑스러운 눈길과 손길로 껴안아 주시면 좋겠어요. '사진책도서관'이란, 이름 그대로 "사진책을 차곡차곡 갖추어 보여주는 도서관"입니다. 사진화보와 사진자료부터 해서, 사진을 하거나 즐기는 분들이 '마음과 눈길을 기르도록 곁에 두고 읽을 책'을 알뜰히 갖추려 합니다. 도서관 주소는 "인천 동구 창영동 4-1번지 3층"입니다. 오실 때에는 자가용 아닌 전철이나 버스나 자전거나 두 다리로 오셔요.

우리는 모두 도서관사람

우리는 모두 '도서관사람'이라고 생각해요. 도서관을 열어서 꾸린다
는 뜻이 아닌, 우리가 저마다 걸어가는 길이 도서관 같다는 뜻이에요.
이런 일을 겪고 저런 생각을 하며 걸어온 대로 숱한 살림 이야기를
우리 삶자리에 놓았을 테니, 우리는 참말 도서관사람입니다.

저는 도서관이라는 터를 '책숲집'이라는 이름으로 고쳐서 써 보는
데, 곰곰이 따지면 '책'이라는 말을 떼고서 '숲집'이라고만 말해도 될
만하리라 봅니다. 책은 숲에서 오고, 숲이 있기에 책을 지으니, '책 =
숲'인 셈이에요. '숲집'이라고만 해도 "책을 품은 터전"을 가리킨다고
할 만해요.

사람도 숲에서 옵니다. 사람은 숲을 먹으며 살아갑니다. 숲이 있으
니 바람을 마십니다. 숲에서 얻은 것으로 집을 짓고 옷을 마련합니다.
숲이란, 밥이자 옷이자 집이자 살림이면서, 모든 삶이고 이야기에다
가 책이지요.

더 큰 도서관이 있어야 더 아름답지 않고, 책을 더 많이 갖추어야

더 훌륭하지 않습니다. 때로는 온갖 자료를 건사하는 도서관이 있어야 할 텐데, 여느 삶자리에서는 마음을 밝히는 책 하나를 상냥하게 만나면서 생각을 지필 수 있도록 북돋우는 작은 배움마당이자 놀이마당인 숲집이 있으면 넉넉하지 싶어요. 그리고 종이책을 손에 쥐어 읽다가도 언제라도 맨발로 풀하고 흙을 밟고 나무를 탈 수 있는 너른 마당이 있는 숲집도서관일 적에 참 사랑스러울 테고요.

저마다 어여쁜 도서관사람인 이웃님이 저마다 즐겁게 살아가는 터전에서 상냥하면서 반가이 숲집을 누리실 수 있기를 바라요. '마을숲집(마을도서관)'이, '시골숲집(시골도서관)'이, '서울숲집(도시도서관)'이, 이러면서 갖가지 '재미숲집(전문도서관)'이 싹트고 자라기를 비는 마음입니다. ㅅㄴㄹ

시골에서 도서관 하는 즐거움

초판 1쇄 발행 | 2018년 7월 31일
초판 2쇄 발행 | 2018년 11월 16일

지은이	최종규
그림	사름벼리
펴낸이	이정하
디자인	정제소

펴낸곳	스토리닷
주소	서울시 서초구 방배동 934-3 203호
전화	010-8936-6618
팩스	0505-116-6618
ISBN	979-11-88613-04-5

홈페이지	http://blog.naver.com/storydot
SNS	www.facebook.com/storydot12
전자우편	storydot@naver.com
출판등록	2013. 09. 12 제2013-000162

이 도서의 국립중앙도서관 출판예정도서목록(CIP)은 서지정보유통지원시스템 홈페이지(http://seoji.nl.go.kr)와
국가자료공동목록시스템(http://www.nl.go.kr/kolisnet)에서 이용하실 수 있습니다.
(CIP제어번호: CIP2018021610)

스토리닷은 독자 여러분과 함께합니다.
책에 대한 의견이나 출간에 관심 있으신 분은 언제라도 연락주세요. 반갑게 맞이하겠습니다.